IL GABBIANO DI SALE

2-1-05

FRANCO SCAGLIA

IL GABBIANO DI SALE

PIEMME

Nota dell'autore

I Cugini del Muro sono gli israeliani, gli Amici della Roccia sono i palestinesi.

Realizzazione editoriale: *Conedit Libri S.r.l. - Cormano (MI)*

I Edizione, settembre 2004
II Edizione, dicembre 2004

15033 Casale Monferrato (AL) - Via del Carmine, 5
Tel. 0142/3361 - Fax 0142/74223
www.edizpiemme.it

Stampa: Milanostampa/ AGG - Farigliano (CN)

CAPITOLO 1

Il gabbiano nero

Addentai una mela di Kerak. Dicono che in tutta la Giordania non se ne trovino di più dolci, saporite e profumate. Ero sulle rive del Mar Morto, dalle parti di Qumran e di quelle sacre rovine dove in passato più volte mi ero trattenuto a pregare.

Guardai i colli e le caverne naturali che si perdevano verso l'alto. Il sole che stava sorgendo offriva colori alla sabbia, alle dune, ai pozzi quasi privi d'acqua, alle case senza intonaco che potevo scorgere in lontananza. Un'aria calda carezzava la pelle del mio viso. Osservai la cosa che galleggiava davanti a me. Mi sembrò un gabbiano nero dalle ali spalancate che sfioravano l'acqua densa.

Nel Mar Morto, il più profondo e misterioso pozzo al mondo dei desideri, nulla si muove. Nuotare è una remota possibilità, il corpo lo spingi verso il basso e salta sempre verso l'alto come una palla di gomma, gli occhi si riempiono di sale e bruciano. Pensai che tutto è nato dall'acqua, ma l'uomo poggia i piedi sulla terra e questo determina le sue impressioni, il punto di vista, la maniera di vedere il mondo.

Finii di mangiare la mia mela. In bocca mi rimasero

due semi. Li succhiai a lungo, indeciso sul da farsi. Avrei voluto sputarli come facevo un tempo, quando andavo a scuola, non mi sembrarono però adatti il momento, la situazione, il luogo. Li inghiottii mentre quel Cugino del Muro mi parlava.

«Reverendo Padre, mi perdoni se mi sono permesso di mandarla a prendere a Betlemme dal mio autista senza avvertirla prima, ma non c'è stato proprio il tempo.»

Si presentò. Si chiamava Nadav Gruber, vicedirettore di Tzomet, la sezione del Mossad che sorveglia e spia i Paesi Arabi. Era un uomo alto, magro, gli occhi azzurri, i capelli neri e lisci, i modi all'apparenza gentili, dimostrava poco più di trent'anni.

«Mi auguro,» continuò «che lei capisca il mio imbarazzo e la mia prudenza. Spero che apprezzerà il fatto che oltre a lei, a me, al mio autista e ai miei tre agenti qui non c'è nessun altro. Ma dobbiamo agire in fretta, prima che arrivino i turisti.»

Avrei voluto replicare che in Terra Santa ormai non capitava più nessuno e mi pareva improbabile che proprio a Qumran, e nell'arco di pochi minuti, ci fosse un'invasione di giapponesi, di americani e di gruppi di pellegrini. Ma ne sarebbe nata certo una discussione sulle responsabilità di quel disastro e non desideravo sollevare polemiche con un Cugino del Muro poliziotto e sconosciuto.

Gruber dette un ordine secco ai suoi uomini. Uno di loro gettò in acqua una corda con un cappio. E, come avevo visto fare nei film di cowboys, il cappio si infilò su quella che mi era sembrata un'ala e trascinò il gabbiano nero a riva in modo scomposto, insolente e irrispettoso della sua morte.

Ora giaceva davanti a me sulla sabbia scura, tra i

sassi levigati. Gruber lo liberò dalla corda e lo fissò a lungo. Anch'io lo guardai. Mi prudeva il lobo dell'orecchio destro. Quando accadeva era come un campanello d'allarme, significava pericolo, qualcosa che non si stava muovendo nella direzione indicata dai battiti del mio cuore.

Gruber mi domandò: «Lo riconosce, Reverendo Padre?».

Non risposi.

Proseguì: «Non vorrei che questa vicenda diventasse per lei una fiaccola ardente».

Replicai che non avevo mai visto il gabbiano nero.

«Che nome fantasioso per un morto!» esclamò.

E aggiunse: «L'unico dato certo è che il suo gabbiano nero indossa un saio, e poiché lei è il Custode di Terra Santa, vale a dire il capo di tutti i francescani che vivono da queste parti, presumo che quel frate, il quale mi pare non goda più di buona salute, appartenga al suo gregge. Ha una spiegazione da offrire?».

Gli risposi con freddezza. Il tono e i modi mi avevano infastidito. Non ero in grado di attribuire un nome al gabbiano nero perché non sapevo chi fosse. E in quanto all'abbigliamento, qui fui un po' retorico, infilare addosso a un morto, il quale certo non apparteneva al mio ordine religioso, quella tonaca, simbolo di una fede e di una missione sopravvissute nei secoli a ogni avversità, ebbene, la consideravo una disgustosa provocazione contro tutti i francescani del mondo, anzi contro l'intera Chiesa Apostolica Romana.

Presi fiato e sorrisi, soddisfatto di me. Gruber, con calma, mi spiegò che nel suo mestiere gli avevano insegnato ad attenersi ai fatti e poiché il morto, senza ombra di dubbio, indossava un saio, c'era una sola e ovvia conclusione, doveva trattarsi di un frate. Ma voleva assicurarmi che il suo rispetto nei confronti della mia persona, del mio ruolo e di ciò che rappresentavo era assoluto.

«Tutto questo però, Reverendo Padre, non mi impedisce di cercare di sapere perché lei abbia chiamato quel tale gabbiano nero. È forse il soprannome di qualcuno che le è familiare?»

Persi la pazienza. Esclamai: «Lei è proprio uguale a tutti coloro che si sentono sempre sicuri!».

Sembrò colpito dalla mia reazione, mi pregò di scusarlo e aggiunse: «Potrei risponderle che per piantare ancora vigne sulle colline di Samaria è necessaria la pace. E qui sono troppi a non volerla. Forse anche il suo gabbiano nero».

Replicai che questa volta mi trovavo d'accordo con lui e poi gli dissi: «Mi ascolti, Gruber. Io sono nato a Ginostra, sull'isola di Stromboli. Non avevamo la luce elettrica e l'acqua arrivava in modo irregolare con una nave cisterna. Così veniva utilizzata quella piovana. La sera, dopo cena, i nostri vecchi raccontavano favole. Le voglio regalare quella che amo di più.

Una notte gli animali che vivevano sulla nostra isola si trovarono a discutere dell'attrazione che su di loro esercitava il vulcano. Intervennero gatti e conigli selvatici, cani e galli, galline e anatre, gabbiani e pipistrelli. Ma solo questi ultimi dissero qualcosa di interessante, spiegando come nella natura ci fosse chi sfuggiva il fuoco e chi invece lo desiderava. Il capo dei gabbiani, un gabbiano nero, li ascoltò con attenzione. Chiese a tutti di riflettere su quelle parole. L'invito fu accolto con entusiasmo, ma i gatti discussero con i gatti dei propri problemi, i cani con i cani e così via, dimenticando il suo suggerimento. Il gabbiano nero allora, seguito dai suoi, aprì le ali, volò in alto e girò molte volte intorno a una delle tre bocche del vulcano. Rimase immobile per qualche attimo su quell'occhio di fuoco e infine vi si tuffò dentro in modo elegante e deciso, le ali strette intorno al corpo. Era scurissimo e regale, la sua velocità sempre più impetuosa. Scomparve gridando: "Questa è la felicità!". I suoi compagni tornarono dagli altri animali, riferirono ciò che era accaduto e all'unanimità decisero di venerarlo come un dio.

Ebbene, Gruber, quel tale che ho visto nel Mar Morto mi ha ricordato il gabbiano nero della favola. Ecco perché l'ho chiamato così. È soddisfatto adesso?».

Mi guardò poco convinto.

Allora aggiunsi: «Le offro un'altra spiegazione. Osservando da riva quel corpo che galleggiava, le braccia spalancate e perpendicolari al busto e il saio scuro, che per effetto dell'acqua salata appariva quasi solido e piumoso, mi è parso che somigliasse a un gabbiano nero».

«Non mi risulta che una specie del genere esista in natura» commentò Gruber gelidamente.

Non volevo iniziare una nuova discussione e così cambiando discorso, gli chiesi se il pover'uomo, secondo lui, fosse stato ucciso. Mi rispose con tono e parole molto professionali che l'autopsia avrebbe chiarito cause e ora del decesso. Poi disse qualcosa ai suoi e il gabbiano nero finì nel bagagliaio di un furgoncino bianco sul quale presero posto i tre agenti di Tsomet e che partì immediatamente. Gruber si offrì di accompagnarmi a Gerusalemme. Non avevo alternative e mi trovai costretto ad accettare l'invito anche se a malincuore. Salii sul sedile posteriore della sua Volvo nera, la stessa che era venuta a prelevarmi a Betlemme. Lui si sedette vicino a me. L'auto prese una strada diversa da quella del furgoncino, ma in quel momento non ci feci caso. Perché ero concentrato a ricapitolare l'intera vicenda.

L'autista di Gruber era arrivato alla Natività alle sei del mattino. Io avevo celebrato una messa nella Basilica la sera prima in memoria del mio maestro, il grande archeologo padre Bellarmino Bagatti. Quel giorno correva l'anniversario della sua morte. Ogni anno lo ricordavo così. Avevo cenato, poi, assieme ai confratelli e avevo spiegato loro a che punto fosse la complessa storia della chiave.

Quando i Cugini del Muro avevano assediato la Natività e il nostro convento perché vi si erano rifugiati alcuni Amici della Roccia, ritenuti da noi un gruppo di fedeli impauriti e da loro dei pericolosi terroristi, avevano requisito ai nostri frati, e ai greco-ortodossi con i quali dividevamo la responsabilità spirituale e materiale di quel santuario, le due chiavi della Basilica. Erano un simbolo, più che altro, ma di vibrante importanza emblematica.

Si era trattato, dal nostro punto di vista, di una vera e propria rappresaglia nei confronti della Custodia di Terra Santa: la ritenevano troppo morbida e disponibile verso i gruppi più estremisti degli Amici della Roccia. Secondo i Cugini del Muro quell'atto rappresentava invece una semplice misura di sicurezza. L'assedio si era concluso da tempo e il mio predecessore alla guida della Custodia era morto con il cruccio di non essere riuscito, nonostante la sua abilità diplomatica, a ottenere la restituzione della chiave. I Cugini del Muro avevano sostenuto che la consegna era avvenuta, anche se nelle mani dei confratelli greco-ortodossi. Il loro patriarca

Alessio, interpellato da me, mi aveva detto che formalmente spettava ai Cugini del Muro ridarci la nostra copia, che in quel momento, comunque, era in suo possesso, e mi aveva suggerito di spiegare il problema al Cugino del Muro Ministro degli Affari Religiosi. Lui gli avrebbe certo richiesto la chiave e sarebbe stata sua cura riconsegnarla subito. A quel punto lo stesso ministro me l'avrebbe restituita. Magari nel corso di una bella e commovente cerimonia ufficiale che avrebbe sancito il dissolversi di ogni nube e la rinnovata concordia tra la Custodia di Terra Santa e il governo di Sharon.

Insomma, avevo concluso, una di quelle vicende senza senso e senza fine di cui era gonfia la storia della Terra Santa. I confratelli mi avevano ringraziato delle spiegazioni e poi ci eravamo inginocchiati pregando tutti assieme per un futuro di pace. S'era fatto tardi e avevo così deciso di restare a dormire a Betlemme.

Gruber come aveva saputo che io mi trovavo lì? Mi fu chiaro all'improvviso. Gli agenti di Tsomet mi pedinavano: lo considerai un atto offensivo e preoccupante. Avrei protestato ufficialmente, se fosse stato necessario, con lo stesso primo ministro Sharon. Mi posi un'altra domanda alla quale non riuscii però a offrire una risposta compiuta. A che ora i Cugini del Muro avevano scoperto il gabbiano nero? Il Mar Morto di notte non era certo illuminato.

Da pochi mesi ero stato eletto Custode e quel povero morto che la mia fantasia aveva chiamato gabbiano nero avrebbe potuto costituire una minaccia per noi francescani se le indagini avessero accertato che era proprio un frate. In questo momento avevo solo una certezza. Nel caso si fosse trattato davvero di un confratello, non aveva fatto parte della Custodia. Non l'avevo mai visto. Ma sarebbe potuto appartenere a qualsiasi altra provincia francescana, d'Europa o d'America. Pregai il Signore che il gabbiano nero, in vita, fosse stato un laico e non un religioso. Venni catturato da uno stato d'ansia. Il prurito dal lobo dell'orecchio destro si diffuse e scese sul collo e sul petto e per un attimo divenne insopportabile. Poi si calmò, per fortuna.

CAPITOLO 2
Un viaggio e una storia

Guardai fuori dal finestrino dell'automobile che ci riportava a Gerusalemme. I cespugli radi, le rocce spuntate, i sassi variegati di ogni misura mi rassicurarono. Quella era ormai la mia terra, vivevo lì da più di quarant'anni e l'amavo perdutamente. Alla passione della fede si era aggiunto nel tempo il fascino dell'archeologia e la convinzione che ogni mia scoperta, ogni mosaico che ritrovavo fosse un dono che mi elargiva Nostro Signore per rendere quei luoghi sempre più sacri. Mi tornò alla mente ciò che mi ripeteva spesso padre Bellarmino Bagatti: «Ogni pietra in Terra Santa ha una storia. Non dimenticarlo se vuoi scavare con successo e soprattutto fai in modo che la fede ti accompagni sempre».

Sorrisi con tenerezza a quel ricordo. Gruber, forse rispettoso dei miei pensieri, o probabilmente perso nei suoi, mi stava seduto accanto in silenzio. Fui io a romperlo con una frase più rivolta a me stesso che a lui.

«In Terra Santa il reale è complesso.»

«Reverendo Padre, per tutti o solo per noi ebrei?»

Colsi una nota polemica nella sua voce.

«A Betlemme ieri sera,» continuai «a fare compagnia al vento e alle nuvole basse c'erano le vostre camionette blindate, i vostri mitra, le vostre uniformi. L'unica presenza viva in quel deserto. Solo ogni tanto qualcuno attraversava in fretta la strada, o cercava di fermare le poche automobili di passaggio per soccorrere un malato e accompagnarlo in ospedale. I negozi erano sprangati, le luci degli alberghi spente, i ristoranti chiusi. Betlemme mi è apparsa isolata nella sua miseria. Il senso di ciò, Gruber, è solamente una gigantesca punizione collettiva e indiscriminata che colpisce i bambini, i quali non riescono ad andare a scuola, le donne, che non sanno cosa cucinare perché non arriva più carne e verdura nei negozi, gli ospedali dove manca il sangue per le trasfusioni. Noi francescani abbiamo sopportato mille difficoltà nella nostra storia. Siamo sopravvissuti a otto secoli di dominio islamico e siamo restati sempre qui. Non c'è dubbio che questo sia il momento più difficile: oggi è in pericolo la vita e la conservazione dei nostri santuari. La guerra non viene dall'esterno, come è sempre avvenuto, la guerra è in casa. Qualcuno, non voglio dire chi, ha in mente di isolare la nostra presenza e fare in modo che ci demoralizziamo. È un tentativo rozzo e meschino. Se un tempo a Gerusalemme ci squartavano e ci bruciavano davanti ai nostri fedeli, oggi la fantasia di chi ci vuole male ha raggiunto la vetta. Un pover'uomo qualsiasi, potrebbe essere anche uno dei vostri o un fedele di Maometto, l'unica certezza al riguardo è che non è più vivo, viene mascherato da francescano e gettato a macerare nel sale del Mar Morto. Ma questa, Gruber, è la terra di Gesù e noi ne siamo ancora e ne saremo sempre i custodi.»

Lui sospirò a lungo e annuì. Non capii se fosse d'accordo con me. Disse: «Reverendo Padre, anticamente il nostro popolo offriva sacrifici sulle alture, perché ancora non aveva costruito un tempio in onore del Signore. Quando lo edificò, il resto del mondo cominciò a temerci e a odiarci, sempre di più. Sessant'anni fa molti dei nostri fratelli d'Europa ammucchiati nei treni, come vitelli che vengono portati al macello, furono trasferiti dai nazisti a Dachau, a Buchenwald, negli altri lager e sterminati. Avevano opposto qualche debole resistenza in Polonia, ma nella maggior parte dei casi prima persero il loro stato civile, poi il posto di lavoro, infine la vita».

Domandai a Gruber dove volesse arrivare.

«Mi permetta di proseguire, Reverendo Padre, e lo capirà. Il 4 maggio del 1947, un tribunale militare britannico condannò a morte tre membri dell'Irgun che avevano partecipato a un attacco contro la prigione di Acri. Avevano liberato centoventi dei nostri. Menahem Begin fece catturare due sergenti inglesi, e promise che se i suoi uomini fossero stati giustiziati si sarebbe regolato di conseguenza. I tre soldati vennero impiccati il 29 luglio 1947 e due giorni dopo furono trovati uccisi allo stesso modo i due sergenti. In seguito, un giovane combattente dell'Irgun fu arrestato mentre trasportava armi e condannato a quindici anni di prigione e diciotto frustate. Begin mandò agli inglesi un altro messaggio: "Se voi ci frustate, noi vi frusteremo". Non venne preso sul serio e il nostro soldato subì la pena prevista. Begin allora ordinò ai suoi di rapire un maggiore e tre sottufficiali britannici e, prima di rilasciarli, fece assaggiare la frusta diciotto volte a ciascuno di loro. Poi diramò un comunicato: "Se in futuro gli oppressori oseranno fare violenza al corpo e all'onore privato e nazionale della gioventù ebraica, noi risponderemo con il fuoco". Da quel momento gli inglesi rinunciarono alle nostre schiene fino al giorno della loro partenza dalla Terra Promessa.

Reverendo Padre, ogni calamità umana è diversa, dunque non ha senso cercare equivalenze tra le une e le altre. Ma c'è una verità universale sull'Olocausto. Mai più e per nessun motivo quell'infame punizione collettiva dovrà essere ripetuta. E non riguarda solo noi, ma qualsiasi altro popolo. Israele è divenuto uno Stato perché negli anni è cresciuta una classe dirigente di ferro dal cuore puro e ricco di passione per l'identità ebraica. Un po' come Begin, un capo saggio e coraggioso, che mi ha sempre ricordato James Cagney in certi film.»

Volevo replicare che James Cagney somigliava a Begin solo perché erano ambedue di bassa statura, ma non lo feci e lo lasciai proseguire. Mi disse che provava un amore estremo per quella Terra Promessa arida, giallastra, selvaggia, nella quale l'acqua valeva più di una miniera d'oro e dove era nato e cresciuto nella convinzione di riuscire, come molti altri, a gettare i suoi piccoli semi di pace.

«Reverendo Padre, ho sempre avuto i suoi stessi obiettivi.»

Avrei voluto domandargli come faceva a conoscerli, dato che ci eravamo incontrati per la prima volta solo pochi minuti prima e non c'era stato modo di sviluppare alcun discorso al riguardo. Ma, come accade talvolta quando è una situazione particolare a costringere due persone a stare insieme, e quella lo era, accettai che Gruber invadesse la mia riservatezza raccontandomi di sé con una confidenza che mi sembrò eccessiva.

Aveva studiato musica al conservatorio di Tel Aviv, dove si era diplomato in composizione. Ma non pensava di diventare Beethoven o Mozart. Aveva troppo rispetto della genialità, anche per motivi familiari che poi mi avrebbe spiegato. Lui si riteneva solo un bravo inventore di note e il suo massimo obiettivo era scrivere colonne sonore per il teatro e per il cinema. Ma non c'erano molte opportunità di lavoro nel suo Paese, anche a causa della continua situazione di instabilità e di pericolo. Abitava all'ultimo piano di un vecchio palazzo di David Ha Melekh, a circa duecento metri dal King David Hotel. Dalla camera da letto e dallo studio ammirava le mura della Città Vecchia e la Porta di Giaffa. Abitualmente prendeva i pasti da sua nonna Sara il cui appartamento si trovava sullo stesso pianerottolo.

Una mattina di due anni fa, dopo aver trascorso la notte a lavorare su una partitura che accompagnasse *La Tempesta* di Shakespeare, e che gli era stata commissionata da una compagnia sperimentale di Tel Aviv, aveva deciso di festeggiare la sua nuova creazione regalandosi un caffè al King David. Erano più o meno le sette e mezzo quando era uscito di casa godendosi l'aria frizzante e il cielo limpido. Era arrivato all'albergo e si era seduto a un tavolino sulla terrazza davanti alla piscina. Aveva scambiato due parole distratte con un cameriere, poi aveva pensato con soddisfazione che forse aveva composto della buona musica. Mentre sorseggiava il caffè, aveva notato un uomo anziano che aveva appena finito di nuotare in piscina assieme a una donna molto più giovane di lui. Avevano indossato degli accappatoi bianchi e avevano preso posto a un tavolino poco distante dal suo. Avevano ordinato due caffè, uova fritte, pane bianco e fresco e avevano cominciato a chiacchierare fra loro in inglese. Lui aveva sentito che parlavano di teatro e allora si era messo ad ascoltarli. Con grande emozione e meraviglia si era reso conto che vicino a lui era seduto Peter Brook con la figlia Irina. Gruber fece una pausa e mi fissò.

«Reverendo Padre, immagino che lei sappia chi è Peter Brook.»

Feci cenno di sì stancamente con la testa. Il racconto mi stava annoiando. In realtà ero più interessato alla strada ripida, all'aria che si faceva sempre più calda, al vago odore di bruciato che mi arrivava da invisibili mucchi di rovi e sterpaglie che qualcuno stava bruciando, alle minuscole case che ogni tanto apparivano, agli ulivi, all'orzo, ai fichi, ai vigneti polverosi, alle greggi di pecore e di capre. Senza intuire i miei pensieri Gruber proseguì: «Non ebbi il coraggio, Reverendo Padre, di rivolgere la parola al Maestro. Quando infine decisi di presentarmi, lui e Irina erano già saliti nelle loro camere. Tornai a casa riflettendo sulla mia timidezza, poi andai da nonna Sara che mi stava aspettando, come ogni mattina, per far colazione insieme. Io amavo il suo appartamento. Le stanze erano luminose, i soffitti alti, le tende bianche; quando c'era un po' di vento e le finestre erano socchiuse, ondeggiavano e parevano le vele di una nave diretta sulla Città Vecchia.

Avevo fame, quella mattina. Mi ricordo che mangiai dei biscotti con la marmellata di fichi, bevvi un succo d'arancia, e raccontai a nonna Sara il mancato incontro con Peter Brook. La nonna allora telefonò subito a una delle sue migliori amiche, la contessa de Selle, che viveva tra Parigi e Tel Aviv, per chiederle se conosceva il grande regista. Il salotto de Selle a Tel Aviv era spesso frequentato da artisti. La contessa le rispose che proprio due giorni dopo avrebbe avuto a cena alcuni amici, tra cui probabilmente Peter Brook il quale da una settimana era ospite di Israele per un progetto di lavoro. Se ero libero potevo andare da lei e me lo avrebbe presentato.

La contessa de Selle abitava sul lungomare. Il suo appartamento occupava l'intero ultimo piano di un lussuoso palazzo di acciaio e cristallo. Scambiai poche frasi superficiali con varie persone, annoiandomi, finché davanti al grande tavolo del rinfresco, dato il numero degli invitati la cena era in piedi, un signore si avvicinò. Era alto, asciutto, il viso, segnato dalle rughe, era abbronzato e questo creava un piacevole contrasto con i capelli grigi tagliati a spazzola. La fronte stretta, il naso aquilino, le labbra sottili gli donavano un'aria rapace. Aveva gli occhi verdi e luminosi. Mi sembrò sulla sessantina e ne apprezzai l'eleganza. Indossava un abito blu, una camicia di seta bianca, una cravatta azzurra e mocassini neri di vitello. Mi disse che aveva saputo dalla padrona di casa che desideravo incontrare Peter Brook. Il Maestro era partito proprio quella mattina per Parigi, ma sarebbe tornato il mese successivo per mettere in scena l'*Otello* di Verdi all'Opera di Tel Aviv. In quell'occasione lui si sarebbe fatto premura di organizzare un appuntamento. Poi si portò la mano destra sulla fronte e mi pregò di perdonarlo, non mi aveva neppure detto il suo nome. Si chiamava Saul Bialik».

Gruber mi guardò per vedere la mia reazione che fu di stupore, ma non eccessivo. Saul Bialik, che aveva preceduto Gruber nell'incarico di vicedirettore di Tsomet, non si può dire che fosse stato un mio amico, piuttosto un buon conoscente, e dopo la morte della figlia, uccisa dalla polizia dei Cugini del Muro forse per sbaglio a un posto di blocco, si era tolto la vita. Tutto ciò era accaduto all'incirca quattro mesi prima, a pochi giorni dalla mia elezione a Custode.

Dopo quarant'anni a Gerusalemme mi ero abituato a ogni sorpresa, solo qualcosa di eccezionale avrebbe potuto meravigliarmi.

Lo spiegai con gentilezza a Gruber che rimase piuttosto deluso e continuò: «Bialik mi invitò a seguirlo sulla terrazza. Guardò la spiaggia e affermò di amare ogni granello di quella sabbia che apparteneva a noi ebrei per diritto divino e per il sangue che avevamo versato nei secoli. Poi fissò il mare, a lungo, e mi confessò come con la fantasia riuscisse a scorgere davanti a sé gli altri Paesi del Mediterraneo, l'Italia, la Grecia, la Francia, la Spagna, ma non quelli arabi. Mi raccontò che conosceva da tempo la contessa de Selle. Abitualmente lei viveva a Parigi, ma poiché era una grande ammiratrice di Israele aveva acquistato l'appartamento per venirci un paio di volte l'anno e incontrare gli amici. La contessa inoltre presiedeva un comitato francese che raccoglieva fondi per la causa ebraica.

Mi fece una serie di domande. Per prima cosa volle sapere se ero credente. Risposi che frequentavo la sinagoga, certo, ma non ero un ortodosso. Perché volevo incontrare Peter Brook? Glielo spiegai e aggiunsi che il mio cognome doveva essere ben noto al Maestro. Infatti cinque anni prima aveva firmato la regia di una *Traviata* diretta da mio padre. Mi congedai poi da Bialik, convinto che non ci saremmo più visti».

Gruber questa volta era riuscito davvero a sorprendermi. Non potevo immaginare che fosse il figlio di Bruno Gruber, un grande direttore d'orchestra. Lui, visibilmente soddisfatto del mio stupore, mi domandò se per caso lo avessi conosciuto. Gli risposi che non lo avevo mai incontrato di persona. Ma ero ad Assisi quando, in occasione delle celebrazioni mozartiane, aveva eseguito il *Requiem*. E più di recente avevo assistito all'Opera di Tel Aviv a una edizione del *Don Giovanni* del tutto straordinaria. Quella sera avevo capito come un artista dal podio comunichi la sua anima a cantanti e orchestra e ottenga risultati sublimi. Bruno Gruber era un uomo che respirava musica e teatro, conclusi.

Adesso il mio interlocutore mi era più simpatico. Come fosse stato incoraggiato dal mio nuovo atteggiamento, continuò a parlarmi di suo padre. Gli aveva fatto amare il melodramma, gli aveva insegnato a capire Ansermet quando interpretava Debussy e Bruno Walter quando dirigeva le sinfonie di Beethoven.

Mi spiegò come le ore che precedevano un'esecuzione, fosse un concerto o un'opera, rappresentassero per suo padre un vero e proprio incubo. Innanzitutto si lavava di continuo le mani, poi dormiva e infine prendeva un lungo bagno. Arrivava in teatro il più tardi possibile. Ma prima entrava in una pasticceria, perché lo zucchero gli regalava forza e fiducia. Non sopportava la minima impronta sul leggìo e sullo spartito. Gli capitava spesso di vomitare, e a volte veniva colpito da brevi attacchi di diarrea. Pensava che non potesse bastare una sola esistenza per dare significato e termine alla propria creatività. Era un uomo schietto con un senso dell'umorismo fulminante. Non aveva mai frequentato l'alta società. Aveva sempre preferito il contatto con la natura e la famiglia.

«Quando a causa di un tumore rapido e brutale morì la mamma, quindici anni fa,» Gruber era commosso adesso «il dolore impedì a mio padre, da quel momento in poi, di vivere in modo stabile in una casa e in una città. Mise in vendita la villetta nella quale abitavamo in una zona residenziale di Tel Aviv, e dove ero nato, e decise che sarei cresciuto a Gerusalemme con nonna Sara, sua madre. Si gettò in un vortice di impegni. Era capace di dirigere una sera a Ginevra e la sera dopo a New York e quella ancora seguente a Los Angeles. Era il suo modo per combattere il tormento, l'angoscia, la solitudine. Divenne il miglior cliente degli alberghi di lusso di mezzo mondo. Lui e la mamma, finché era vissuta, avevano costituito quella che si dice una coppia perfetta.»

Domandai a Gruber che età avesse quando aveva perso sua madre.

«Diciotto anni e andai a stare da solo nell'appartamento nel quale vivo ancora oggi, accanto a quello della nonna. Li aveva acquistati mio padre per noi. E quando è morta anche lei, l'anno scorso, ho unito le due case. Deve venire una sera a cena da me. Io sono un ottimo cuoco e so preparare gli spaghetti e le lasagne. Ma le stavo raccontando del Maestro. Quando era possibile, lo raggiungevo e così posso dire di aver visitato quasi tutte le grandi capitali, da Roma a Parigi, a Londra, a Mosca, a Tokio.»

«Quanto tempo fa è accaduta la disgrazia?»

«Sono trascorsi esattamente due anni e mezzo, Reverendo Padre.»

Gli dissi che l'incidente mi aveva molto colpito. Soffro sempre quando un artista perde la vita perché lo considero un danno irreparabile per l'umanità. Mi guardò con gratitudine. Abbassò il tono di voce: «Non fu un incidente. Rammenta la versione ufficiale? Quella che apparve sui giornali?».

«Mi pare di sì. Suo padre fu investito da un'automobile mentre attraversava una strada a Gerusalemme, vicino al Museo dell'Olocausto. Aveva appena diretto alla Filarmonica, con grande successo, la *Symphonie fantastique* di Berlioz. Eravate insieme, immagino.»

Gruber mi guardò con gli occhi lucidi e mi disse che quella sera lui era immobilizzato a letto, colpito da una febbre alta con qualche complicazione polmonare. Suo padre gli aveva fatto compagnia fino a pochi minuti prima dell'inizio del concerto. Poi lo aveva abbracciato con infinita tenerezza e gli aveva detto che sarebbe tornato a trovarlo più tardi.

Fissava il vuoto, adesso, e sul suo viso correvano emozioni e ricordi. Riuscivo a percepire fisicamente il suo dolore e avrei voluto prendergli le mani per pregare insieme. Ma una sorta di riserbo misto a pudore, di cui però un sacerdote non dovrebbe mai essere prigioniero, mi paralizzò. E quasi per farmi perdonare da lui, che tuttavia ignorava quel mio stato d'animo, gli raccontai la morte di mia madre. Era un modo di condividere la sua pena e fargli capire che la conoscevo e l'avevo provata anch'io, e di recente.

«Oggi,» dissi «corre il trigesimo della scomparsa della mia mamma. Lei, che non aveva mai viaggiato e non si era mai mossa da Ginostra, sosteneva che le isole che vedeva dalla nostra casa, Panarea, Salina, Lipari, Vulcano, Filicudi, Alicudi, le raccontassero il mondo. Nella sua fantasia diventavano le Americhe e le Indie.

Quando una delle mie sorelle mi telefonò comunicandomi che la mamma era stata colpita da un'emorragia cerebrale, con l'aiuto di un amico che lavorava all'aeroporto Ben Gurion riuscii a salire all'ultimo momento sull'aereo per Roma. A Fiumicino mi aspettava un confratello amante della velocità, il quale con la sua auto mi accompagnò a Napoli dove presi l'ultimo aliscafo per Stromboli. Da qui una barca a motore mi condusse a Ginostra. Arrivai che mia madre era già morta. Chiesi di restare da solo con lei. Le carezzai a lungo il viso sereno e quasi sorridente e la fronte. Pensai anche a mio padre. L'ultimo ricordo che avevo di lui era quello di un uomo alto e robusto che avanzava verso di me con passo lento. La camicia aperta e senza collo lasciava intravedere un pezzo di solido torace. Dalle maniche rimboccate fino al gomito spuntavano due braccia atletiche, brune, pelose, i polsi larghi, le mani forti. Aveva i capelli un po' lunghi e di un rosso luminoso che offrivano al suo volto un'espressione quasi regale. Sul petto gli scendeva una barba folta, inanellata. Mia madre era con me sulla porta della nostra casa, e mentre lui arrivava dalla stradina sterrata, lo aveva fissato a lungo con tenerezza e mi aveva abbracciato. Dopo qualche giorno sarei partito per Gerusalemme.

Avevo sedici anni, Gruber, e la Città della Pace sarebbe diventata il luogo dei miei studi e della mia vita terrena.

Non vidi la morte di mio padre, ero nel deserto di Wadi-Rum e quando infine mi rintracciarono erano già trascorsi tre giorni. Arrivai che la sua bara era già stata chiusa. Questa volta invece le mie sorelle mi aspettarono prima di sigillare la cassa e io pregai a lungo, sfiorando con le mani il viso della mamma.

Dopo la messa funebre, che celebrai con semplicità come lei avrebbe voluto, la seppellimmo accanto al babbo nel minuscolo cimitero di Ginostra. Scesi poi al mare, salii su una barchetta a remi e quando fui a duecento metri dalla riva, dopo aver osservato a lungo il paese con le sue case bianche attaccate alla roccia in modo diseguale ma con una loro intima armonia, dissi ad alta voce: "Mamma, ti voglio bene, ricordati che la morte non ci separa, ci rende soltanto invisibili".»

«È vero,» esclamò Gruber con evidente sollievo «e

vale per qualsiasi religione! Reverendo Padre, noi stiamo condividendo i nostri lutti e questo ci unisce.»

Volevo replicare che, se era davvero così, avrei apprezzato da lui la verità sul gabbiano nero, ma, ancora una volta, riserbo e pudore mi impedirono di interrompere quel momento di comune commozione con un brusco ritorno alla realtà. E lui poté continuare il racconto sulla morte di suo padre.

«I funerali furono solenni, alla presenza delle maggiori autorità di Israele e, una volta tanto, conservatori e progressisti si trovarono insieme a elogiare le virtù del grande artista che aveva offerto lustro e onore alla nostra nazione. Lo seppellimmo nel cimitero sul monte degli Ulivi, vicino alla mamma.

Pochi giorni dopo la cerimonia venne a trovarci il primo violino della Filarmonica di Gerusalemme. All'inizio sembrò una normale visita di condoglianze come tante altre che avevamo ricevuto. Nonna Sara aveva preteso che fossi sempre presente, forse perché in cuor suo desiderava che mi rendessi conto di quanto fosse amato e stimato mio padre. Io non avevo certo bisogno di conferme, ma a lei faceva piacere e non me la sentivo, in quella particolare situazione, di procurarle il minimo turbamento, anche perché le restavo solo io. Dopo alcune frasi di circostanza, al violinista si inumidirono gli occhi, afferrò le mani di nonna Sara e le baciò, esclamando che doveva raccontarci la verità. Se la portava dentro ed era diventata un peso insostenibile.

La sera dell'incidente, dopo il concerto, era andato a cena con mio padre in un ristorante italiano vicino al Museo dell'Olocausto. Dopo aver mangiato, bevuto e chiacchierato amabilmente, avevano deciso di camminare. Mio padre amava molto le passeggiate, soprattutto di notte. Il violinista si era fermato per allacciarsi una scarpa. Aveva sentito il motore di un'auto che accelerava. Aveva alzato la testa e visto con orrore una Mercedes nera saltare sul marciapiede e buttare giù come un birillo mio padre. L'uomo che guidava aveva aperto il suo sportello, era sceso, aveva ispezionato le fiancate, il paraurti, il cofano, infine si era avvicinato al corpo esanime, l'aveva guardato, si era acceso una sigaretta, era risalito in macchina e se n'era andato via, tranquillamente. Il violinista aveva avuto il tempo di vedere il suo viso illuminato per un attimo dal fiammifero. Poi si era inginocchiato vicino a mio padre per capire se poteva soccorrerlo, ma era già morto. Il violinista ci disse che sarebbe stato in grado di riconoscere l'assassino.

Due giorni dopo la sua visita leggemmo sul giornale che l'avevano trovato morto, all'alba, al Muro del Pianto. Aveva una kippà sul capo e una bibbia in mano. Era ubriaco, doveva aver perso l'equilibrio e battuto la testa su una delle pietre che costituivano la pavimentazione di quel luogo sacro. Ma il violinista era astemio. Lo sapevo bene perché nonna Sara gli aveva offerto un bicchiere di vino e lui l'aveva ringraziata dicendole che non beveva alcolici. Inoltre era strano che si fosse recato a pregare all'alba al Muro del Pianto. Infine, come aveva fatto a tenere il libro ben stretto tra le mani mentre cadeva a terra e perché la kippà non era scivolata via dalla sua testa?»

Osservai che le incertezze su quella morte avrebbero potuto essere risolte solo con l'autopsia. Gruber mi spiegò che non era stato possibile perché il corpo del violinista era stato cremato in esecuzione delle sue volontà lasciate per iscritto come prescriveva la legge.

Capitolo 3
Un cimitero assordante

Gruber mi guardò per vedere la mia reazione. Non ne avevo alcuna, anche perché ero convinto che, dopo aver condiviso il dolore per i lutti che ci avevano colpito, l'attimo della commozione fosse trascorso. Confidarsi a vicenda aveva fatto bene alla salute e alla serenità mentale di entrambi, ma adesso dovevo chiarire con lui, prima che diventasse pubblica e dunque pericolosa per la Custodia, la vicenda del gabbiano nero e i suoi possibili oscuri risvolti.

Mi resi conto in quel momento che l'auto non si stava dirigendo a Gerusalemme. L'avrei dovuto capire quando il camioncino bianco con a bordo i tre agenti di Tsomet e il gabbiano nero aveva preso un percorso diverso dal nostro. Adesso non riconoscevo quella strada ripida e stretta tra pietre e alture. Lo feci presente in modo brusco a Gruber il quale mi rispose: «Gerusalemme è costruita nel cielo con pietra viva. A Gerusalemme viviamo dentro profezie che sono come una spessa nuvola di fumo dopo un'esplosione».

Questo non significava, replicai, che non dovessi tornare a casa mia, alla Custodia di Terra Santa, nel convento di San Salvatore. Ognuno ha la sua Gerusalemme, se lui ne aveva una così poetica e irreale, la mia invece era fatta di frati ai quali offrivo la fede, le preghiere e l'impegno cristiano. E il poco tempo che mi restava lo dedicavo all'archeologia.

Gruber esclamò: «Pensi che notizia per la stampa e per il suo Vaticano: il vicedirettore di Tsomet rapisce il Custode di Terra Santa!».

Scossi la testa e lui interpretò il mio gesto come un incoraggiamento a continuare la storia che aveva cominciato a raccontarmi.

«Torniamo a Bialik e a due anni fa, più o meno. Sei mesi dopo la scomparsa di mio padre e del violinista. Erano trascorsi un paio di giorni dal nostro incontro dalla contessa de Selle, quando Bialik mi telefonò per invitarmi a bere un aperitivo. Ci trovammo al bar del King David. Entrò subito in argomento e mi disse con gravità che aveva condotto qualche indagine sulla morte di mio padre. Gli riferii allora la storia che mi aveva raccontato il violinista e la sua strana e sospetta fine. Bialik osservò che probabilmente non si era trattato di un incidente né per l'uno né per l'altro e concluse che ambedue erano ebrei e la caccia all'ebreo era ancora molto praticata nel mondo e bisognava difendersi. Poi disse che si era recato di recente all'Opera di Tel Aviv dove rappresentavano il *Flauto Magico*. Aveva ripensato con nostalgia a un'edizione memorabile diretta da mio padre, che aveva ammirato in quello stesso teatro. Davvero un peccato, aveva insistito Bialik, che un artista simile non ci fosse più per colpa di qualcuno che odiava gli ebrei. Gli domandai quale fosse il suo mestiere. Rispose che lavorava per il governo e contribuiva a difendere Israele dai suoi moltissimi nemici. In conclusione, dovevo considerarlo una specie di impresario teatrale che dirigeva una compagnia chiamata Tsomet. Mi poteva interessare un ruolo?

Osservai che trasformarmi da musicista in spia era una scelta complessa e chissà cosa ne avrebbe pensato mio padre, se fosse stato vivo. Sorrise e replicò di essere certo che lui avrebbe sicuramente approvato. Gli chiesi come faceva a esserne così convinto. Un giorno me lo avrebbe spiegato, mi disse. Trovava inoltre inquietante che l'automobile avesse investito mio padre proprio nei pressi del Museo dell'Olocausto e che il violinista fosse stato trovato privo di vita davanti al Muro del Pianto. Se avessi lavorato per Tsomet, mi sarebbe certo capitata l'opportunità di scoprire il colpevole. E comunque non avrei dovuto rinunciare necessariamente alla mia vocazione musicale. Anzi, in certe particolari situazioni avrebbe potuto costituire una buona copertura.»

Interruppi Gruber per sapere se avesse catturato l'eventuale assassino. Mi rispose di no e proseguì nel suo racconto.

«Bialik mi ricordò come il nostro Paese si trovasse prigioniero di una guerra non voluta e odiosa, e il mio dovere di giovane ebreo fosse quello di combattere e non di nascondermi. Aggiunse che avrei dovuto essere pronto a qualsiasi eventualità. "Per esempio uccidere qualcuno?" domandai. Mi chiarì che con ogni probabilità mi sarei trovato di fronte anche a quell'imprevisto. Replicai che non ne sarei stato capace. Mi guardò incredulo. Concluse che aveva telefonato al Maestro Brook a Parigi per parlargli di me. Brook aveva pronunciato parole di affetto e stima nei confronti di mio padre, definendolo "un indimenticabile, grande musicista".»

Gruber s'interruppe, mi guardò e allargò le braccia, facendomi capire come la sua storia fosse finita e si aspettasse qualche mia domanda. Quella che gli feci lo sorprese davvero. Aveva continuato a comporre musica? Sorrise e rispose di no. Evidentemente la sua vocazione non era così forte. Ma si era dato più di una giustificazione. Da un lato un genio in famiglia poteva bastare, in secondo luogo era convinto che avrebbe ritrovato la passione per il suo mestiere quando avesse scoperto l'assassino di suo padre. Per queste ragioni non aveva più insistito con Bialik per incontrare Peter Brook. Aggiunse poi, e con orgoglio, come i suoi molti successi nella lotta contro i nemici di Israele lo avessero fatto crescere in pochissimo tempo nella stima dei superiori. Non gli domandai di quanti morti fosse costruito il mosaico del suo successo, il momento non mi sembrò opportuno, ma nella mia testa rimase la dolorosa curiosità. Gli dissi invece che trovavo strano che non fosse mai stato presente ai miei incontri, non sempre tranquilli, con Bialik. Replicò che Saul l'avrebbe anche voluto al suo fianco, ma non si era verificata l'occasione perché in quel periodo lui stava dando la caccia a una banda di Martiri di Allah responsabili di alcuni tra i più sanguinosi attentati degli ultimi tempi. E l'ottimo lavoro svolto aveva fatto in modo che, alla morte di Saul Bialik, l'avessero promosso. Da quattro mesi era vicedirettore di Tsomet.

L'auto si fermò bruscamente. Davanti a noi c'era un ampio piazzale sterrato e polveroso pieno di rottami metallici di vario genere e dimensioni. La strada finiva lì. Oltre c'era solo il deserto. Ebbi uno scatto.

«Dove siamo?»

«Per dirla con Schubert, Reverendo Padre, che cosa le suggerisce il suo poeta interiore? O piuttosto la voce della sua coscienza?»

Pronunciò queste parole con un tono che non mi piacque, quasi di sfida.

«L'ho condotta in un cimitero. Qui raccogliamo gli autobus che i Martiri di Allah fanno saltare in aria con la nostra gente dentro.»

Mi invitò a scendere dalla Volvo e a seguirlo. C'era un vento gelido non forte, ma pungente e fastidioso, che sollevava la sabbia. Gruber si muoveva tra quelle carcasse metalliche annerite dalle fiamme con disinvoltura, come se il luogo gli fosse del tutto familiare. Mi mostrò lo scheletro annerito di un pullman, una macchia scura, abbandonata, il telaio contorto e ripiegato all'indietro, i cerchioni d'acciaio sformati. Il buco provocato dalla bomba sembrava una scultura iperrealista, il monumento a una guerra nella quale l'attentato suicida era l'arma più ardita.

Lo seguii tra bottigliette di acqua minerale Neviot, quaderni di scuola, berretti militari, un Bunny grigio con i guantoni da pugile, un libro per metà mangiato dal fuoco, un pettine rosa, una confezione di talco.

«Sono oggetti normali,» mi stava dicendo Gruber «che appartenevano a gente normale. Guardi questa macchina fotografica, la confezione di lucido da scarpe, il diario dai contorni bruciacchiati, il manuale di istruzioni per il pronto soccorso, le due videocassette, la kippà nera, la maglietta gialla, la sciarpa rossa, le mostrine di un capitano e quelle di un luogotenente. Solo la morte di quei miei poveri fratelli ebrei non è stata normale.»

Fece una lunga pausa.

«Osservi l'altro autobus, il 361, è senza tetto.»

Mi avvicinai e mi sembrò di vedere una grande testa deformata alla quale l'esplosione aveva strappato il suo gigantesco cappello di lamiera.

«Il Martire di Allah,» continuò «era seduto nella settima fila. A metà. Si sono salvati quelli che stavano davanti e l'autista. C'è ancora un odore dolciastro che galleggia a mezz'aria. Lo sente? È il puzzo del sangue e della carne bruciata.»

Il tono di Gruber era stridulo e ironico, adesso.

«Nel suo più recente discorso, Sharon ha invitato la nostra gente a dimostrare capacità di autocontrollo. E allora, secondo lei, mentre ci uccidono con gli attacchi terroristici, noi dovremmo star fermi a guardare come di volta in volta gli assassini migliorano le loro tecniche?»

Le parole mi uscirono di bocca in modo quasi automatico.

«Da quello che lei mi ha detto, la sua carriera ha avuto un forte balzo in avanti dando la caccia ai Martiri di Allah. Ma i distruttori di questi autobus non è riuscito a catturarli, evidentemente.»

«Evidentemente, Reverendo Padre» replicò seccato. E aggiunse, cambiando argomento: «Le voglio ricordare che noi ebrei siamo considerati parsimoniosi. È la storia che ci ha reso così. Ci siamo abituati a usare tutto e a non buttare via nulla. Il motore posteriore del 361 è di una buona marca, Ford, lo recupereremo. Tornerà in servizio».

Mi sentivo a disagio. Gruber se ne accorse, fece finta di niente.

«Non è morale tutto ciò!» esclamai.

«Per il momento, riguardo alla morale, so soltanto che è morale ciò che mi fa sentire bene, è immorale ciò che mi fa sentir male.»

Avrei voluto spiegargli che in un paese in cui la memoria è testimoniata da circa ottomila monumenti e sacrari, questo luogo grondante dolore, tristezza e ricordi io invece lo sentivo ricco di sentimenti. Le carcasse dei pullman rappresentavano certo uno dei nuovi simboli delle sofferenze e delle lacrime disseminate sulle strade della sua Terra Promessa. Eppure c'era nella loro mostruosità la speranza di un'insopprimibile voglia di pace. Ma non dissi nulla.

Durante il viaggio di ritorno, Gruber cantò ossessivamente una canzone il cui ritornello suonava più o meno così: "Sediamo in un caffè e ci sentiamo in mezzo a una folla, cos'è che non abbiamo fatto, dov'è che abbiamo sbagliato? Sediamo in un caffè e ci sentiamo come all'estero. Cos'è che non abbiamo fatto, dov'è che abbiamo sbagliato?".

Immaginai che la musica fosse sua, ma non glielo domandai. Del resto, non mi sembrava molto ispirata e compresi perché avesse messo da parte, senza troppa sofferenza, la sua vocazione. Restammo in silenzio fino a Gerusalemme. Poi l'auto attraversò la Valle del Cedron, salì verso la Città Vecchia e percorse Sultan Suleiman, la strada che girava intorno alle antiche mura. Davanti all'entrata della Porta di Damasco, gremita come sempre di Amici della Roccia che da lì andavano nel quartiere musulmano per fare la spesa in quel labirinto affollato di botteghe dove si poteva trovare qualsiasi cosa, un mendicante storpio che in ginocchio chiedeva l'elemosina agitò verso di noi, e non in segno di saluto, la sua stampella. E un bambino, avrà avuto al massimo otto anni, che sedeva sul marciapiede vicino a lui, gettò contro di me, con tutta la forza che poteva avere nelle sue piccole braccia, la buccia di una banana che aveva appena finito di mangiare. Io mossi automaticamente la testa all'indietro per non essere colpito. La buccia lasciò sul finestrino dei filamenti giallastri.

Gruber fece una smorfia e disse a bassa voce: «Reverendo Padre, lei evidentemente non se n'è accorto, ma i vetri sono opachi. Da dentro lei può vedere, ma da fuori l'interno appare buio. Quei due palestinesi, le assicuro, non l'hanno scoperta in un'auto nemica. Ignorano che lei sia mio ospite. La sua reputazione è salva, stia tranquillo».

Il tono era diventato ironico. Poi esclamò con rabbia: «Quel piccolo aspirante Martire di Allah ha sporcato la mia auto!».

«Immagino che non le sarà difficile farla pulire, Gruber.»

«Certo, non mi sarà difficile» sospirò. «Reverendo Padre, qui a Gerusalemme noi ebrei nei confronti dei palestinesi siamo come i cani per i ciechi. Di giorno li accompagniamo per aiutarli a evitare i pericoli, la sera attendiamo i loro avanzi. Le pare giusto?»

«Gruber, se un cane scopre un serpente in giardino, il suo padrone come premio gli regala il miglior pezzo di carne che conserva in frigorifero. Nella Città Santa secondo lei ci sono più cani o più serpenti?»

Mi guardò perplesso e non mi rispose.

Proseguii: «Ho letto una storia su suo padre. Dirigeva il concerto di Capodanno a Vienna. Alla fine si avvicinò al microfono per i tradizionali auguri. A causa di alcuni problemi tecnici l'apparecchio non funzionò. "L'anno comincia proprio bene", esclamò a voce alta suscitando l'ilarità delle prime file e poi via via di tutto il pubblico. Da allora ogni direttore inventa qualche battuta di spirito. È vero questo aneddoto?».

«Sì, e nessuno ha più ritrovato la sua spontaneità. Quei Maestri pronunciano tutti frasi preparate a tavolino.»

Adesso la strada era quasi vuota e aveva un altro nome, Ha Tsankhanim, perché non ci trovavamo più a Gerusalemme Est. Passammo davanti a Notre Dame, arrivammo alla Porta Nuova, da lì entrammo nel quartiere cristiano della Città Vecchia e, dopo circa duecento metri, nel cortile del Convento di San Salvatore.

Gruber mi disse: «Reverendo Padre, mi tolga una curiosità. Perché lei, come me, indossa un giaccone, un pullover e dei pantaloni e non veste la sua uniforme d'ordinanza, il saio?».

«Per comodità» risposi seccamente.

Aggiunsi che avevo alcune domande da porgli a proposito della vicenda del gabbiano nero, perché erano ancora molti i punti oscuri. Gruber spalancò la bocca nel più cordiale dei sorrisi, scese dall'auto, venne dalla mia parte, aprì lo sportello per farmi scendere e, consegnandomi un bigliettino con il suo numero di cellulare, mi assicurò che al più presto sarebbe venuto a trovarmi per chiarire ogni mio dubbio e concluse: «A proposito, Reverendo Padre, sa cosa significa il mio nome, Nadav?».

Lo guardai negli occhi e sorridendogli dissi: «Generoso. Ma non so ancora se lei lo è».

CAPITOLO 4
I mosaici di Gaza

Salii nel mio appartamento, al secondo piano del Convento di San Salvatore. Era costituito da una camera da letto, uno studio, un ampio bagno. Feci subito una lunga doccia. L'acqua bollente e il sapone ruvido e profumato che passai più volte sul corpo e sulla testa contribuirono, almeno, ad allontanare da me il gelo spirituale e fisico di quella mattina.

Ero incerto se convocare immediatamente il Discretorio, che nel nostro ambiente, con le dovute proporzioni, può somigliare a una sorta di Consiglio dei Ministri.

È formato da sei Discreti, ognuno dei quali rappresenta una comunità linguistica: l'italiana, l'inglese, la francese, la tedesca, la spagnola, l'araba. Io, prima di essere eletto Custode di Terra Santa, ero stato il Discreto della comunità italiana, la più numerosa, e, considerate le mie competenze, mi ero occupato di affari culturali. In realtà avevo continuato a esercitare la mia professione di archeologo e allo stesso tempo avevo svolto le missioni speciali che mi affidava di volta in volta il mio predecessore alla guida della Custodia.

L'ultima era stata quella di intrattenere rapporti con

i servizi segreti dei Cugini del Muro e in particolare con quel Saul Bialik, vicedirettore di Tsomet.

Ora dovevo decidere se spiegare ai Discreti cos'era accaduto. Il lobo dell'orecchio destro cominciò di nuovo a prudermi. Uscii dalla doccia molto nervoso e mi asciugai sfregando con eccessiva violenza un asciugamano sul corpo, lasciandomi qualche segno sulla pelle. Indossai una camicia bianca, un maglione blu e un paio di pantaloni di velluto dello stesso colore. Il profumo di pulito mi rinfrancò. Entrai nel mio studio e scesi nella cappella privata al piano terra, dalla minuscola scala a chiocciola nascosta dietro il grande quadro di San Francesco che si trovava alle spalle della mia scrivania. Bastava premere un pulsante sulla cornice e il santo si spostava di quei quaranta centimetri necessari a far passare una persona non corpulenta. Né io, né tantomeno il mio predecessore, lo eravamo.

La scala l'aveva fatta costruire proprio lui perché soffriva di disturbi di circolazione alle gambe e attraverso quella scorciatoia arrivava direttamente alla cappella, evitando un lungo e faticoso percorso nei corridoi del convento. Alla messa amava invitare, oltre ai confratelli, anche ospiti illustri. Era una consuetudine che avevo interrotto perché non volevo che l'appuntamento con il Signore fosse un'occasione mondana. D'altra parte sapevo come la sua fosse stata una scelta in un certo senso obbligata. La malattia gli rendeva difficili i movimenti e gli impediva di uscire spesso da San Salvatore e rispettare i molteplici impegni dovuti all'incarico di Custode. Così, quando il suo segretario mi invitava alla messa nella cappella privata alle otto del mattino, sapevo già che il Reverendo Padre doveva comunicarmi qualcosa o affidarmi una particolare missione.

Le mie abitudini, poiché per fortuna avevo ancora buone gambe, erano diverse. Celebravo la messa da solo e poi mi concentravo nella preghiera, per avere un momento di intima e privilegiata comunione con il Signore. Consideravo quel tempo solitario indispensabile alla mia armonia interiore perché mettevo in collegamento la memoria con la ragione, la fantasia e il sentimento. Era un dono che mi facevo e mi permetteva di riflettere sulla morte senza mettere in dubbio la fede di sacerdote. Lo trovavo necessario al mio equilibrio e a una buona disposizione nei confronti della giornata che stavo per affrontare.

L'innovazione di stare da solo in cappella non era stata ben vista dai confratelli: l'avevano considerata un inutile segno di isolamento. L'unica deroga che mi ero concesso era la presenza, saltuaria, di padre Vidigal, il bibliotecario della Custodia. Era un frate di grande e profonda esperienza, un vecchio amico sincero capace di leggere i miei stati d'animo, il primo francescano che avevo conosciuto quando ero arrivato a Gerusalemme e che negli anni mi aveva sempre consigliato e aiutato con la sua saggezza. Lo consideravo il mio angelo custode.

Sentii un rumore dietro di me. Mi voltai, e vidi padre Giancarlo, il mio segretario, alle mie spalle. Lo fissai con severità. Si scusò, disse che si era permesso di disturbarmi mentre stavo pregando perché forse mi ero dimenticato di avere un appuntamento a Gaza di lì a tre ore e, considerati traffico e posti di blocco, ero già in ritardo. Lo ringraziai. Padre Giancarlo uscì dalla cappella. Rimasi di nuovo da solo. Avevo preso la mia decisione sul caso del gabbiano nero. Non ne avrei parlato, per ora, ai Discreti. Era inutile creare disagio.

Dovevo prima conoscere l'identità del morto. Così, convinto di aver trovato la migliore soluzione e dopo aver reso grazie al Signore per avermi guidato, respirai con gioia l'aria dell'altare e partii più sereno per Gaza.

Ogni volta che mi allontanavo da Gerusalemme, e accadeva spesso, provavo turbamento e inquietudine. Quella città che amavo tanto era per me uno stretto triangolo formato dalla Spianata del Tempio, dal Muro del Pianto e dal Santo Sepolcro. Le cose sacre vi si ammucchiavano una sull'altra. Fedi, razze e costumi diversi si incontravano fingendo di non conoscersi. Le sue mura sovrastavano con storica indifferenza i burroni e sotto, sepolte, c'erano altre mura che sorvegliavano altri burroni e i morti d'ogni tempo e religione.

Il mio predecessore aveva paragonato la Città Santa a una nave che attraccava e salpava di continuo. Le chiese e i minareti erano i suoi alberi, le sinagoghe i fumaioli, le colline le onde dell'oceano sul quale il battello andava avanti e indietro senza fermarsi mai, e a bordo l'equipaggio era così numeroso e parlava lingue tanto diverse che era molto difficile governarlo. Da millenni viaggiava senza affondare mai, perché su quella nave chi non credeva ai miracoli non era realista. E per tale motivo era sopravvissuta a invasioni, torture, orrori.

Di Gerusalemme amavo le torri e le cupole appoggiate una sull'altra come se un bambino avesse gettato i suoi giocattoli più cari a terra e li avesse mescolati tra loro, dipingendoli con i colori preferiti, oro, ametista, verde, giallo, nero, argento.

I caratteri dominanti della mia Gerusalemme erano una luce opaca e morbida e la pietra. Campi di pietra, montagne di pietra, tombe di pietra, case di pietra, scuole di pietra, sinagoghe di pietra, chiese di pietra. L'Antico Testamento era colmo di pietre. Servivano per colpire a morte uomini e donne. Giacobbe ne usò una come cuscino, la moglie di Lot divenne una colonna di sale simile a una pietra, le pietre piovevano dal cielo, Dio ne lasciò cadere una nell'oceano e su di essa si formò il mondo, con Gerusalemme al centro. Per combattere la sete i sacerdoti versavano acqua propiziatoria sugli altari di pietra. E con le pietre si costruivano i ponti, e c'era sempre una pietra sulla quale i profeti si sedevano e predicavano. Pile di pietre erano accumulate ovunque sull'erba e agli angoli delle strade, quasi degli ornamenti. Quelle grigie di grana grossa, che i muratori chiamavano *mizi yăhud*, quelle spruzzate di rosso, *mizi ahmăm*, quelle lucide, *mizi hizõn*.

Nel viaggio verso Gaza la mia attenzione si concentrò sui posti di blocco. La fantasia dei Cugini del Muro era infinita. Qualcuno, se ne avesse avuto voglia, avrebbe potuto allestire una mostra con le loro creazioni. Vidi cubi di cemento dalle cornici azzurre e la sbarra rossa al centro, parallelepipedi di compensato verde alti più di due metri, contenitori di plastica gialli pieni di acqua accanto ad altri vuoti per spostarli più facilmente, costruzioni bianche semicircolari dietro le quali era nascosto il soldato di guardia, sacchi di sabbia davanti a una vecchia automobile messa di traverso e che doveva costituire un ostacolo improvviso.

Ero stato invitato a Gaza da Ahmed Hussein, direttore dell'Istituto di Archeologia della locale Università per dare un parere su alcuni mosaici romani appena ritrovati. Dovevo decidere se valeva la pena restaurarli.

Davanti al posto di blocco degli Amici della Roccia,

più piccolo e più povero di quello dei Cugini del Muro, una sedia rotta e un poliziotto in piedi dall'aria stanca e poco interessata a chi entrava e usciva, mi stava aspettando una ragazza alta, magra, giovane, bella, il sorriso caldo e comunicativo. Mi salutò con un confidenziale: «Benvenuto Abuna Matteo».

Mi chiamavano Abuna, che in arabo significa padre, i miei amici o in ogni caso chi mi conosceva bene. Quella ragazza non mi sembrava di averla mai incontrata, anche se il viso e soprattutto gli occhi verdi, profondi e lucenti, mi erano vagamente familiari. La pregai di scusarmi per il ritardo ma lei si affrettò a dire che l'importante era che fossi arrivato. Poi aggiunse che sarebbe stato meglio lasciare la mia auto nel parcheggio vicino al posto di blocco ed entrare a Gaza con la sua. Era una vecchia Fiat Uno dalla carrozzeria malconcia. All'interno la fodera era strappata in più punti. La ragazza garantì però che i freni erano buoni. Mi sistemai accanto a lei. Sul sedile posteriore era disteso il gatto più grasso che avessi mai visto, bianco e nero, il pelo soffice, il muso tondo, i baffi lunghissimi. Miagolò senza alcuna cordialità quando si accorse di me.

«Si chiama Dimmitu e non si preoccupi. È socievole, ma deve sentirsi amato.»

Proseguì spiegandomi come un improvviso e improrogabile impegno avesse impedito al professor Ahmed Hussein, il quale tramite la sua persona se ne scusava con me, di venire ad accogliermi. Così, se non avevo nulla in contrario, sarebbe stata lei la mia guida. Le domandai se fosse un'allieva di Hussein.

«Mi occupo di archeologia anch'io» rispose.

Le rivolsi un sorriso di circostanza. La ragazza accese la radio su una stazione locale. Trasmettevano un rap di

Sharbam Abdel Kerim. Le raccontai di aver visto su un giornale la foto di quell'egiziano che aveva lavorato in una lavanderia fino all'improvviso successo. Aveva i capelli pieni di gel, alcuni chili di troppo e il suo abbigliamento era piuttosto eccentrico, bracciali ai polsi, una collana d'oro al collo, la camicia di seta rossa, verde e oro aperta sul petto grasso e bianchiccio. Sharbam si esprimeva in modo violento nei confronti dei Cugini del Muro. Ora stava recitando questi versi: "Odio Israele. Lo dirò sempre e non temo di essere ucciso o imprigionato. Odio Israele, gente con le armi contro gente con i limoni".

La ragazza volle conoscere il mio giudizio su di lui. Le dissi che mi sembrava un cantante mediocre. Replicò sorridendo che però era patriottico, sapeva parlare alla gente e a Gaza era molto popolare. Non ritenni utile proseguire il discorso, anche perché amavo un genere di musica diverso. Quasi mi avesse letto nel pensiero, chiuse la radio e Dimmitu miagolò come fosse d'accordo con me.

Passammo davanti al minareto della moschea di Al Omari, una delle più antiche del Medioriente. Percorremmo alcune stradine strette e non asfaltate, con abitazioni in cui la povertà si mescolava alla sporcizia. Nel disordine spuntavano alcuni edifici di sicuro valore architettonico, come i bagni pubblici Al-Samrah, la moschea di Kateb, la chiesa greco-ortodossa di San Porfirio, il primo vescovo di Gaza dopo la fine della persecuzione anticristiana dei romani nel quarto secolo. Era la ragazza a raccontarmi tutto questo con gentilezza, quasi non fossi mai stato da quelle parti. Pensai che volesse farmi una buona impressione e accettai di buon grado le sue parole.

«Conosco bene il suo lavoro, Abuna Matteo,» disse a un certo punto «io sono stata a Umm-er-Rasas.»

Continuò a parlare e mi stupì sempre di più.

«Quando lei le scoprì per caso nel deserto giordano, le rovine di Umm-er-Rasas erano molto estese. Sulla distesa scomposta e irreale di pietre cadute apparivano qua e là archi ancora in piedi, e colonne e chiese come quella edificata nel 586 al tempo del vescovo di Madaba Sergio, nel cui territorio diocesano si trovava Umm-er-Rasas. All'opera collaborarono economicamente le persone più abbienti della comunità. Gli stessi benefattori si fecero ritrarre in scene agricole e venatorie con le quali i mosaicisti decorarono la navata centrale. Nell'VIII secolo, quando la regione da più di cento anni era governata dai califfi omayyadi di Damasco, fu costruita una nuova chiesa in un'area a sud-est della precedente e dedicata al protomartire Santo Stefano dai cristiani di Umm-er-Rasas.»

Ero sbalordito.

La ragazza aveva citato a memoria un mio articolo recente apparso sulla rivista dello Studium Biblicum Franciscanum e diffusa quasi esclusivamente tra gli specialisti del settore. La ringraziai dell'attenzione che riservava alle mie ricerche. Mi sorrise soddisfatta e Dimmitu miagolò.

Eravamo finalmente arrivati nel centro della città di Gaza, nei pressi dell'area archeologica recintata in cui si trovavano i mosaici che dovevo visionare. La mia diagnosi fu rapida. Erano in condizioni precarie. Avevano bisogno di cure energiche. La ragazza mi disse che non esistevano i fondi necessari per il restauro, ma tutti confidavano in me. Non le domandai chi fossero quei tutti.

«Adesso, Abuna Matteo, la accompagno all'Università. La stanno aspettando.»

Non andammo all'Università, ma ci dirigemmo a piedi verso un edificio mal ridotto che poteva, un tempo, essere stato un cinema. La ragazza capì le mie perplessità e mi spiegò che si trattava di una delle sedi provvisorie dell'Istituto di Archeologia. Il locale era stato offerto dal suo proprietario al professor Hussein, il quale, non avendo a disposizione fondi per acquistare o affittare qualcosa di meglio, l'aveva destinato a incontri, dibattiti e conferenze.

Un centinaio di studenti erano seduti dove potevano, la maggior parte sul pavimento polveroso. La ragazza mi presentò come Abuna Matteo, il più grande archeologo di Terra Santa. E mi sussurrò in un orecchio che adesso potevo parlare. Le risposi piano che non avevo previsto una conferenza e lei mi scongiurò di dire qualcosa per non deludere i suoi amici. Poi strizzò gli occhi come se le facessero male e una smorfia di dolore le attraversò il viso. Stavo per chiederle cosa avesse, ma lei mi sorrise nuovamente e mi applaudì. Gli studenti la seguirono con entusiasmo. Sentii qualcosa che mi sfiorava le gambe e mi accorsi che Dimmitu si stava sistemando tra i miei piedi, quasi volesse ascoltarmi anche lui.

La ragazza, sempre chiudendo a intermittenza gli occhi, mi disse a voce alta: «Abuna Matteo, prima ancora che lei inizi a parlare voglio porle un quesito, al quale mi auguro risponderà, su qualcosa che preoccupa tutti i presenti. È un sentimento comune, credo».

Sorrise, prese fiato e proseguì: «Secondo lei che, oltre a essere un grande archeologo e uno studioso di geografia biblica, è anche il Custode di Terra Santa, sarebbe possibile oggi per uno o una di noi ripetere il viaggio di Gesù Cristo?»

Quella ragazza mi stupiva sempre di più per la proprietà del linguaggio e la cultura che dimostrava. Decisi di rispondere da professore.

«Se parliamo del percorso del Redentore, subito mi vengono in mente il Tempio di Gerusalemme, e poi, naturalmente, Nazareth, Cafarnao, le città della Galilea, e le sue campagne coltivate a vigne, a fichi, a mandorli, a melograni, a ulivi, a orzo, a grano.»

La ragazza mi fece un cenno, quasi volesse intervenire. Le domandai: «Vuoi parlare?».

«Sì, Abuna Matteo. Qualche tempo fa sono stata a cena con un fotografo canadese. Era arrivato da queste parti attratto dalle immagini dei nostri bambini con le armi in mano. Mi disse che non capiva perché non ci decidessimo sul serio a firmare la pace. Ho cercato di spiegargli la nostra rabbia, e lui mi ha detto che c'era un modo per vincere il nemico, potevamo creare dei kibbutz palestinesi. Gli ho fatto notare come gli israeliani avessero al loro fianco gli americani mentre noi eravamo soli. Con una certa arroganza ha osservato che la nostra forza erano le idee, ma che dovevamo imparare a usarle. Allora gli ho chiesto se riteneva che qualcuno dei nostri fosse in grado di ripetere oggi il viaggio di Gesù senza prendersi una pallottola in testa o restare fermo per ore a un posto di blocco. Non mi ha saputo rispondere. Abuna Matteo, quando chiunque di noi potrà compiere quel viaggio, in pace, questo luogo tornerà davvero a chiamarsi Terra Santa. È d'accordo?»

Le risposi di sì, anche se avevo la convinzione che dal giorno del martirio di Nostro Signore quella terra più che santa fosse disperata.

CAPITOLO 5
Il formaggio

Nella sala c'era un gran silenzio adesso. Prese la parola una ragazza piccolina, ben fatta, luminosa. I suoi capelli erano neri, lunghi e lisci, la pelle del viso ambrata, le labbra rosse. Gli occhi scuri e grandi, lievemente a mandorla, comunicavano una sensazione di forza. Si chiamava Fatima. Disse di essere nata nel villaggio di Al Azarekh. La sua voce aveva un tono commosso e quasi affettuoso, mentre lo descriveva.

«Immaginate il nero delle tende che risalta da lontano nel riverbero del sole. Poi di colpo, dietro a una curva della strada che attraversa da nord a sud il deserto del Negev, appare il mio villaggio: molte tende con qualche baracca di lamiera, tanti bambini, vecchie automobili parcheggiate alla rinfusa, cammelli e capre che cercano di brucare qualcosa, cani che abbaiano al vento. I cavi che portano l'elettricità nel Negev passano proprio lì: ma le nostre tende non sono collegate ai tralicci. Al Azarekh conta tremila abitanti. Ma gli israeliani non la riconoscono come città. Questo significa che ufficialmente non esistiamo e dunque non possiamo ricevere servizi pubblici. Per lo Stato siamo soltanto dei nomadi, anche se quella terra è nostra da secoli. Il risultato è che se non accendessimo il fuoco, con quella poca legna che siamo in grado di trovare, d'inverno moriremmo di freddo. E inoltre dobbiamo fare a meno dell'acqua corrente, delle fognature, dei trasporti pubblici, delle strade. Eppure i due soldati beduini uccisi il mese scorso dai guerriglieri di Hamas in un fortino poco a sud di Betlemme provenivano dal mio villaggio. Quei dieci minuti di scontro a fuoco hanno segnato una novità. Per la prima volta tutte le vittime, dell'una e dell'altra parte, erano palestinesi.

Abuna Matteo, vuole sapere perché due beduini palestinesi erano schierati in prima linea con addosso l'uniforme con la stella di Davide? La risposta è amara.

Come palestinesi e musulmani, siamo automaticamente esentati dal servizio militare. Israele non si fida di consegnarci un'arma. Possiamo arruolarci solo in qualità di volontari. Ogni anno, in media, un centinaio dei nostri lascia le tende e i cammelli per mettersi sugli attenti in una caserma israeliana. Lo fanno per fuggire la povertà oppure per orgoglio, per desiderio di affermazione, per sentirsi rispettati. Israele accoglie volentieri i nostri ragazzi per una ragione precisa: sono infallibili cacciatori di tracce, sanno leggere la superficie del deserto.»

Fece una pausa.

«E poi ti capita di venire ammazzato dai tuoi stessi fratelli, e che nel villaggio dove sei nato ti considerino anche un traditore. Abuna Matteo, mio fratello era uno di quei due soldati e i miei genitori si sono rifiutati di seppellirlo.»

L'incontro, al di là di ogni previsione, si stava trasformando in un dibattito politico. Ripresi la parola, la mia voce ebbe un tremito di commozione, e dissi che quando al tramonto contemplavo dall'alto del monte Nebo le prime luci di Gerico nella valle del Giordano e quelle di Gerusalemme e di Betlemme sulla montagna di Giudea, e riflettevo sui crimini che si stavano commettendo al chiarore di quelle luci, non riuscivo più a considerare la nostra terra davvero santa.

Nei quarantadue anni di permanenza a Gerusalemme avevo vissuto ogni genere di esperienza, a cominciare dal mitra che, durante la guerra dei Sei Giorni, mi aveva puntato al petto un giovanissimo paracadutista Cugino del Muro, entrato da una finestra del corridoio al primo piano nel Convento della Flagellazione dove a quei tempi vivevo e studiavo. «Se ti fai ancora vedere da queste parti,» ero davanti alla porta della mia stanza «ti sparo» mi aveva urlato in faccia. Come volontario della Croce Rossa avevo poi seguìto e confortato quella processione di Amici della Roccia, poveri e impauriti, lunga quanto la distanza che separa Gerusalemme dalla riva del fiume Giordano, che giorno dopo giorno si snodava sotto il sole di giugno in cerca di un rifugio a est. Avevo trovato molti corpi insepolti nelle periferie e nel deserto, e li avevo bruciati perché non ero nella possibilità di offrire loro una tomba. Avevo sentito le grida di strazio e di odio delle famiglie cacciate dalle loro case del quartiere musulmano sotto alle grandi moschee. I bulldozer avevano raso al suolo ogni abitazione per creare in tre giorni la spianata dove i Cugini del Muro potessero incontrarsi e pregare. Avevo visto le bombe rosse della guerra del Kippur e fotografato le loro esplosioni e il loro fuoco, e il fumo che saliva dalle raffinerie siriane di Homs attaccate durante la notte. Non avrei mai potuto dimenticare nulla di tutto ciò.

«La pace,» conclusi «non si fa con i fucili e con gli espropri, ma con la giustizia e il rispetto reciproco. I gesti importanti sono quelli di una coppia di Cugini del Muro che mandano i due figli in una scuola dove insegnano a convivere con gli Amici della Roccia. Qualche sera fa ero a cena da loro, e il più grande dei due ragazzi ha tirato fuori da una tasca una mela. L'aveva ricevuta la mattina in classe dal suo compagno di banco Amico della Roccia. L'abbiamo mangiata insieme, un pezzettino per uno, facendola squagliare in bocca come fosse un'ostia.»

Sospirai. Poi dissi ancora: «Ricordatevi che il più forte non è mai abbastanza forte per riuscire a restare sempre il padrone, a meno che non trasformi la forza in diritto e l'obbedienza in dovere».

Mi applaudirono a lungo. La mia accompagnatrice prese la parola: «Abuna Matteo vive una parte dell'anno in un luogo meraviglioso che lui chiama il Balcone sul Mondo. È il monte Nebo in Giordania. Lì c'è il Memoriale di Mosè, una chiesa che contiene dei mosaici che hanno l'anima».

Aveva le lacrime agli occhi. Mi sembrò un po' eccessiva la sua commozione, anche perché immaginavo che non fosse mai stata al monte Nebo.

Mi rivolsi ancora agli studenti: «Molti di voi saranno certamente dotati di spirito d'osservazione. Nella vostra memoria scorre tutto ciò che vi accade intorno. Scegliete fra quanto avete osservato quello che è più importante. La maggior parte delle persone non presta attenzione nemmeno ai propri interessi vitali, figuratevi se osserva la verità intorno a sé. Sviluppare l'attenzione richiede fatica, tempo, volontà ed esercizio sistematico. Per trovare un mosaico ci vuole quel genere di attenzione. È importante capire in che modo guardare, ascoltare, sentire non tanto il brutto, quanto il bello. Prendete un fiore, una foglia, una ragnatela, i disegni del ghiaccio sul vetro. Sono sempre gli stessi da qualsiasi posizione li osserviate. Ma cambiano in prospettiva con il mutare del vostro sentimento. Io la chiamo attenzione sensibile e vi permette di scoprire l'anima di chi sta di fronte a voi e capire se dentro quella persona corre la predisposizione alla luce e non al buio.

Per quel che riguarda il mosaico, è ciò che vi fa emozionare. Se il vostro cuore è sensibile, vi commuoverete quando con la cazzuola avrete scavato la terra che lo sta nascondendo alla vita e alla storia e sentirete il suo profumo. Solo allora avrete qualche possibilità di diventare dei bravi archeologi».

Mi applaudirono di nuovo e a lungo. Poi la mia accompagnatrice ricordò come, scavando a Umm-er-Rasas, io avessi trovato delle chiese costruite sotto il dominio degli Omayyadi. E dunque, se un tempo su quelle terre si viveva in pace, perché non era più possibile oggi? Concluse che erano gli israeliani i colpevoli e non i palestinesi.

A quel punto osservai: «La Scrittura ha detto che l'inizio della saggezza fu il timore di Dio. Io credo che gli uomini siano sempre meno saggi e considerino il Signore un'Entità troppo astratta. Lo dovrebbero amare di più soprattutto con il cuore e il sentimento».

L'incontro era terminato. La ragazza che aveva detto di chiamarsi Fatima si avvicinò e mi invitò a Gerusalemme a un suo spettacolo. Ero stupito. Recitava o faceva la regista? Ambedue i ruoli, mi rispose, poi sorrise, aggrottò la fronte come fosse stata colpita da un cattivo pensiero e fissò la mia accompagnatrice che si stava sfregando gli occhi con una smorfia di dolore. Quest'ultima esclamò: «Abuna Matteo, tutte le felicità si somigliano. Tutte le infelicità sono diverse».

Salutai gli studenti, promisi a Fatima che sarei andato a vederla e con la mia guida tornammo alla sua automobile. Dimmitu ci seguì zampettando con agilità nonostante la sua mole e si sdraiò come prima sul sedile posteriore. Annusò l'aria, miagolò a lungo e, con soddisfazione, cominciò a ronfare. La ragazza mi avvertì: «Abuna Matteo di solito dipende dal buon umore del soldato di turno superare il posto di blocco israeliano. Può trattenerla per ore mentre lei cerca di convincerlo a lasciarla passare».

Le dissi che aveva ragione e a me era capitato in quelle interminabili e assurde attese di veder nascere dei bambini e li avevo benedetti senza chiedermi neppure per un momento se fossero cristiani, Cugini del Muro o Amici della Roccia.

Quando ci salutammo, prima di salire sulla mia auto la ragazza volle regalarmi una grande forma di formaggio per i confratelli, e mi spiegò come, secondo lei, il formaggio di Gaza fosse il migliore in assoluto di tutta la Terra Santa. Adesso capivo perché Dimmitu aveva annusato con gusto l'aria.

Il Cugino del Muro al suo posto di blocco mi fermò per un'ispezione. Scoprì il formaggio e mi disse che stavo commettendo un reato perché non era consentito esportare i prodotti di Gaza. Gli comunicai che si trattava di un regalo e io ero il Custode di Terra Santa. Mi guardò perplesso. Capii che non sapeva che ero il capo dei francescani. Trovai inutile spiegarglielo. Mi ripeté che il formaggio non poteva passare. Gli domandai se per caso lo volesse, visto che non mi permetteva di portarlo ai miei frati. Rispose che le regole valevano anche per lui. E poi quello israeliano era molto più buono, saporito e sano.

Avanzai una nuova proposta. Avrei lasciato la forma di formaggio sulla strada, certamente qualcuno che aveva fame lo avrebbe preso. Replicò che anche questo non era possibile, era illegale e avrebbe dovuto arrestare chi si fosse impadronito di quel formaggio, perché sarebbe stato chiaramente un furto.

Mi sembrava di aver esaurito le idee. Fu a quel punto che vidi un taxi. C'era solo il conducente. Dissi al soldato che avrei potuto regalare a lui quel formaggio.

Il soldato osservò che poteva essere una soluzione ma doveva avvenire lontano dai suoi occhi. Chiesi allora all'autista del taxi di precedermi, io lo avrei seguito con la mia auto, e di fermarsi all'altezza del posto di blocco degli Amici della Roccia perché avrebbe avuto da me un dono. Quello, stupito, fece come gli avevo detto e quando gli diedi il formaggio, mi abbracciò e mi baciò le mani. Era padre di sette figli e quella sera con il mio regalo ci sarebbe stata una gran festa a casa sua. Voleva che fossi suo ospite. Lo ringraziai dell'invito, ma dovevo tornare assolutamente a Gerusalemme. Mi salutò con le lacrime agli occhi.

Al suo posto di blocco il Cugino del Muro ispezionò di nuovo la mia auto come fosse la prima volta. Poi mi fece cenno di andare con un mezzo sorriso. Mentre guidavo verso Gerusalemme, domandandomi perché mai mi fossi recato a Gaza, mi resi conto che la ragazza non mi aveva detto il suo nome. Conoscevo solo quello del gatto, Dimmitu.

Capitolo 6
I Discreti

«Immagina che il fruttivendolo metta sempre una mela in più nel chilo di mele che ti vende. La tua giornata sarà certo migliore.»

La mamma mi ripeteva sempre questa frase quando mi vedeva triste o con qualche problema da risolvere e, negli anni, le sue parole mi avevano accompagnato confortandomi nei periodi difficili. Quello che stavo vivendo era particolarmente complesso. La vicenda del gabbiano nero mi era precipitata addosso in un momento particolare. Da troppo poco tempo ero stato eletto Custode e il passaggio dal libero lavoro di archeologo a una vita sedentaria ritmata da scadenze precise e burocratiche mi causava sofferenze. Insomma, non mi sentivo affatto a mio agio.

Ritenevo, per esempio, che non fosse obbligatorio ricevere i confratelli seduto dietro una scrivania. Ma questo atteggiamento così poco tradizionale mi aveva causato qualche antipatia. C'era addirittura chi sosteneva, come padre Benjamin, che così facendo dimostravo poco rispetto per l'ufficialità del ruolo. Ero diventato Custode con una maggioranza quasi assoluta. Solo i francesi non mi avevano votato, ma erano stati influenzati da uno screzio, definiamolo così, che era sorto tra me e padre Benjamin, il loro Discreto.

Un paio di mesi prima della mia elezione, alla fine di un seminario dal titolo *Archeologia cristiana e studi biblici* che avevo tenuto presso lo Studium Biblicum Franciscanum, la cui sede si trovava nel Convento della Flagellazione, e al quale avevano partecipato studiosi di numerose parti del mondo, padre Benjamin aveva preso la parola per informarci di una sua importante scoperta. Una testina di pietra, ritrovata durante gli scavi che alcuni nostri archeologi stavano effettuando nella fortezza di Macheronte, era secondo lui l'esatta riproduzione della testa di Giovanni Battista, decapitato appunto in quel luogo. Io avevo allora spiegato che non esisteva nemmeno una prova scientifica a sostegno della sua tesi. Solo chiacchiere che probabilmente padre Benjamin aveva sentito in qualche caffè di Gerusalemme. Poi, con un impeto eccessivo del quale mi ero subito pentito, avevo concluso con una battuta: «Gli archeologi dilettanti sono dannosi a se stessi e alla ricerca. Il mio consiglio è che si dedichino ad altre attività come il giardinaggio e l'apicoltura».

Padre Benjamin aveva replicato che le piante amava contemplarle e il miele usarlo nel caffè al posto dello zucchero. Io avevo concluso lo scambio di battute osservando che mi aspettavo da lui più spirito, e soprattutto più umiltà.

Ma c'era stato anche un altro motivo alla base della mia reazione. Padre Benjamin mi era antipatico e il suo aspetto fisico mi irritava. Sapevo benissimo che non era colpa sua se aveva le gambe corte, la pancia prominente, qualche ciuffo di capelli più o meno grigi disseminati qua e là sul cranio. Ma l'odore intollerabile che proveniva dal suo corpo dipendeva proprio da lui e dalla sua scarsa dimestichezza con l'acqua.

Poco prima delle nostre elezioni, padre Benjamin aveva ricordato ai confratelli l'episodio della testina di Giovanni Battista e la mia intemperanza. Difetto capitale per un candidato Custode. In seguito, a nomina avvenuta, mi aveva regalato una macchinetta da caffè accompagnata da un biglietto un po' banale: «Un pezzo di calda Italia in Terra Santa, buon lavoro al nostro caro Custode».

Quella macchinetta non funzionava bene. Forse c'era un difetto di fabbricazione, certo è che il caffè non usciva come piaceva a me, denso e schiumoso. Risultava sempre troppo lungo.

Quando padre Benjamin veniva a trovarmi nel mio studio, oltre a turarmi il naso ma facendo in modo che non se ne accorgesse, dovevo ogni volta celebrare il rito del caffè. E poi sorseggiarlo simulando piacere e soddisfazione. In quei momenti pensavo che i confratelli avrebbero fatto meglio ad accogliere i suoi dubbi e a non eleggermi.

Dal punto di vista formale, i miei rapporti con i Discreti erano buoni, nessuno di loro mi aveva ancora rivolto critiche o contestazioni, eppure li sentivo lontani. Probabilmente interpretavo il mio ruolo in modo troppo personale. Inoltre, mentre il mio predecessore mi aveva utilizzato per alcune missioni delicate, io, a mia volta, non avevo accanto a me un padre Matteo che risolvesse le questioni difficili.

L'unico amico era padre Vidigal, ma l'età e gli impegni lo rendevano spesso poco disponibile. Il mio segretario, padre Giancarlo, un giovane frate magro, alto e perennemente preoccupato, anziché tranquillizzarmi mi comunicava sempre una certa dose d'ansia. L'avevo scelto perché era un'anima semplice, ma avevo capito quasi subito che era davvero troppo semplice.

E poi non mi ero ancora abituato al nuovo appartamento a San Salvatore. Mi appariva freddo e non confortevole. Nella stanza che avevo occupato nel Convento della Flagellazione, fino al giorno della mia elezione, l'arredamento era costituito da libri sparsi ovunque, da pregevoli oggetti di scavo usati come fermacarte, da antiche mappe di Gerusalemme e della Terra Santa appese alle pareti assieme alle foto dei mosaici di Umm-er-Rasas e del monte Nebo, dal fornelletto per il caffè sistemato accanto a una Bibbia antica. E poi custodivo un tesoro, una preziosa e unica collezione di monete d'oro romane, chiusa in una cassetta di legno nascosta sotto il letto perché non avevo il denaro per far installare, nel museo dello Studium Biblicum Franciscanum al piano terra del convento, un sistema elettronico di protezione dai furti.

Il mandato di Custode sarebbe durato sei anni e non avevo ancora deciso se trasferire i miei vari oggetti a San Salvatore oppure no. Avevo letto da qualche parte di un grande seduttore che, a un certo punto della sua esistenza, si era innamorato di una rosa del suo giardino. E aveva cercato di tenerla in vita il più possibile. Quando era appassita, lui l'aveva congelata ed era vissuto con lei fino alla propria morte senza parlare più con nessuno. Io non potevo congelare l'oggetto della mia passione, perché l'archeologia viveva di azioni e presenze continue.

Le vicende che avevano portato alla mia elezione, la morte improvvisa del mio predecessore e la scelta di un candidato come me sopra alle parti, mi regalavano libertà e tuttavia erano fonte di preoccupazioni. La più forte, e la percepivo con dolore, era quella circa la mia autorevolezza. Avevo la sensazione che i confratelli mi rispettassero come archeologo ma non mi avessero ancora accettato come Custode. In attesa della riunione con i Discreti, dal mio studio scesi nella cappella privata per pregare. Di tutto il Convento di San Salvatore era il luogo nel quale stavo più a mio agio. Ero anche convinto che solo la preghiera potesse combattere le inquietudini e il senso di disagio che mi avevano invaso dopo la mia elezione. Così da qualche tempo, dopo la messa, rimanevo in ginocchio davanti all'altare per almeno dieci minuti. Ma non potevo stabilirmi là dentro, era impensabile che mi dedicassi alla preghiera tutto il giorno per fuggire da quella realtà, nella quale trovavo sempre più difficile conciliare l'impegno di Custode con quello di archeologo. Dissi un *Pater noster* per padre Benjamin.

Poi ripensai a uno strano episodio accaduto qualche giorno prima. Era venuto a trovarmi padre Bernard, il nuovo assistente del nostro Ministro Generale. Padre Bernard era un uomo di media altezza, la corporatura robusta, un viso regolare e anonimo. Solo i suoi occhi mi avevano colpito. Erano azzurri, piccoli e non particolarmente belli, ma comunicavano una sensazione di forza e di tenacia. La sua voce aveva dei toni convincenti e rassicuranti. Mi aveva riferito che il Ministro Generale desiderava che organizzassi una mostra sulla storia della Custodia di Terra Santa con i migliori pezzi che si trovavano esposti nel museo dello Studium Biblicum, tra i quali la pregevole e preziosa collezione di monete d'oro coniate in epoca romana nelle città della Siria.

Gli avevo spiegato come quel tesoro archeologico fosse patrimonio dell'Ordine e mi avrebbe fatto piacere ricevere dal nostro Ministro Generale due righe di richiesta ufficiale. Padre Bernard mi aveva assicurato che quanto prima avrei ricevuto la lettera, e considerava del tutto legittima la mia richiesta. L'avevo poi accompagnato al Convento della Flagellazione, perché aveva espresso il desiderio di vedere le monete d'oro. Gli avevo mostrato dove le avevo nascoste e avevo colto l'occasione per esprimere qualche lamentela. Nessuno mi aiutava a trovare il denaro necessario per proteggere quel tesoro e offrirgli una sistemazione adeguata e protetta all'interno del museo dello Studium Biblicum. Gli spiegai che i pellegrini spesso amavano portarsi via come ricordo dei pezzi archeologici e temevo che accadesse la stessa cosa con le monete. Perciò la cassetta che le conteneva stava al sicuro sotto il mio letto.

Padre Bernard, mentre ammirava alcuni esemplari unici e il loro fine cesello, mi aveva garantito che avrebbe esposto anche questo problema al Ministro Generale perché riteneva che avessi ragione. E qualche intervento economico sarebbe certamente arrivato. Avevo risposto che lo ringraziavo molto del suo interessamento, ma a Roma i più autorevoli esponenti della Curia e della Segreteria di Stato, oltre ai vertici del nostro Ordine, erano già a conoscenza di tutto, eppure nulla era ancora accaduto.

Padre Bernard aveva trovato legittima la mia delusione e mi aveva pregato di confidare in lui. Lo avevo salutato con un certo scetticismo, ma dissimulandolo dietro un sorriso e la promessa di incontrarci presto, magari a Roma. Infine, gli avevo di nuovo rammentato le due righe del Ministro Generale. Lui si era messo la mano destra sul cuore. E con l'indice e il medio aveva fatto il segno di una "V" come vittoria. Non mi era parso un gesto da frate, poi avevo concluso che anche nel nostro Ordine erano arrivati usi molto laici.

Tornai al presente. Mi feci il segno della croce, salii per la scala a chiocciola e arrivai nello studio. I Discreti mi stavano aspettando. Erano in piedi e rimasi in piedi anch'io. Li salutai e dissi: «Ricordatevi: c'è la fede e ci sono gli umiliati. Dobbiamo fare in modo che la fede fecondi la giustizia e aiuti ogni persona a soffrire di meno».

Osservai le loro reazioni. Non ce ne furono. Ripresi a parlare.

«I Cugini del Muro hanno imposto limitazioni alla libertà di movimento dei due milioni di Amici della Roccia che vivono in Cisgiordania. In realtà quella povera gente è agli arresti domiciliari. Per loro è quasi impossibile uscire dalle città e dai villaggi. Io sono arrivato a Gerusalemme a sedici anni. Oggi ne ho quasi sessanta. Un tempo questa città era un luogo più religioso. Ieri ho visto un vecchio sporco e lacero che non aveva nemmeno la forza di chiedere l'elemosina ma nessuno si fermava a dargli qualcosa. Poi ho incontrato una donna che dormiva all'ingresso della Porta Nuova. Era coperta da un mucchio di cenci informi. Si è svegliata, si è alzata, si è avvicinata a un secchio pieno d'acqua, si è spogliata con dignità e si è lavata. Poi si è rivestita e si è allontanata. Sia il vecchio sia la donna erano decorosi, fieri e soli. Non vi so dire se l'uno e l'altra fossero cristiani, Cugini del Muro o Amici della Roccia. Mi interessa poco, in realtà. Ma certamente erano la triste testimonianza di come si sta riducendo la Terra Santa.»

Padre Raffaele, il Discreto degli italiani, un fiorentino sulla quarantina, alto, magro, sempre sorridente, disse che rispettava e condivideva i miei ragionamenti.

Poi prese la parola padre Benjamin. Su mia richiesta si era recato a un incontro con Eliah Shamir, uno stretto collaboratore del primo ministro Sharon. Padre Benjamin ricordò con un gran sorriso che lui viveva a Gerusalemme da più anni di me e pensava di conoscerla almeno quanto me. Immaginai che la precisazione non fosse un complimento. Forse avrebbe voluto diventare Custode al mio posto, mi dissi, ma scacciai subito il cattivo pensiero. Anche perché poco prima avevo pregato per lui, e non volevo perdere i benefici di quell'atto di umiltà.

Padre Benjamin osservò che Sharon, invecchiando, era diventato più sereno. Eliah Shamir gli aveva spiegato come la scomparsa della moglie Lili avesse provocato nel generale un effetto positivo. Lili vedeva nemici ovunque, e così alimentava la sua violenza interiore e gli impediva di perdonare. Lei era convinta che, se gli Amici della Roccia avessero costituito un giorno un proprio Stato, avrebbero, per prima cosa, abbattuto tutti gli aerei della El Al. Sharon detestava Arafat, lo considerava un terrorista e, se non avesse avuto timore delle conseguenze internazionali, se ne sarebbe già sbarazzato. Eliah Shamir aveva concluso l'incontro raccontandogli che una volta, qualche anno prima, il generale si era recato in visita in Egitto e tutte le sere telefonava alla moglie e le chiedeva notizie della sua salute e di quella delle mucche della loro fattoria e ogni volta lei, salutandolo, concludeva così: "Sei ancora dagli arabi, amore mio? Mi raccomando non credere a una parola di quello che ti dicono".

Il Discreto di lingua spagnola, padre Ramon, un catalano sessantenne e calvo, molto grasso ma, a differenza di padre Benjamin, pulito, osservò che l'attuale situazione non offriva prospettive di miglioramento.

Pensai che esprimesse posizioni ovvie. Gli feci un sorriso incoraggiante. Lui mi rispose con occhi interrogativi.

Era quello che stavo aspettando per intervenire di nuovo: «Cari fratelli, il nuovo ordine mondiale è finito nel cestino della spazzatura e il futuro che ci aspetta è più chiaro. La fine delle ideologie non ha portato la pace, ha solo cambiato il carattere delle guerre. Alle rivalità strategiche sono subentrati i conflitti per le risorse. Per molti versi è un ritorno alla normalità. Le battaglie ideologiche del ventesimo secolo sono state decisamente anomale. Nella sua storia l'uomo ha sempre combattuto per l'oro e i diamanti, per le terre fertili e per l'acqua. Ricordatevi che oggi nel mondo un miliardo e mezzo di nostri fratelli soffre la sete. In Terra Santa i Cugini del Muro consumano male l'acqua. L'ottanta per cento delle risorse va all'agricoltura, il quindici per cento all'uso domestico e soltanto il cinque per cento all'industria. E questo nonostante l'agricoltura offra scarsa occupazione e contribuisca solo per il due per cento al prodotto interno lordo nazionale.

Sarebbe facile impiegare meglio l'acqua, ma ciò non accadrà finché i Cugini del Muro resteranno attaccati ai loro miti e ai loro simboli, convinti che persino la sabbia del Negev sia la Terra Promessa e far fiorire il deserto un'esigenza religiosa, anche se poco produttiva. Le leggi sullo sfruttamento delle risorse idriche sono figlie predilette dei simboli. L'acqua è dello Stato e la proprietà della terra non include il possesso delle risorse idriche presenti su quel suolo.

Voglio raccontarvi una storia. Qualche tempo fa padre Giancarlo, il mio segretario, tornò a San Salvatore dopo due mesi di lavoro nel deserto del Wadi-Rum dove l'acqua era razionata sia per lavarsi sia per bere. Per sessanta giorni la sua unità di misura era stata la tazza. I confratelli lo festeggiarono in refettorio e gli fecero molte domande.

Padre Giancarlo spiegò che in mezzo al deserto, dove stava lui, c'era un unico pozzo e attorno vi erano uomini, donne e bambini che si affannavano a tirar su un po' d'acqua con l'aiuto di asini e cammelli. Sull'apertura del pozzo c'era un trespolo fatto di tronchi con attaccata una carrucola di ferro su cui scorreva una corda ormai logora. Alla fune era legato un sacco di fibra sintetica che serviva da secchio, e quando si era riempito abbastanza il capofamiglia attaccava la cima della corda a un cammello che un bambino guidava lontano quel tanto che bastava a sollevare il sacco pieno d'acqua fino alla superficie. Il pozzo era molto profondo e il cammello doveva percorrere almeno cento metri prima che il sacco arrivasse al bordo con il suo contenuto un po' melmoso, ma fondamentale per la vita di tutti gli esseri di quella zona.

Finito il pranzo, padre Giancarlo si alzò sazio e soddisfatto, e uscì dal refettorio. Ma non era trascorso un minuto che tornò indietro e bevve tutta l'acqua rimasta nei bicchieri sparsi sui tavoli. Qualcuno era quasi pieno mentre in altri c'era appena un sorso. Gli domandai il motivo di quella gran sete. Mi rispose che non aveva sete ma non poteva accettare che venisse buttata via tutta quell'acqua così buona».

Era stato quell'episodio a convincermi a sceglierlo come mio segretario, anche se ora me ne stavo pentendo a causa della sua eccessiva emotività. Però questo non lo dissi ai Discreti.

A quel punto padre Benjamin mi fece la domanda che stavo aspettando. Con parole garbate, ricordò a tutti che io stavo lavorando da tempo allo studio di una antica mappa sulla quale erano state disegnate dodici città della Terra Santa che in realtà dovevano essere dodici grandi pozzi. Insomma, un immenso giacimento d'acqua. Avevo scoperto qualcosa? A che punto ero nel lavoro di decifrazione?

Chiusi gli occhi per qualche secondo. Poi li spalancai e ripresi la parola. Affermai che la presenza cristiana a Gerusalemme era in costante declino. Che la nostra parrocchia di San Salvatore nel 1948 contava ventiquattromila fedeli, nel 1967 dodicimila, oggi solo cinquemila. Ramallah un tempo era una città a maggioranza cristiana, oggi eravamo meno della metà. E così a Betlemme e a Beit Sahur. La causa era l'emigrazione in Occidente. A ciò andava aggiunto il problema delle scarse vocazioni e per risolverlo in positivo si rendeva necessario un impegno dell'intera comunità ecclesiale. Conclusi: «Siamo dei religiosi. La morte non ci fa paura, la fine del corpo per noi è una luce benvenuta e ci fa combattere la disperazione che è una delle maggiori anomalie della nostra mente».

Infilai una mano in tasca e presi una mela di Kerak. La odorai con piacere.

«Sapete? Le mele di Kerak sono così profumate perché da quelle parti non usano fertilizzanti. Voi dovete essere come le mele di Kerak.»

Su questa mia frase si chiuse il nostro incontro. Le facce dei Discreti non mi sembrarono ostili, ma nemmeno entusiaste. Uscirono in silenzio. Rimase soltanto padre Benjamin. Mi sorrise affabile e mi disse che non avevo risposto alla sua domanda sulla decifrazione della mappa. Allargai le braccia, senza parlare. Poi abbassai gli occhi su alcune carte che avevo sulla scrivania per fargli capire che non avevo altro da dirgli. Padre Benjamin allora tirò fuori dalla tasca una busta. La aprì. Dentro c'era una foto. Me la mostrò. Vi era ritratto quel tale che io avevo soprannominato "gabbiano nero".

Capitolo 7
Il dolore

Padre Benjamin continuava a rigirare la foto tra le mani, senza dire una parola. Poi me la consegnò. La guardai a lungo. Era stata scattata dall'alto. Il gabbiano nero era disteso a terra, e non certo sulle rive del Mar Morto. Si trovava su una superficie piatta e lievemente porosa. Almeno così mi sembrò. Poi ebbi un'illuminazione. Quella era una strada, l'avevano disteso sull'asfalto e fotografato. Decisi di tenere per me la scoperta. Il chiarimento con Gruber mi sembrò sempre più urgente. Padre Benjamin tossì con delicatezza per attirare la mia attenzione. Stava aspettando che gli dicessi qualcosa, non potevo certo spiegargli che avevo già visto il morto in un luogo diverso dall'inquadratura della foto. Così allargai le braccia in silenzio. Lui interpretò il mio gesto come un invito a parlare per primo. Era ciò che volevo.

«Il personaggio ritratto nella fotografia di certo non è più vivo. Indossa un saio e quindi è un confratello. Non ricordo però di averlo mai notato tra noi. Lei, Reverendo Padre, lo conosce?»

Sospirai profondamente e con la testa feci segno di no. Poi dissi: «Ha notato, padre Benjamin, che quel tale somiglia a un grande gabbiano nero?».

Mi guardò interdetto.

«Reverendo Padre, in effetti, se non si considera il viso, perché i gabbiani hanno il becco e non il naso, una qualche somiglianza potrebbe esserci.»

Non ritenni padre Benjamin capace di ironia e dunque considerai che mi avesse risposto seriamente dopo aver valutato con attenzione le mie parole. Esclamai allora con un tono ieratico: «A volte inciampiamo nella verità, ma nella maggior parte dei casi non ce ne rendiamo conto!».

Sapevo che la frase aveva contenuti banali e ovvi, tuttavia era l'unica che mi fosse venuta in mente e, forse, l'enfasi nel pronunciarla l'aveva nobilitata. Padre Benjamin sembrò leggere i miei pensieri perché concluse, questa volta in maniera ufficiale, da vero e coscienzioso Discreto: «Mi auguro che il Reverendo Padre usi tutta la sua autorità e il suo prestigio per compiere le opportune indagini al fine di accertare l'identità di quel tale che a prima vista sembra un confratello e che è stato soprannominato dall'Eccellente Custode "gabbiano nero" e conforti così le legittime preoccupazioni del Discretorio».

Trovai improprio il riferimento alla mia autorità e al mio prestigio. Che cosa c'entravano, in quel momento? Non replicai per evitare di apparire ai suoi occhi troppo polemico. Gli dissi invece, assumendo un tono disinvolto, come, dalle sue parole, mi sembrava di capire che anche gli altri Discreti avessero ricevuto la foto. Mi rispose di sì e mi parve contento di percepire il mio imbarazzo. Gli sorrisi e, mentre consideravo tra me e me che padre Benjamin era proprio antipatico, conclusi che avrei indagato e ne avrei riferito al Discretorio al più presto.

Per fortuna non fece la domanda che temevo. Se avessi ricevuto anch'io la stessa fotografia. Forse la riservava per mettermi in difficoltà in un'altra occasione. Ci salutammo con fredda cortesia.

Era appena uscito dallo studio quando mi accorsi che aveva lasciato sulla scrivania la foto. Forse una dimenticanza, più probabilmente una provocazione e un richiamo alle mie responsabilità. Io ero il Custode e dunque dovevo risolvere quel problema e, se non ne fossi stato capace, l'unica via per me era quella delle dimissioni. Era il messaggio che padre Benjamin aveva inteso comunicarmi. Osservai di nuovo il gabbiano nero. La fotografia era stata scattata dall'assassino prima di organizzare la messinscena del Mar Morto. Ma dove l'aveva ucciso? E perché indossava già il saio? Solo dopo, evidentemente, l'aveva trasportato nell'acqua. Perché? Se il saio aveva il significato di coinvolgere la Custodia, l'acqua che cosa voleva dire? C'era un forte valore simbolico in quell'omicidio.

Qualcuno che bussava interruppe le mie riflessioni. Dissi di entrare. Era padre Vidigal.

«Ho battuto alla tua porta più volte, ma non rispondevi.»

Gli spiegai che non avevo sentito. Esclamò un po' serio e un po' scherzoso: «Tu pensi troppo, Matteo!».

Si grattò la testa. Aveva in mano una busta identica a quella di padre Benjamin.

«È leggera!» commentò.

«Fino a un certo punto» replicai.

E aggiunsi che ne conoscevo già il contenuto. La presi, la aprii, osservai la solita foto. Padre Vidigal mi informò che oltre a lui e a padre Benjamin, che aveva visto uscire dal mio studio, anche gli altri Discreti l'avevano ricevuta. Lo informai che ne ero già a conoscenza e poi cominciai a ridere. La riunione che avevo fatto con loro a quel punto risultava del tutto inutile e anche un po' grottesca. I Discreti si aspettavano che parlassi loro del gabbiano nero e offrissi qualche spiegazione, e invece avevo raccontato tutt'altro. Una figura da perfetto stupido, con buona soddisfazione di padre Benjamin. Vidigal replicò che non era stato così, i Discreti non mi avevano chiesto nulla nel rispetto delle mie indagini che immaginavano segnate da prudenza e segretezza. Poi aggiunse una riflessione: «I nostri antenati avevano un modo sano di vivere il tempo. La giovinezza finiva a trentasette anni, la maturità a quarantanove, e poi c'era l'età che potremmo chiamare profetica e arrivava a sessantuno, quindi quella dell'ispirazione fino a settantatré, l'età della saggezza fino agli ottantacinque e infine la vecchiaia dagli ottantacinque ai novantasette».

Osservai allora che se mi trovavo nell'età profetica e lui in quella della saggezza, lui aveva il dovere, d'ora in poi, di starmi il più possibile vicino per evitare che commettessi troppi errori.

«È una richiesta ufficiale?»

«Certo» risposi.

Annuì con la testa, soddisfatto. Gli dissi allora come quella mattina avessi avuto un'idea che avrebbe rallegrato il mio animo, l'avrebbe confortato e mi avrebbe reso più accettabile il clima pesante nel quale stavo vivendo. Avevo infatti deciso di dedicare il mio nuovo calendario al Mar Morto. I precedenti avevano avuto protagonisti la Terra Santa, l'Etiopia, l'Egitto, il Sudan, ed erano stati accolti da molti consensi. Gli amici della Fondazione Massolini che finanziavano i miei viaggi archeologici, e ai quali consegnavo foto e testi, con quel materiale preparavano ogni anno il calendario che offrivano come omaggio di Natale ai clienti della loro azienda. Ma ormai erano invasi da richieste che non riuscivano più a soddisfare. Io ritenevo quei calendari delle avventure della mia mente che diventavano poi immagini a colori di una testimonianza di fede. Avevo fotografato i deserti e la loro anima e, poiché la ritenevo infinita, non temevo di continuare su un percorso che univa esistenza umana e religione in modo indissolubile.

Del Mar Morto avrei mostrato i non colori proponendo ogni mese, e assieme, sia le rive della parte giordana sia quelle israeliane. L'originalità del calendario sarebbe arrivata dall'atteggiamento spirituale con cui la persona avrebbe guardato la molteplicità dei non colori. Dodici immagini della mia anima con dodici porte per entrarvi, pensai felice.

L'ultimo, quello sul Sudan, era stato particolarmente apprezzato, anche perché riguardava un Paese ricco di luoghi ancora poco noti. Ma non volevo che contribuisse a farlo conoscere troppo e così avevo chiesto ai Massolini di stamparne un numero limitato di copie da regalare ai sedentari. A coloro, cioè, che desiderassero conoscere l'Africa dalle foto ed evitassero di andarci in compagnia della loro Coca-Cola.

Padre Vidigal, che era un ammiratore incondizionato dei miei calendari, osservò come l'idea dei non-colori fosse suggestiva perché offriva una totale libertà di sguardo e di pensiero, e la scelta del Mar Morto, gonfio di sale e privo di trasparenze, era perfetta al riguardo. Gli dissi che il suo parere mi confortava e mi avrebbe fatto piacere se adesso mi avesse accompagnato a teatro. Non sapevo cosa saremmo andati a vedere, ma ero stato invitato da una certa Fatima quando ero andato a Gaza il giorno prima. Un po' a malincuore acconsentì. Gli chiesi se aveva voglia di camminare. Vidigal capì. Rispose di sì. Anche se aveva da poco superato gli ottanta anni, era proprio il suo fisico minuto e magro a regalargli un'agilità notevole. In gioventù era stato un buon fondista e aveva partecipato a molte gare.

Prima di uscire cercai al telefono Gruber, ma scattò la segreteria, così gli lasciai un messaggio. Dovevo incontrarlo.

Da San Salvatore ci dirigemmo verso la Porta Nuova, prendemmo poi a destra per la Porta di Damasco, e a quell'altezza voltammo a sinistra per Derekh Shakhem, poi Ibn Al-As e all'incrocio con Salakh A-Din trovammo il Teatro Maggiore Palestinese.

Vidigal, come fosse stato colto da un pensiero improvviso, mi domandò: «A proposito, chi ti aveva invitato a Gaza?».

Risposi che era stato il professor Hussein. Vidigal rimase sinceramente stupito.

«Hussein? Ahmed Hussein?»

«Sì, proprio lui.»

«Che strano. È un mio buon amico e mi ha telefonato tre giorni fa dall'aeroporto di Tel Aviv per salutarmi. Era in partenza per Parigi, e vi rimarrà un mese per una serie di conferenze.»

Osservai che evidentemente aveva lasciato l'incarico alla sua allieva che mi aveva aspettato al posto di blocco palestinese e della quale non sapevo nemmeno il nome. Vidigal commentò che il Custode di Terra Santa non doveva andare ovunque, era necessaria più attenzione nella scelta degli inviti da accettare. Ma avrei imparato con il tempo, concluse conciliante. Cambiò argomento. Secondo lui avrei dovuto migliorare il mio rapporto con padre Benjamin perché, nel mio nuovo ruolo, dovevo offrire sorrisi, serenità, simpatia, sicurezza a tutti. Annuii. Ma dissi anche che lui conosceva certi aspetti del mio carattere. Mi irritavo con facilità. Gli domandai: «Secondo te, Vidigal, sono in grado di fare il Custode?».

«Sì Matteo, ma cerca meno l'infinito, perché accettando l'incarico tu hai stipulato con il Signore il patto di servire, sotto la sua guida, il finito.»

Entrammo nel teatro. Ci avevano riservato due posti in prima fila. La sala era piena. Vidigal osservò che il titolo *Sorelle o sorellastre?* non gli sembrava molto promettente. Borbottai che ormai eravamo lì e certo lo spettacolo non sarebbe stato lungo. Entrarono in scena Fatima, che interpretava una Cugina del Muro, e la padrona di Dimmitu, che era un'Amica della Roccia, con i polsi legati l'una all'altra. In quella posizione erano costrette a sedersi vicine, quasi a toccarsi. Improvvisamente Fatima si alzò di scatto.

«Non hai sentito il fischio della caffettiera?» domandò irritata all'amica.

«Non mi interessa. Quando c'è stato il rumore dell'aspirapolvere, tu non ti sei mossa.»

Da quel momento cominciò un lungo litigio sui piccoli problemi quotidiani che portò le due ragazze a cercare di separarsi, ma senza riuscirci perché restavano sempre legate per i polsi.

Vidigal mi sussurrò all'orecchio: «È una simbologia forte e rende esattamente il senso della situazione disperata che si vive qui. Mi piace questo spettacolo».

A forza di divincolarsi, Fatima e la padrona di Dimmitu si ritrovarono schiena contro schiena. E sembrarono soddisfatte, finalmente. Ma anche quell'apparente momento di tranquillità si dimostrò illusorio. La vicinanza fisica divenne un fastidio. Convivere non potevano. Separarsi nemmeno. Non sapevano più che fare. Allora, si rivolsero al pubblico. In arabo, in ebraico, in inglese, in francese.

«Qualcuno sa come aiutarci?»

E dal pubblico una voce femminile esclamò: «Shalom». Un'altra: «Salam». Una terza: «Peace». Una quarta: «Paix».

La padrona di Dimmitu mi fissò, come se aspettasse una parola da me. Non dissi nulla. Le due ragazze guardarono disgustate il pubblico, e in coro gridarono che per gli ebrei «Shalom» e per i palestinesi «Salam» non significava solo pace, ma anche addio. Con un movimento rapido passarono la corda, che legava i loro polsi, intorno al collo e si impiccarono, con il dito puntato contro il pubblico.

Vidigal applaudì con entusiasmo, alzandosi in piedi. Io reagii con più freddezza. Mi sembrò, durante i ringraziamenti, che Fatima mi salutasse e la padrona di Dimmitu voltasse la testa dall'altra parte. Forse fu solo un'impressione.

Vidigal era stanco e prese un taxi. Io preferii tornare a piedi. Ripercorsi la stessa strada, costeggiando le mura della Città Vecchia. Davanti alla Porta Nuova mi venne incontro un Amico della Roccia che camminava svelto e alzava e abbassava, come seguendo un ritmo interno, il braccio destro. Si fermò di fronte a me e senza guardarmi in viso chinò e alzò la testa più volte. Prese una busta da una tasca, me la consegnò e si allontanò, sempre muovendo allo stesso modo il braccio destro. La curiosità mi spinse ad aprirla subito. Era vuota.

La notte sognai di essere un prestigiatore circondato

da piume luminose di differenti colori tenute in volo in un cielo azzurro dall'infinita abilità di un mago. Mi svegliai prima del solito, turbato da molti pensieri. E a disagio. Non riuscivo proprio a dormire bene in quel letto. Cercai di capire che cosa avesse di diverso rispetto a quello della Flagellazione. Si trattava pur sempre di due conventi francescani. E i letti erano gli stessi.

Lo Studium Biblicum dov'ero vissuto fino al giorno della mia elezione aveva la sua sede nel Convento della Flagellazione, all'altezza della seconda stazione della Via Dolorosa. La Custodia di Terra Santa si trovava nel più vasto e articolato Convento di San Salvatore, dalla parte quasi opposta della Città Vecchia, nel quartiere cristiano. All'interno i due conventi non erano molto differenti, a parte la cappella riservata al Custode. Si articolavano in lunghi corridoi sui quali si aprivano le camere, un refettorio ampio e rettangolare, la chiesa con i banchi di legno scuro. Alla Flagellazione forse si poteva godere di maggior silenzio, avevo certo più spazio per me e la possibilità di rimanere solo. A San Salvatore mi trovavo immerso negli impegni dell'amministrazione della Custodia, dovevo provare a risolvere i numerosi problemi dei confratelli, e dedicarmi nel contempo ai complessi rapporti con le altre confessioni.

Pensai al mio predecessore e ai nostri discorsi in quello studio che adesso era il mio. Non avrei mai immaginato di sedermi alla sua scrivania. Mi era sempre sembrata scomoda, con quella linea semicircolare, e adesso che era mia non potevo che confermare l'impressione.

La fatica e la stanchezza del giorno precedente avevano gettato sulla mia testa e sulle mie spalle un grande e silenzioso peso. Mi ricordavo gli sguardi dei Discreti, in attesa che raccontassi la vicenda del gabbiano nero, e lo scuotere rapido delle teste quando avevo deluso le loro aspettative parlando di Gerusalemme. E infine non ero riuscito a capire bene il senso dei loro discorsi.

Certo, prima di diventare Custode non avrei avuto quel senso di disagio che adesso provavo perché anche nei momenti peggiori il tempo mi era sempre apparso amico. L'archeologia e la scoperta di un mosaico offrivano alla mia vita tali momenti di gioia che qualsiasi sgradevolezza mi sfiorava soltanto. Adesso invece sentivo attorno a me voci del passato e bastava un oggetto o un movimento a ricordarmele. Mi vedevo vecchio perché era proprio la mia vecchiaia a regalarmi varie dimenticanze. Per esempio, recentemente, avevo lasciato delle monete nelle tasche dei pantaloni. Era la prima volta. Pensai che da giovane sapevo sempre ciò che avevo in tasca, oggi mi rendevo conto di essere pieno di oggetti dimenticati e di portarmeli addosso. Avrei dovuto impedirmi gesti già fatti, parole già dette. Ma era possibile? In gioventù ogni parola è una scoperta. Poi lentamente le scopri tutte e anche i gesti li scopri tutti e quando sei alla fine li conti con infinita tristezza. Solo la fede e la preghiera potevano aiutarmi. Mi guardai il corpo. Non l'avevo mai fatto prima. Osservai le pieghe sulla pancia, le gambe con alcune vene ben visibili, le mani non perfettamente ferme, i denti che allo specchio mi sembrarono ingialliti di colpo, la barba che se non la radevo bene cresceva bianca, gli occhi velati e spugnosi. Immaginai addirittura di dedicarmi alla pulizia dei muri della mia camera da letto. Con attenzione, perché poteva darsi, durante la notte, che le mie dita avessero strisciato sulla parete. Nella notte di un vecchio, infatti, succedono molte e varie e disperate cose. Mi sentii come uno al quale improvvisamente spiegano che è morto e non se n'è ancora reso conto.

Ma io non ero morto e non ero un vecchio qualsiasi, ero il Custode, un po' maturo, di Terra Santa. Mi venne un pensiero che mi fece sorridere e migliorò la qualità della giornata. Al Signore importava davvero poco delle pieghe sulla mia pancia.

Quando potevo, di solito il sabato mattina molto presto, mi infilavo la tuta e andavo a camminare. Attraversavo la Città Vecchia, percorrevo la Via Dolorosa, passavo con nostalgia davanti alla Flagellazione, uscivo dalla Porta di Santo Stefano e mi dirigevo verso la valle del Cedron, la Tomba della Vergine e il Getsemani. Dal Dominus Flevit arrivavo all'Ascensione e prendevo a destra per il Seven Arch, l'albergo dal quale si vedeva in modo meraviglioso tutta Gerusalemme. Lì sotto, se un giorno qualche benefattore mi avesse regalato un pezzo di terra, avrei fatto costruire un'altra sede della Custodia, chiamandola Piccolo Convento del Ciliegio, per via di un ciliegio piantato all'ingresso. Sulla destra mi immaginavo già un sentiero, cento metri tra magnolie e cipressi. Al centro una strada in terra battuta, con alcune querce ai lati, dritta al villaggio palestinese situato sulla cima del monte. Il convento lo desideravo ricco di piante, di farfalle, di usignoli. Fuori, avrebbe dovuto avere un aspetto modesto. Dentro, sarebbe stato moderno, ma senza eccessi. Una sala refettorio con cinque finestre e una cucina dal grande camino. Una scala di legno, lo studio, la camera da letto, le stanze di Vidigal e di padre Giancarlo e altre cinque per i confratelli che intendevano pregare qualche giorno con noi. Poi i bagni e ai piani superiori una terrazza dalla quale contemplare la Città Vecchia e i luoghi di culto a me cari. Sulla terrazza una cappella con una sola finestra che si sarebbe dovuta affacciare sull'orto di Getsemani. Avrei arredato i corridoi del convento in modo stravagante. Per esempio, con un'olla in bucchero del VII secolo, e poi le copie, perché gli originali non avrei potuto permettermeli, dell'Antinoùs di Gargallo, della Sfinge di Khnopff, dei tre frati di Spilliaert. Nel mio studio avrei voluto una scrivania di quercia con arabeschi comprata da qualche rigattiere arabo.

Sorrisi pensando alla reazione del nostro Ministro Generale se gli avessi comunicato la mia idea. E alla Segreteria di Stato avrebbero certo pensato che fossi impazzito.

Io, al contrario di molti, amavo il futuro e lo aspettavo, perché consideravo ogni esistenza, e dunque anche la mia, come un gran pezzo musicale, un'importante sinfonia, e le emozioni che la attraversavano non avevano un principio e nemmeno una fine. Per la maggior parte di noi la tragedia della maturità non è nell'essere maturi, ma nell'essere stati una volta giovani. Avevo bevuto di tutto a lunghe sorsate, e avevo ancora voglia di bere perché consideravo la vita un lungo, immenso suono. Anche l'uomo più coraggioso ha paura spesso dei suoi desideri. E se prova a ucciderli, circolano poi come veleno nel suo corpo e diventano violente ondate di rimpianti. Bisogna allora cedere alle tentazioni, perché se resisti troppo ti ammali del desiderio di ciò che ti sei vietato.

Le mie tentazioni avevano poco a che fare con la carne. Da un lato c'erano i mosaici con la loro realtà fatta di storia e di materia, dall'altro la voglia di capire il più possibile di me. Questo significava affrontare a fondo ogni giorno il mio rapporto con la fede. Ma lei aveva bisogno dei miei scavi, ero convinto che la arricchissero e la rendessero sempre più profonda.

Mi lavai, mi vestii, entrai nel mio studio e trovai Vidigal che mi stava aspettando. Disse che una Martire di Allah si era fatta saltare in aria. Ma prima di raggiungere il suo obiettivo. Per fortuna non era morto nessuno.

Lo guardai senza mostrare un particolare stupore. Purtroppo era diventato un gesto tremendo, ma abbastanza frequente. Almeno stavolta, pensai, non c'erano state altre vittime. Vidigal abbassò la voce e mi spiegò con emozione che la Martire di Allah era quella Fatima che avevamo visto recitare a teatro la sera prima. Aggiunse, quasi i due fatti fossero collegati, anche se a me sembrò che non lo fossero, che nel quartiere arabo, vicino al nostro Convento della Flagellazione, alcuni giovani Cugini del Muro stavano costringendo delle famiglie di Amici della Roccia ad abbandonare le proprie case. Prima del 1948 quelle abitazioni erano appartenute ai Cugini del Muro eppure solo adesso, dopo più di cinquant'anni, ne pretendevano la restituzione.

Convocai padre Benjamin, seguendo il suggerimento di Vidigal. Entrò come al solito con circospezione, un mezzo sorriso stampato sulle labbra e il cattivo odore che lo accompagnava sempre. Commentammo l'attentato e ci rallegrammo che non ci fossero stati morti oltre alla Martire di Allah. Poi gli parlai della visita di padre Bernard e della mostra sulla storia della Custodia voluta dal Ministro Generale. Avevo deciso infatti di affidargli l'incarico di tenere i rapporti con Bernard. Mi ascoltò con deferenza ma senza farmi capire se quell'impegno gli avesse fatto piacere, oppure no.

Arrivò di corsa padre Giancarlo e rischiò, con il suo impeto, di scontrarsi con padre Benjamin. Il mio segretario mi comunicò con preoccupazione che il comandante Gruber desiderava incontrarmi.

Mi irritai. Non ricevevo gli estranei senza appuntamento. Il mio ruolo non me lo permetteva. Tanto più se l'estraneo in questione era il vicedirettore di Tsomet e dunque veniva in veste ufficiale. Certo, il giorno prima l'avevo cercato, senza esito, ma lui avrebbe dovuto farsi precedere da una telefonata prima di presentarsi alla Custodia.

Mi sembrò però scortese rispondere in modo altrettanto sgarbato alla sua mancanza di forma. Ero indeciso se farlo aspettare qualche minuto, poi dissi a padre Giancarlo di introdurlo nel mio studio. Chiesi a Vidigal di lasciarci soli.

Capitolo 8
Le preoccupazioni di Gruber

Gruber fu più bravo e veloce di me. Non mi permise di parlare per primo e protestare così per le sue svariate scortesie. Mi disse, con un'aria volutamente costernata, che si trovava nella sgradevole necessità di interrogarmi, sempre con il dovuto rispetto, a proposito di un episodio piuttosto increscioso del quale mi ero reso protagonista.

Trattenne il respiro, mi guardò dispiaciuto e disse che non capiva perché mi fossi recato in un teatro palestinese a legittimare con la mia autorevole presenza la squallida esibizione di un'assassina. Replicai che ero stato solamente invitato a uno spettacolo e mai avrei immaginato che una delle due attrici fosse una Martire di Allah che si sarebbe fatta esplodere il giorno dopo.

Mentre pensavo che era stato molto abile a disorientarmi e adesso godeva di un innegabile vantaggio dialettico su di me, aggiunse di essere davvero dispiaciuto che avessi trovato la segreteria sul suo cellulare, ma in quel momento stava compiendo un'azione umanitaria. E pronunciò una delle sue frasi a effetto che però non causarono in me una particolare emozione.

«Reverendo Padre, lo sa che si fa la fame nel mio pascolo?»

Mi spiegò che i soldati di Israele spesso trovavano soltanto in caserma un pasto decente. Allora, proprio il giorno della mia telefonata, con un ufficiale suo amico aveva riempito un camion di pane, conserve, uova, verdura, frutta, latte, biscotti e aveva fatto il giro delle abitazioni delle famiglie di alcune reclute, distribuendo il cibo. Ecco perché non era riuscito a rispondermi.

Poi mi domandò seccamente: «Reverendo Padre, e di quell'altra Martire di Allah ha qualcosa da raccontarmi?».

Gli dissi che non capivo di chi stesse parlando. Esclamò che lo sapevo bene e comunque si riferiva alla seconda attrice che avevo ammirato nel Teatro Maggiore Palestinese.

Ritenni che avesse esaurito il suo vantaggio dialettico su di me e con durezza osservai che trovavo intollerabile che lui mi facesse pedinare continuamente. Mi rispose che si preoccupava soltanto della mia sicurezza. Non si sentiva tranquillo dopo la vicenda del gabbiano nero.

Mi fu facile replicare come anche a Betlemme ci fosse uno dei suoi uomini nascosto nell'ombra a spiare ogni mio movimento e il gabbiano nero non era stato ancora ritrovato. Ed elencai tutto ciò che non mi convinceva e costituiva il motivo della telefonata alla quale lui non aveva potuto rispondere.

Intanto il problema dell'orario. Poiché di notte sul Mar Morto il buio era totale, il corpo doveva essere stato scoperto intorno alle sei, l'orario più plausibile per la luce e la visibilità. Il sole infatti quel mattino, da una mia verifica, era sorto alle cinque e quarantotto. Alle sei dunque gli agenti di Tsomet si erano resi conto che si trattava di un francescano e sempre alle sei avevano avvertito il loro vicedirettore Gruber e ancora alle sei il Custode di Terra Santa veniva strappato alle sue preghiere e alla sua messa.

L'unica verità attendibile era che si trattava di una colossale messa in scena. Gli stessi agenti di Tsomet dovevano aver depositato il gabbiano nero nel Mar Morto e magari erano stati proprio loro a travestirlo da frate. Ma quale interesse poteva spingere il vicedirettore di Tsomet a gettare discredito sulla Custodia di Terra Santa? O tutto faceva parte di un complotto organizzato molto più in alto e lui stava solo eseguendo degli ordini?

Gruber reagì in modo diverso da come mi aspettavo. Sul suo viso apparve un'espressione di profondo dispiacere e a voce bassa mi sussurrò: «Reverendo Padre, se fossi della sua religione le chiederei di confessarmi. Ho commesso un peccato nei suoi confronti. Ma è assolutamente veniale e merito di essere assolto».

Dissi che non spettava a lui definire la qualità della colpa e decidere la possibile espiazione. Mi rispose che avevo ragione e mi pregò di assecondarlo. Non aveva trovato necessario comunicarmi come stavano davvero le cose, perché non cambiava la sostanza degli avvenimenti. Il suo ufficio, che per ovvi motivi funzionava ventiquattr'ore su ventiquattro, aveva ricevuto intorno alle cinque del mattino una telefonata anonima che avvertiva come il corpo di un frate francescano galleggiasse nel Mar Morto davanti all'area archeologica di Qumran. A quel punto erano scattate le procedure previste dal codice di massima segretezza, e mentre lui si dirigeva verso il Mar Morto, l'agente che vigilava su di me a Betlemme, più per la mia incolumità che per altro, ci tenne a ribadirlo, mi aveva fatto seguire e mi aveva chiesto di seguirlo.

«È la verità, Reverendo Padre.»

Replicai che, anche se quella era la verità, restava il fatto grave che lui, anzi il Tsomet, mi facesse pedinare, e io non ero un delinquente comune e tanto meno un terrorista, bensì il Custode di Terrasanta.

Gruber disse ancora, con una lieve stanchezza della voce, che a lui e al suo governo stava soprattutto a cuore la mia sicurezza, e a proteggermi aveva delegato il suo autista e non un agente qualsiasi. E poi mi propose una sua idea. Si era convinto che ci fosse la stessa mano dietro l'omicidio di suo padre, quello del violinista e quello del gabbiano nero.

Trovava inquietante che suo padre fosse stato ucciso nei pressi del Museo dell'Olocausto, il violinista davanti al Muro del Pianto e qualcuno avesse fatto ritrovare il gabbiano nero nel Mar Morto. Erano tre luoghi fortemente simbolici nella storia e nella cultura di Israele. In conclusione l'istinto di poliziotto gli suggeriva qualcosa di terribile, una macchinazione contro il suo Paese. E poi aveva anche saputo che di recente un matematico neozelandese si era spogliato al Muro del Pianto e aveva orinato sulle sacre pietre.

Fu a quel punto che Gruber mi stupì ancora una volta. Sulla mia scrivania stava in bella mostra un cestino di mele di Kerak. I confratelli sapevano che era l'unico lusso che mi concedevo e nessuno me ne chiedeva mai una. Per evitare di mettermi in imbarazzo, Gruber mi ricordò come a Qumran avessi tirato fuori da una tasca del giaccone una mela identica a quelle del cestino e l'avessi mangiata con gusto. Aggiunse, e io ammirai il suo spirito di osservazione, come avesse anche compreso che avrei voluto sputare i semi da qualche parte, ma non l'avevo fatto perché non mi erano sembrati adatti né la situazione né il luogo. Adesso desiderava assaporare una di quelle mele.

Gli raccontai allora, e fui volutamente didascalico, che i Fayez, i quali lavoravano per me al monte Nebo, un po' guardiani del conventino, un po' sacrestani del Memoriale di Mosè, così si chiamava la Basilica secondo la tradizione, possedevano un pezzo di terra coltivata a mele dalle parti del castello crociato di Kerak che sorgeva nella zona dove il Mar Morto si faceva più stretto. Quando arrivava il tempo giusto, Omar Fayez, il capofamiglia, partiva dal Nebo per il sud e andava a raccoglierle. Al suo ritorno avveniva una cerimonia breve e ogni volta commovente, anche se era sempre la stessa da anni. Omar, la moglie e gli otto figli, salivano in processione verso il Memoriale percorrendo quella strada che da quando era stata asfaltata per il cresciuto numero dei visitatori, aveva contribuito a turbare la sacra inaccessibilità del Nebo. Si erano moltiplicati gli sguardi disattenti su quei mosaici unici al mondo da me ritrovati e restaurati. Ed erano aumentate le lattine di Coca-Cola, le macchine fotografiche e le videocamere.

Avrei voluto comportarmi come quegli ebrei ortodossi che consideravano sacrilego calpestare il sacro suolo della Spianata del Tempio perché sotto, da qualche parte, potevano esserci le Tavole della Legge e agire di conseguenza, rendendo impossibile ai piedi dei turisti il contatto con le pietre del luogo santo. Ma se non avessi fatto sistemare la strada, il governo giordano, che favoriva i viaggi organizzati, e gli stessi confratelli della Custodia mi avrebbero considerato poco francescano.

I Fayez, arrivati al grande piazzale davanti alla Basilica, quello che chiamavo il Balcone sul Mondo, il luogo dal quale Mosè aveva potuto guardare la Terra Promessa prima di morire, giravano a sinistra, aprivano un cancelletto del quale esistevano solo tre chiavi, la loro, la mia e quella di Garbo, il mio assistente siriano, e scendevano verso il convento. Qui, sotto gli alberi e vicino ai reperti da restaurare, mi offrivano ogni anno tre cesti colmi di mele che dovevano bastarmi fino al nuovo raccolto.

Ecco perché ero così parsimonioso al riguardo ed evitavo di offrirle. Aggiunsi che a Ginostra, da piccolo, facevo a gara con i miei pochi compagni di scuola a chi sputava più lontano i semi delle piccole mele che nascevano sull'isola e costituivano la nostra merenda abituale e quotidiana.

Avevo stabilito un primato, cinque metri. I semi delle mele di Kerak erano più affusolati di quelli di Ginostra e immaginavo più veloci, ma non ero riuscito a verificarlo perché non avevo mai trovato un avversario con il quale confrontarmi. In realtà non avevo permesso a nessuno di mangiare una mia mela.

Se però la vicenda del gabbiano nero si fosse conclusa in modo soddisfacente per la Custodia avrei regalato a Gruber un cestino di quei preziosi frutti della terra di Kerak con il patto che avremmo trovato il tempo per gareggiare e il migliore dei due avrebbe certo battuto quel limite di cinque metri. Nel frattempo, in segno di pace e di fiducia nei suoi confronti, gli permettevo di gustare una mela.

Mentre Gruber a piccoli morsi la assaporava gli dissi che mi pareva del tutto casuale l'accostamento fra le morti di suo padre, del violinista e del gabbiano nero.

E per ciò che riguardava il matematico neozelandese, forse i troppi numeri gli avevano dato alla testa. Gruber non rise alla mia battuta e replicò che era stato proprio Bialik a suggerirgli l'idea del significato simbolico e delle analogie tra le prime due morti e aveva anche compiuto delle indagini ma si era ucciso prima di comunicargli i risultati. Se fosse vissuto, la vicenda del gabbiano nero lo avrebbe ancora più convinto della sua ipotesi. Ne era sicuro. Avrei voluto replicare che non conoscevamo comunque tale ipotesi ma non dissi nulla.

Gruber esclamò che i simboli e le coincidenze erano determinanti nella vita di ognuno. Lui vi attribuiva grande importanza. Se per esempio non fosse stato colpito dalla febbre e fosse riuscito a recarsi al concerto, probabilmente suo padre non sarebbe stato ucciso. Gli domandai se ne fosse davvero sicuro. Mi sorrise e allargò le braccia.

«Se cercassi la sicurezza, sarebbe come se mi tagliassi gambe e braccia per sostituirle con arti artificiali che non mi diano dolore alcuno.»

Il nostro colloquio era terminato. I miei dubbi erano rimasti tutti, ma Gruber mi era parso sincero. Salutandomi mi assicurò che la mela di Kerak era la migliore che avesse mangiato nella sua vita.

Capitolo 9
Gli incontri religiosi

Una volta, il mio predecessore mi convocò per regalarmi alcuni consigli sui comportamenti che avrei dovuto tenere se fossi stato eletto Custode. Fui irrispettoso e cominciai a ridere e lui scuotendo la testa e disapprovandomi me ne domandò il motivo. Gli risposi che consideravo l'avvenimento molto lontano e in ogni caso di quasi impossibile realizzazione.

Poi disse che voleva raccontarmi una storia avvenuta quando si trovava in Argentina ed era una sorta di fiduciario della Segreteria di Stato. Viveva a Buenos Aires e gli capitò di frequentare, per raccogliere informazioni, un egiziano di nome Selim Pascià, che era venuto ad abitare nel suo stesso palazzo in un appartamento all'ultimo piano.

Selim era un uomo alto e grasso sui cinquant'anni, gli occhi acquosi, i baffi neri. Lo aveva invitato a cena con la scusa di voler intrattenere buoni rapporti con un vicino che era anche un autorevole prelato. Selim aveva due figlie, grasse come lui, che amavano molto ballare il tango.

Selim Pascià esordì dicendo come l'Egitto avesse importanti obiettivi, lui replicò che nutriva grande simpatia per quelle che considerava le legittime aspirazioni del grande e fondamentale Paese africano e mediorientale. Insomma, la cena si rivelò inutile per tutti e due, infatti, subito dopo il caffè, Selim lo congedò chiaramente insoddisfatto.

Le sue figlie avevano una governante italiana, la signorina Bono, una donna anziana, il viso segnato dalle rughe, i capelli tinti di un vago colore rossiccio. Era sempre truccata, con le guance troppo pallide e le labbra troppo rosse. Indossava stravaganti abiti dai colori vivaci che avevano l'aria di essere stati acquistati alla rinfusa in una bottega dell'usato. Non si poteva non notarla. Il suo aspetto era talmente grottesco che, anziché divertire, procurava un certo imbarazzo. Il portiere gli aveva raccontato che la signorina Bono non era più tornata in Italia da quando Selim Pascià l'aveva assunta come governante delle figlie, vale a dire da quindici anni. La prima volta che si erano incontrati in ascensore, lui aveva reclinato un po' la testa in segno di rispetto e poi aveva detto qualche banalità cercando di conversare. La signorina Bono lo aveva trattato freddamente.

«Non desidero parlare con gli sconosciuti.»

Insomma, dopo la noiosa cena con Selim Pascià, il mio predecessore andò a letto, lesse un racconto di Borges e si addormentò. Venne svegliato da qualcuno che suonava alla sua porta. Infilò una vestaglia, aprì e si trovò davanti la cameriera svizzera di Selim che gli disse affannata: «La vecchia italiana, la signorina Bono, sta male e vuole assolutamente che lei vada in camera sua».

Lui pensò che lei volesse confessarsi e andò dalla poveretta, che gli sembrò già morta. C'era un medico che lo informò come la signorina Bono avesse pronunciato il suo nome più volte e finché non erano andati a cercarlo lei non si era tranquillizzata.

Nella stanza c'era un caldo soffocante, le finestre e le imposte erano serrate. La signorina Bono aprì gli occhi, si accorse di lui, gli sorrise come fosse finalmente soddisfatta. Il mio predecessore era perplesso. Non capiva. Domandò al medico se le figlie di Selim Pascià fossero state avvertite. E quello gli rispose che le ragazze erano certamente in qualche locale di tango e Selim era uscito a giocare e sarebbe tornato tardi.

In quell'istante il mio predecessore scoprì negli occhi della signorina Bono un rimprovero nei suoi confronti, forse perché aveva domandato notizie di persone che evidentemente lei disprezzava.

Il medico chiarì come a questo punto ci fosse poco da fare. Riteneva anche inutile ricoverarla in ospedale. Lo salutò e andò via. La cameriera gli disse che, se proprio lo desiderava, lei poteva restare lì con lui, ma il giorno dopo si sarebbe dovuta alzare presto. La mandò a riposare.

Rimase da solo con la signorina Bono, un'anziana donna che stava morendo e che un'unica volta gli aveva rivolto la parola non dimostrandogli affatto simpatia. Era curioso, non capiva che cosa potesse volere da lui, ma era intenzionato a scoprirlo. Così le si sedette accanto, le prese una mano. La signorina Bono gliela strinse debolmente. Forse voleva comunicargli qualcosa, magari a proposito di Selim Pascià e dei suoi possibili rapporti con Arafat. La signorina Bono doveva averne ascoltate tante di cose, magari anche qualche segreto. La donna compì tutti gli sforzi possibili per parlare. Riuscì infine a sollevarsi un po' sul letto rifiutando il suo aiuto. Con una voce stridula, la voce di chi ha raccolto le ultime energie, esclamò: «So che lei è un francescano e vuole la pace. Un giorno lei a Gerusalemme diventerà il capo dei suoi frati. Quel giorno si ricordi di me e lotti perché la mia gente abbia giustizia. Io sono un'ebrea!».

E infine, prima di chiudere gli occhi, gorgogliò con quel poco di voce che le era rimasto in gola: «Shalom Israel».

Il mio predecessore tossì lievemente e mi disse: «Padre Matteo, se la signorina Bono aveva letto in modo così preciso il mio futuro, perché non posso farlo io con lei? Si rammenti sempre che la fede inizia dove la ragione finisce».

Poi, fissandomi, mi spiegò che per durare a Gerusalemme nel complesso ruolo che la fede, e non la ragione, mi avrebbe, secondo lui, offerto, avrei dovuto immaginare di essere un attore che di fronte agli avvenimenti più complessi si comportava in modo originale inventando sul momento le opportune emozioni. Per esempio, manifestare sdegno, quando gli altri si aspettavano disinteresse, e così via. Potevo prendere come riferimento il grande Garrick che al Drurylane, quando recitava il monologo di Antonio, era convinto di giocarsi con le parole che stava pronunciando non solo la propria carriera ma addirittura la vita.

Avrei dovuto essere lucido e vigile, guardare con gli occhi della mente i volti dei miei eventuali oppositori e ricordare sempre come l'interesse nostro, dei Cugini del Muro e degli Amici della Roccia per la Gerusalemme terrena possedesse motivazioni diverse e contrastanti.

Per noi cristiani era il luogo della predicazione di Gesù, della sua passione e della sua resurrezione. L'atto del pellegrinaggio, il recarsi fisicamente nella Città Santa, era per la nostra religiosità quasi altrettanto importante che l'andarvi con l'anima.

Gli Amici della Roccia veneravano Al Quds, la Santa, come la città dei profeti Abramo, Salomone e Gesù, e naturalmente come il luogo in cui Maometto aveva sostato durante la *isra'*, la sua ascesa notturna al cielo per contemplare le beatitudini celesti. Era importante che tenessi a mente che quella tradizione si basava su un unico passo del Corano dove non si pronunciava il nome di Gerusalemme ma si accennava semplicemente alla Moschea Lontana nella quale Allah aveva portato il suo servo durante la notte. Si erano svolte molte noiose discussioni dottrinali per stabilire se quella di Maometto fosse stata un'esperienza reale o una visione. Ma il potere di una leggenda è suggerire alla tradizione religiosa una metafora. A quel punto ogni fedele la interpreta secondo la sua sensibilità. Poteva darsi che Gerusalemme fosse diventata una città sacra all'Islam anche per motivi politici. O che i sultani di Damasco desiderassero dirottarvi, dalla Mecca, la ricca industria dei pellegrinaggi, per ottenere un personale vantaggio economico.

Certo, nella storia di Gerusalemme, politica e religione erano sempre andate di pari passo e anche il rapporto dei Cugini del Muro con la Città Santa era un miscuglio indistinto e tuttavia forte di sentimenti religiosi e politici. Così, anche se l'ascesa al cielo di Maometto dal Monte del Tempio era una metafora, per gli Amici della Roccia oggi rappresentava un elemento altrettanto centrale quanto lo era per i Cugini del Muro l'Esodo e per noi il culto di Maria che era stato proclamato all'epoca delle crociate.

Tutto ciò significava che da parte mia, quando fossi

diventato Custode, ci sarebbe dovuta essere una continua e rispettosa attenzione nei confronti delle ragioni degli uni e degli altri. Il mio predecessore a quel punto aveva concluso dicendomi che lui aveva un modo per capire se poteva fidarsi delle persone che incontrava. Le metteva a confronto, nella sua fantasia, con i personaggi della storia romana.

Doveva stare attento ai Ciceroni, perché nel loro sorriso si nascondeva l'inganno. I Tiberi erano capaci ma la loro intelligenza era indirizzata verso il male. I Neroni erano pazzi. I Claudi furbi, i Catilina violenti, gli Antoni coraggiosi e simpatici, però il vizio li rovinava. Lui si fidava soltanto dei Gracchi che erano degli eroi e dei Bruti che erano delle persone per bene.

Avevo commentato: «E io a quale categoria appartengo, Reverendo Padre?».

«Certamente ai Bruti. Non so ancora se ai Gracchi.»

Era morto senza trasferirmi alla categoria superiore. Non sapevo se gliene fosse mancato il tempo oppure non mi considerasse ancora maturo.

Quella mattina avevo in programma una serie di incontri con il Gran Muftì Suleiman Rantisi, con Moshe Halevy il rabbino capo responsabile delle attività religiose presso il Muro del Pianto, con il patriarca greco-ortodosso Alekos, con monsignor Lahan vescovo melchita e monsignor Turian vescovo armeno.

Volevo convincerli a partecipare a un concerto per la pace al monte Nebo. La loro presenza avrebbe avuto un forte significato simbolico.

Andai a trovare per primo il mio vecchio amico Lahan che aveva la mia stessa età e mi somigliava. Di media altezza, robusto, i capelli ancora tutti neri, gli occhi marroni. Mi ricevette nel suo studio sopra la piccola chiesa melchita. Ci sedemmo su due poltrone, una di fronte all'altra, sorseggiando una limonata. Parlammo con ammirazione di quei fedeli che, quando Costantino rese il cristianesimo religione ufficiale dell'impero, atterriti dall'impossibilità del martirio, fuggirono nei deserti egiziani e siriani. Erano sempre vissuti nella persecuzione e ora quella disposizione da parte del potere alla benevolenza, alla fiducia, alla giustizia, faceva sbandare la loro fede, costruita e benedetta dal sangue proprio e degli altri credenti. Quei primi cristiani occuparono caverne, scavarono rifugi nelle montagne, le forarono rendendole simili a enormi alveari e si dedicarono alla preghiera, al digiuno, alla veglia, al lavoro manuale. Mantennero un rigido silenzio tra loro, come fosse un privilegio dal quale era impossibile staccarsi.

Lahan mi fece osservare come oggi fosse molto difficile recuperare quella straordinaria dedizione, tuttavia il loro esempio avrebbe dovuto ispirarci nei rapporti interconfessionali. E diede una piena e convinta adesione al concerto per la pace.

Mentre stavo prendendo commiato, soddisfatto del colloquio perché Lahan, anche se contava su un numero esiguo di fedeli, godeva di grande, sicuro, generale prestigio, lui mi afferrò un braccio dicendo che doveva mostrarmi qualcosa. Si avvicinò alla sua scrivania che era dietro alle due poltrone, aprì un cassetto e prese una busta. La aprì senza dire una parola e me ne mostrò il contenuto. Era la solita foto del gabbiano nero. Aspettava una mia spiegazione. Ricordai i suggerimenti del mio predecessore e dissi: «A volte l'uomo inciampa nella verità ma nella maggior parte dei casi si rialza e continua per la sua strada. In questo caso, la verità non è quella che appare e io la sto cercando. Ma ho bisogno della tua fiducia».

Mi abbracciò senza dire una parola. Lo salutai con gratitudine e andai da Suleiman Rantisi, il Gran Muftì. Scesi verso la Porta di Giaffa e da lì seguii la via di David fino alla porta di Bas as-Silsilek. Subii i controlli da parte dei Cugini del Muro di guardia e da parte degli Amici della Roccia che fungevano da custodi e finalmente entrai ad Al Haram ash Sharif, il nobile recinto sacro come lo chiamavano gli Amici della Roccia.

Il Gran Muftì, un uomo anziano, la barba bianca, un fisico ancora vigoroso, mi accolse nella sua casa che era molto semplice e si trovava in uno degli edifici all'interno della Spianata del Tempio. Tutte le finestre davano sulla moschea della Roccia che con la sua cupola d'oro testimoniava una ricchezza materiale e spirituale che a Gerusalemme era scomparsa da molto tempo. Riferii questo mio pensiero al Gran Muftì il quale gravemente rispose che si trovava d'accordo con me. Poi mi invitò ad affacciarmi a una delle finestre e disse: «Li guardi, Reverendo Padre, i nostri fedeli qui sotto che pregano, passeggiano, si parlano, capiscono che sono fratelli». Mi ricordò poi che una vecchia leggenda sefardita, che alimentava la lunga inimicizia tra i suoi e gli ebrei, raccontava come il califfo Omar, dopo aver conquistato Gerusalemme nel 638, chiedesse agli ebrei dove sorgesse il loro Tempio distrutto dai romani e poi, per dispetto, stabilisse che quello era l'unico luogo adatto per costruirvi la moschea della Cupola della Roccia. Ovviamente era una falsità. Ma continuava a procurare conseguenze sgradevoli. Infatti il ministro israeliano per gli Affari Religiosi, obbedendo a un'antica proibizione di Maimonide, aveva fatto affiggere nella Città Vecchia una serie di avvisi che imponevano alla sua gente il divieto di visitare il Monte del Tempio, perché i loro piedi avrebbero potuto inavvertitamente violare il luogo che un tempo fu il *sancta sanctorum* delle tavole della legge che Mosè riportò dal Sinai. Solo il sommo sacerdote aveva il diritto di penetrare nel *sancta sanctorum*, e solo una volta l'anno, per lo Yom Kippur.

Poi mi disse ancora che un'altra vicenda turbava i rapporti con noi cristiani. Quella che riguardava la Porta del Messia che si trovava proprio vicina alla sua casa. Gesù sarebbe entrato a Gerusalemme da quella porta, proclamando il giorno del Giudizio Universale. Per non correre rischi, diceva una falsa leggenda sefardita, nel tredicesimo secolo i seguaci del profeta l'avevano murata. Ma non era vero. C'era una profonda indignazione nella sua voce.

Esclamai allora: «Tutte le favole sono uscite dalle profondità del sangue e della paura».

Il Gran Muftì allargò le braccia e sorrise. Ma non si rivolgeva a me bensì alla Moschea della Roccia che vedevamo dalla finestra del suo studio. Capii che aveva voluto comunicarmi il suo immenso e irrinunciabile amore per quel luogo.

Mi invitò a sedermi su un divanetto accanto a lui e bevvi una seconda limonata. Doveva pormi una domanda. Avevo già capito e, non appena mi mostrò la solita foto, riproposi le stesse parole dette precedentemente a Lahan. Ottenni il medesimo risultato.

Anzi di più. Perché il Gran Muftì mi abbracciò dicendomi: «C'è qualcuno che ci unisce, Reverendo Padre. È il suo San Francesco che fu un sufi. Andò in Egitto per convertirci, ma fu lui a essere illuminato e conobbe il sufismo. Al suo ritorno tra voi compose i Fioretti».

Non gli risposi che le sue erano pure invenzioni. Gli rivolsi invece un grande sorriso rassicurante e lui mi salutò dicendomi: «Si rammenti, Reverendo Padre, Allah è dalla parte dei tolleranti, a condizione che dimostrino di avere pazienza e sangue freddo».

Uscii dall'abitazione del Gran Muftì, respirai i profumi e la serenità di Al-Haram. Alcuni giovani Amici della Roccia, immaginai fossero studenti, mi riconobbero e mi salutarono con deferenza. Poi andarono a compiere le loro abluzioni.

Tornai verso Bab as-Silsileh, uscii, percorsi un centinaio di metri e arrivai davanti al Muro del Pianto. L'ufficio del rabbino capo era vicino all'arco di Robinson. Era una stanzetta poco luminosa, le pareti macchiate, una scrivania piena di libri dietro la quale era seduto Moshe Halevy che stava studiando, mi sembrò, dei documenti. Era un uomo di bassa statura. Pochi capelli sotto la kippà, e occhi piccoli, neri e attenti. Con un cenno del capo m'invitò a sedermi sull'unica sedia a disposizione. Le altre tre erano piene di carte e di libri.

Senza rivolgermi la parola e senza alzare la testa dalla scrivania mi consegnò la foto del gabbiano nero e rimase chiaramente in attesa di una mia risposta. Lo rassicurai come avevo fatto con gli altri. Ma con una variante.

Gli ricordai che, per la sua gente, sulle rovine di Gerusalemme sedeva in meditazione la presenza vivente di Dio. E l'incessante memoria della Città Santa aveva offerto forza a un popolo disperso, perseguitato, che sperava di tornare. Gli esuli erano legati a quel lontano passato dall'immaginazione religiosa e dall'amore per la Gerusalemme perduta. Ma tutti siamo figli di Adamo e abbiamo dunque gli stessi diritti e doveri.

Quest'ultima frase si poteva prestare a più interpretazioni e proprio la sua ambiguità avrebbe potuto essere convincente. E io puntavo su questo. Moshe Halevy mi sorrise e osservò come nella tradizione ebraica la Gerusalemme celeste fosse qualcosa di singolarmente terreno, quasi corporeo. Replicai che la nostra città celeste era più eterea, non aveva bisogno di sole né di luna perché era illuminata dallo splendore di Dio. La Gerusalemme celeste degli ebrei era invece l'esatta riproduzione di quella terrena. Assentì e continuò: «Reverendo Padre, lei sa bene come attraverso i secoli Gerusalemme abbia sempre rappresentato un legame indissolubile con la nostra esistenza. Senza questo punto di riferimento mistico non avremmo mai potuto sopravvivere. Gerusalemme è presente per noi ogni giorno della settimana, la mattina, a mezzogiorno, la notte».

Fece una pausa poi recitò: «Il mio cuore è in Oriente e io sono agli estremi confini dell'Occidente. Come può essere dolce il cibo per me? Come adempierò i miei voti e i miei impegni mentre Sion è ancora nei ceppi di Edom e io sono qui fra gli arabi in catene?».

Osservai che Jehuda Halevi aveva composto quei versi vari secoli prima e soprattutto in un luogo diverso, la Spagna, e adesso la situazione era decisamente cambiata. Replicò che la diaspora ebraica era un impegno spirituale che aveva per capitale Gerusalemme. Pregando, cantando, gli ebrei si rivolgevano verso di essa e non la dimenticarono neppure quando ebbero assimilato i costumi dei greci, degli arabi, degli spagnoli, dei tedeschi.

Ritenni fosse giunto il momento di fargli la mia proposta. Gli dissi che gli esponenti delle altre religioni erano d'accordo, anche gli ortodossi, con i quali in realtà non avevo ancora parlato, ma sapevo che non si sarebbe mai messo in comunicazione con loro. A Gerusalemme nessuno parlava direttamente con l'altro e in alcuni casi poteva essere un vantaggio.

Mi osservò a lungo, in silenzio, poi mi chiese un favore. Avrei dovuto ricevere una certa persona. Solo dopo mi avrebbe comunicato la sua risposta definitiva riguardo al concerto.

L'incontro con Alekos, il patriarca ortodosso, antico compagno di viaggio in Egitto e in Siria, fu solenne. Alekos, che aveva la mia stessa età, era più alto di me, aveva una barba nera e riccia, un fisico atletico e occhi verdi e grandi con un fondo di melanconia, mi ricevette nella sala delle udienze. Molti dei suoi preti erano seduti su lunghe panche accostate alle pareti. Alla sua destra e alla sua sinistra c'erano i vescovi. Nell'aria un forte odore d'incenso. Capii che Alekos mi aveva voluto lanciare un messaggio e dovevo rispondere allo stesso modo. Il nostro era un incontro ufficiale e forse avrei fatto meglio a farmi accompagnare da un paio di Discreti. Ma ero solo, così cambiai il discorso che avevo in mente per adeguarmi alla nuova situazione.

«La Chiesa cattolica è presente in Terra Santa in una molteplicità di chiese locali appartenenti ad altrettanti riti. In mezzo a essi c'è la Custodia che, in virtù dell'incarico conferitole dalla Santa Sede, rappresenta la Chiesa universale dal momento che i santuari non appartengono né a questo né a quell'altro rito, bensì alla Chiesa tutta intera.»

Notai preoccupazione sul viso di alcuni vescovi.

Proseguii: «L'internazionalità della Custodia è esplicitamente voluta dalla Santa Sede. Tra noi operano frati francescani provenienti da tutti i continenti. Questa fraternità plurinazionale è un atto di testimonianza dell'unità della fede in Cristo, è il definitivo superamento, nello Spirito Santo, delle divisioni e delle contrapposizioni tra gli uomini in ragione della loro etnia. È la vittoria di Pentecoste sulla Torre di Babele. Nella Custodia l'arabo e l'ebreo, l'egiziano e il siriano, l'inglese e l'irlandese, il cileno e lo spagnolo, l'africano nero e il sudafricano bianco, vivono la pace e la fratellanza ristabilite da Cristo Salvatore per la comunità dei credenti».

Ebbi la sensazione che la retorica mi avesse preso la mano, ma ormai quelle parole le avevo pronunciate.

Alekos rispose: «Prima di tutto vorrei ringraziare il Reverendo Custode della sua visita. Il nostro Salvatore Gesù è nato nella grotta di Betlemme per salvarci dal peccato. In questa terra ha compiuto dei miracoli, è stato crocifisso, sepolto ed è risorto. La sua presenza non conosce limiti nel tempo e nemmeno confini geografici. Nei luoghi santi abbiamo vissuto molte avventure attraverso i secoli. Certamente oggi la situazione è migliorata, tuttavia la nostra lotta rimane grande e intensa per la protezione dei nostri fedeli contro l'ateismo e per la pace nel mondo. Per questo motivo saliamo verso il Golgota con la croce sulle spalle. Tutti coloro che credono hanno il diritto di stare su questa sacra terra dove è nata la prima Chiesa di nostro Signore. Noi capi delle comunità cristiane siamo i rappresentanti di tutti i cristiani del mondo. Solo con la carità e la benedizione di Dio troveremo la strada che Lui ha tracciato».

Fu a quel punto che ritenni giunto il momento di fare la mia proposta.

Alekos mi fissò a lungo e poi disse: «La morte si nasconde nei gioiosi discorsi».

Lo guardai stupito. Cosa intendeva comunicarmi?

Concluse: «Ogni parola detta intorno a un oggetto materiale è pettegolezzo».

Mi ritenni offeso dalle sue parole. Lo feci notare con garbo, ma con fermezza. Alekos ricordò allora come nella notte tra l'11 e il 12 ottobre del 1808 un incendio, scoppiato nella galleria degli armeni e propagatosi con rapidità fulminea, avesse distrutto nella massima parte la Chiesa rotonda del Santo Sepolcro e l'attiguo coro dei Greci. La grande cupola fu preda delle fiamme. Crollarono le gallerie; gli archi, le colonne e i marmi del pavimento furono irrimediabilmente rovinati. Si vociferò che l'incendio avesse una causa dolosa e gli armeni e i francescani ne incolparono gli ortodossi.

«Noi,» concluse il patriarca «siamo ancora offesi con voi e con gli armeni.»

Alekos mi congedò senza aggiungere altro ed evitando di guardarmi negli occhi. Ero sbalordito. Non replicai nulla. Uscii dal Patriarcato. Mi resi conto che avevo fatto tardi. Sarei andato a trovare il vescovo armeno Suleiman in un altro momento. Tornai a San Salvatore. Trovai ad aspettarmi l'assistente del Segretario di Stato che si trovava da qualche giorno a Gerusalemme e che era passato a salutarmi, e la badessa di un convento di Orsoline di Perugia.

Non fui scortese con i miei ospiti, ma nemmeno particolarmente cordiale. La badessa mi disse che aveva sentito parlare delle mie scoperte archeologiche. Forse si aspettava che la invitassi a visitare qualche scavo o almeno il museo dello Studium Biblicum. Le risposi che la ringraziavo, e mentre lo dicevo pensai che non sapevo di che cosa.

Li congedai senza offrire loro neanche un caffè, e sperai che lo attribuissero alla tradizionale parsimonia francescana. Ma non avevo proprio alcuna voglia di perdermi in chiacchiere inutili. Bevvi un'ennesima limonata e due domande mi attraversarono la mente. Perché Alekos non mi aveva parlato della foto del gabbiano nero? Forse non l'aveva ricevuta?

Capitolo 10
Nella villa dello Sceicco

Qualche tempo prima della mia elezione a Custode mi capitò di tenere una conferenza a Londra, al British Museum, sui miei scavi a Umm-er-Rasas. Come facevo sempre, accompagnavo e spiegavo le mie parole con diapositive dei luoghi di cui stavo parlando. Finita la conferenza, uscii dal British Museum e tornai a piedi in albergo, nella zona dei teatri. Fui raggiunto da un ragazzo affannato che mi restituì la borsa delle diapositive: le avevo dimenticate. Per ringraziarlo, quelle foto rappresentavano due anni di lavoro, lo invitai a prendere un tè.

Paul, così si chiamava, mi raccontò che per pagarsi gli studi di archeologia all'università faceva il corista e il figurante nei musical del West End. Mi disse che poteva anche regalarmi un biglietto per quella sera perché lui lavorava in uno spettacolo di grande successo in scena già da molti anni, *I miserabili*, tratto dal romanzo di Victor Hugo. Accettai. Alla fine applaudii a lungo. Comprai il libretto e il disco e, in seguito, quando ascoltavo la canzone della morte di Fantine mi commuovevo. Avevo scoperto i musical. Così mi recai a vedere *Il fantasma del palcoscenico* due volte, *Miss Saigon*, quattro volte, *Chicago* tre volte, *Cats* cinque volte. Il pezzo di *Old Deuteronomy* mi rasserenava. Quando il cantante intonava le note basse mi emozionavo. Quella musica sembrava arrivare dal più profondo dell'anima, mi comunicava amore e fratellanza.

Ascoltai quella canzone prima di scendere in cappella per la mia messa mattutina. Trovai Vidigal che mi aspettava e, dopo le devozioni e la comunione, tornammo dalla scala a chiocciola nel mio studio. Era ovvio che mi volesse parlare. Bevve un caffè, mi sorrise e disse: «Il peccato di Gerusalemme è la disarmonia tra le tre grandi religioni monoteiste d'Occidente. Dio, guardando la Città Santa, non sa che pesci prendere da mille e mille anni. Ma se il Signore è in questa situazione di imbarazzo, è pur sempre Dio. Tu invece cerca di capire al più presto chi sia il gabbiano nero perché sta aumentando l'agitazione e la preoccupazione tra i confratelli».

Mi domandò a che punto fossero le indagini di Gruber. Gli riferii i suoi racconti, i suoi sospetti e i dubbi. Esaminammo insieme la foto per capire se ci fosse sfuggito qualcosa, magari un particolare importante.

Vidigal commentò: «Davvero, per me è una faccia sconosciuta. E non capisco nemmeno di dove potrebbe essere. È anonima. Spesso gli assassini sono anonimi».

Replicai che quel poveraccio era la vittima. E lui sorridendo disse: «E prima, nella sua vita, che cosa aveva fatto? Forse l'assassino?».

Allargai le braccia. Feci per salutarlo, lui mi prese per le spalle e avvicinò i suoi occhi ai miei.

«Matteo, sai perché sono qui con te?»

«Per parlarmi del gabbiano nero.»

«No,» mi rispose «è per rammentarti che ti stanno aspettando.»

Ero perplesso. Poi mi ricordai.

Vidigal mi rassicurò: «Matteo, sei sottoposto a molte tensioni in questi giorni, è normale e umano non ricordare tutto. La nostra vita sarebbe impossibile se fossimo sempre presenti a ogni situazione. Dobbiamo pur scegliere ciò che vogliamo dimenticare. Andiamo, ti accompagno io».

Scendemmo nella chiesa di San Salvatore al piano terra del convento dove erano in attesa i confratelli della Custodia.

Non aveva particolari attrattive architettoniche, pochissimi quadri, le pareti bianche, un altare di marmo di Carrara, delle panche di abete dove sedersi. Eppure consideravo la chiesa bellissima: proprio per la sua totale semplicità permetteva alla fantasia di correre e di non essere oppressa da cornici d'oro o da tetre statue d'autore. Dovevo celebrare una messa in memoria di padre Francesco Di Vittorio. Era l'anniversario della sua morte.

Percepii una forte tensione intorno a me e nell'omelia cercai di proporre parole sagge e rassicuranti. Ricordai come quel buon pastore non volle abbandonare i suoi figli spirituali e i trenta orfanelli che aveva raccolto intorno a sé nella missione di Mugiuk Deresì. I turchi lo ingannarono, conquistarono la sua fiducia e lo trucidarono insieme ai suoi fedeli. Conclusi affermando che padre Di Vittorio rappresentava un grande esempio di santità francescana.

Vidigal scosse la testa poco soddisfatto, io salutai tutti, uscii dalla chiesa, andai in cortile e salii sulla mia auto. Ero diretto in Giordania, al monte Nebo. Partii con la sensazione di essere stato troppo sbrigativo. Percorsi la strada che da Gerusalemme scendeva verso il confine sul fiume Giordano. Al ponte Allenby i controlli furono lunghi quel giorno. Poteva accadere di metterci un attimo a passare dall'altra parte, oppure ore. Mi era accaduto spesso di litigare con i soldati di guardia perché spesso erano arroganti. Una volta ne avevo addirittura schiaffeggiato uno che aveva messo alla prova la mia pazienza francescana.

Durante il viaggio mi misi a riflettere.

Pensai che il rapporto con la vita era anche il desiderio di abituarsi alla morte. E la sicurezza della fede non aiutava a superare la paura. Così il mio rapporto con la morte era il tentativo di non abituarmi troppo alla vita e percorrere con tutta la gioia possibile la mia condizione di credente constatandone la precarietà.

Per me era importante la piccola sicurezza che mi dava il ritrovare ogni giorno le mie carte sulla scrivania nella stessa posizione. Rappresentava una garanzia di vita. Amavo accettare l'inizio della giornata con il sole a battermi le rughe. Se c'era la pioggia era meglio, non mi sarebbe restato il rimpianto di qualcosa di bello perduto irrimediabilmente. E poi tutto dipendeva da quanto la vita era riuscita a dare. Se molta pioggia o molto sole. Io mi ritenevo fortunato. Facevo un lavoro che mi piaceva. Mi occupavo di anime e di passato. E spesso anime e passato si confondevano. Ogni mio momento rischiava di essere negativo perché temevo un futuro colorato di nulla. Ma la fede mi aiutava a superare quei momenti di angoscia.

Una volta il Custode mio predecessore mi spiegò come lo scopo ovvio della vita di tutti fosse lo sviluppo armonico di noi stessi. La maggioranza considerava tale finalità naturale, ma in realtà permetteva soltanto un qualche sfogo alla nostra natura. Lui sosteneva che in questo modo era l'anima a restare affamata. Ecco perché esistevano le religioni, per convincere gli uomini a vivere pienamente la loro avventura spirituale offrendo spessore e spazio ai loro migliori sentimenti. Quando ciò accadeva ne risultava un tale fresco impulso di gioia da allontanare ogni dolore, persino quello della vecchiaia. Gli domandai se accadeva spesso. Mi rispose che avveniva raramente. Sospirò che, secondo lui, questo era uno dei motivi dell'infelicità.

Ero contento di andare al monte Nebo. L'elezione a Custode mi aveva allontanato dal mio lavoro archeologico, e il fatto di dovermene privare anche solo per poco tempo mi causava dolore e incertezza nella vita quotidiana. Dovevo anche fare in modo che la vicenda del gabbiano nero non mi ossessionasse troppo. La sensazione che provavo era di muovermi su un terreno paludoso, dove a volte affondavo, altre volte camminavo, ma con molta fatica.

Il medesimo sentimento che provavo quando ogni avvenimento della mia vita mi sembrava a posto, eppure sentivo che c'era qualcosa nella mente che non funzionava e stavo con gli occhi fissi nel vuoto e mi catturava la tristezza. Mi andava di stare bene e non ci riuscivo. Mi faceva del male la notizia di un bambino Amico della Roccia ucciso per sbaglio a un posto di blocco, o quella di un giovane Cugino del Muro che perdeva la vita in un attentato di qualche Martire di Allah, o quella dei religiosi ai quali i Cugini del Muro non permettevano di rientrare nei loro conventi a Gerusalemme solo perché erano nati in Terra Santa e quindi venivano considerati potenziali nemici. Tale assenza di felicità un tempo l'avrei risolta con il lavoro di scavo, perché l'archeologia, oltre a farmi immaginare di non diventare vecchio, mi offriva un intenso rapporto con il passato e la sensazione di avere di fronte a me un bel futuro.

Il tempo non era più un nemico quando trovavo un mosaico. Una semplice testina di epoca romana, il cui valore archeologico era praticamente nullo, mi donava il sapore di un mondo trascorso al quale io sentivo di appartenere.

Il tema della morte, così vicino all'uomo e che per un sacerdote doveva essere risolto dalla certezza della resurrezione, per me era un dolore continuo. A volte non chiudevo gli occhi perché il buio mi faceva intuire il nulla, mentre io desideravo troppo vedere la luce. Tutto ciò non metteva in dubbio la mia fede, che non era cieca e nemmeno razionale, ma era sostenuta dall'amore nei confronti di un trascendente che mi aveva offerto la vita e la ragione.

Compresi una volta di più che mi mancavano gli scavi, mi mancava la mia cazzuola, le mani nel fango, le unghie che si spaccavano, i colori che a poco a poco prendevano vita. Per essere un sacerdote migliore mi era necessaria la terra. La strada che portava al Nebo e che lambiva la periferia di Amman, una città che stava crescendo, grazie a una serie di investimenti stranieri, in modo vorticoso e irregolare, attraversava una campagna verde e coltivata. All'altezza della città di Madaba presi a destra e dopo pochi chilometri mi apparve il monte Nebo e provai, anche se era la centesima volta che ci arrivavo, la stessa vibrante emozione di sempre.

Passai davanti all'abitazione dei Fayez. Si erano trasferiti da Madaba al Nebo molti anni prima. Avevo dato loro una casa di proprietà del conventino, proprio all'inizio della strada che conduceva alla Basilica. Negli anni avevano messo al mondo un buon numero di figli. Omar Fayez riceveva da me un piccolo stipendio mensile come guardiano del Memoriale di Mosè e come sacrestano. In più arrotondava con le offerte e il commercio di oggettini e di fossili. Tutta la zona ne era piena.

In seguito Garbo, il mio assistente siriano che si occupava un po' di tutto al Nebo, mi aveva convinto a dargli il permesso di vendere ai turisti anche qualche bibita, perché le spese della famiglia erano aumentate. La figlia maggiore, che non incontravo da almeno dieci anni, studiava all'Università di Amman, e gli altri sette frequentavano le scuole di Madaba.

Il tentativo da parte di Omar Fayez di farmi sentire il responsabile dell'istruzione dei suoi figli nel tempo aveva funzionato. Così la vendita di qualche bibita si trasformò in un'attività organica e continuativa e il cui esito naturale fu l'apertura di una specie di piccolo chiosco. Omar infine mi convinse che i pellegrini e i turisti dovevano pagare un biglietto d'entrata al Nebo. Fino a quel momento, chi voleva lasciava un contributo a piacere. L'argomento decisivo fu che si trattava di una forma di rispetto nei confronti della sacralità del luogo.

Passò altro tempo e Omar Fayez mi invitò a pranzo. Era accaduto pochi giorni dopo la mia elezione a Custode. Ufficialmente lui e la sua famiglia desideravano festeggiarmi, in realtà voleva la mia approvazione riguardo a due stanze che aveva costruito. Lo rimproverai perché ero all'oscuro della sua iniziativa. E le camere erano abusive e sopraelevate. Lui si difese spiegandomi che non rovinavano il paesaggio, lo giurò con le lacrime agli occhi. Poi con una sfrontatezza in un certo senso divertente mi parlò di una fabbrica di tappeti a

Madaba, di proprietà di alcuni suoi amici egiziani dei quali intendeva diventare socio. Perciò gli serviva un prestito. Anzi, proseguì, era meglio se io stesso fossi entrato in società. Mi misi a ridere. Il Custode di Terra Santa socio di una fabbrica di tappeti egiziani! Non gli risposi nemmeno.

Adesso ero davanti al parcheggio del conventino dove Garbo, che avevo avvisato del mio arrivo, mi stava aspettando per il pranzo. Decisi però di percorrere ancora qualche chilometro e recarmi a trovare lo Sceicco, un amico, in un certo senso, un uomo di molti affari e segreti con il quale coltivavo un buon rapporto, anche se non mi fidavo del tutto di lui.

Viveva in una villa sopra il Mar Morto. Lo Sceicco, il titolo gli era stato conferito per meriti piuttosto oscuri da un non identificato capo beduino, era nato in Argentina. Aveva una partecipazione nel casinò di Gerico, amava l'arte e l'archeologia e traeva da questi suoi interessi degli utili a volte leciti, a volte illeciti. Era sempre molto informato di quello che accadeva in Terra Santa, ma anche nei paesi arabi più vicini e più lontani, e riusciva a mantenere buoni contatti sia con i Cugini del Muro sia con gli Amici della Roccia.

Ero arrivato nella sua proprietà ricca di ulivi e di alberi da frutta. Sistemai la mia auto in un piazzale sterrato alle spalle della casa, vicino a una Land Rover verde, a una rossa e a una gialla. Pensai che ne faceva collezione, ma avrebbe potuto scegliere colori più sobri. Mi accolse con affetto. Era dal giorno della mia elezione che non ci incontravamo. In questi pochi mesi era dimagrito di almeno dieci chili, e si era fatto crescere la barba. Era morbida, grigia, ben curata e si armonizzava con il naso dalla linea dritta e la fronte spaziosa.

Diversamente da prima, il suo viso ora esprimeva una certa malinconia.

Sembrò accorgersi che lo stavo osservando perché mi guardò a sua volta e fece uno strano gesto sventolando la mano destra, quasi fosse un ventaglio. Sorrise con un po' di amarezza.

«Matteo, se la mia salute fosse buona come la mia volontà, tutto andrebbe bene per me, ma gli anni non si recuperano. Sai qual è la differenza tra noi due? Che tu sei un prete e nei tuoi contatti con Dio c'è l'obbligo dell'entusiasmo. Io rispondo solo a me stesso e non ho certezze. Vieni, ti voglio mostrare delle novità.»

Gli domandai se facesse collezione di Land Rover. Ne avevo contate tre. Mi rispose che quella rossa e quella gialla erano sue. La terza, la verde, era di un tale che era venuto a trovarlo, ma che stava andando via. Scherzai. Ero stato io a metterlo in fuga? Sorrise.

«Potrebbe darsi.»

Avevo sempre amato la sua casa. Anche perché ero convinto di conoscerne solo una parte e mi affascinavano le sorprese. Di certo racchiudeva ancora tanti misteri come quel suo museo privato sotterraneo che una sola volta mi aveva fatto visitare e nel quale nascondeva molti oggetti d'arte di poco lecita provenienza.

Il portone della villa era laccato di verde, i battenti erano di ottone lucido. All'interno, di fronte all'ingresso, c'era una scala di marmo. La casa profumava di tè. Salimmo al primo piano. Sulla destra si apriva un salone per i ricevimenti e alle pareti erano appesi ritratti di personaggi storici quasi tutti con la parrucca. Entrammo nel suo studio. Ne uscirono, senza degnarmi di uno sguardo, i suoi due persiani, Omar e Selim.

La stanza era vasta e quadrata, con tre finestre dalle

quali si vedeva il Mar Morto. Davanti alle finestre era sistemato un ampio divano all'apparenza comodo, ai lati due poltrone di pelle marrone. Tra il divano e le poltrone un tavolino di mogano con molti libri appoggiati sopra e alcune pipe che mi sembrarono di buona e antica fattura.

Mi invitò ad accomodarmi su una delle due poltrone. Lui si sedette di fronte. Mi ricordò come la sua casa fosse il suo laboratorio, il suo luogo di studio e di concentrazione. Mi offrì un tè. Era profumato. Mi domandò se sapevo quale fosse il migliore tè in assoluto, risposi di no. Mi spiegò che era il Darjeeling. Purtroppo in questo periodo era difficile averlo perché la ditta che lo importava era fallita. Replicai che quello che stavo bevendo era ottimo. Lo Sceicco scosse la testa e mi spiegò che non era assolutamente paragonabile al Darjeeling che era più dolce, più aromatico, un sapore unico. E poi pronunciò una frase che mi sembrò un po' banale: una buona tazza di tè poteva cambiare la giornata, ma lui sapeva che io appartenevo alla categoria di coloro che preferivano il caffè.

Gli risposi che apprezzavo tutto ciò che era buono e mentre bevevo pensai che lo Sceicco fosse davvero originale. Erano alcuni mesi che non ci vedevamo e lui mi parlava della qualità del tè. Mi disse poi che mi avrebbe fatto vedere una parte che non conoscevo della sua casa. Mi condusse in una serra riscaldata per le orchidee, le felci e le palme. Al centro vidi una piscina dal fondo interamente ricoperto da un elaborato mosaico blu a stelle dorate che creava l'illusione di profondità abissali e misteriose.

Mi spiegò che lui amava nuotare di notte, a lungo, in quella grandiosa piscina romana, tra le ombre delle statue che la luce tremula e fioca delle lampade di alabastro proiettava sull'acqua violetta. La piattaforma centrale dei tuffi, fatta ad arco, separava la piscina vera e propria da un'alcova sormontata da una cupola sotto la quale il livello dell'acqua era più basso e si ispirava sia per la forma sia per il rivestimento al mausoleo di Galla Placidia a Ravenna.

Anticipò il mio rimprovero per non avermi consultato riguardo al mosaico, spiegando che non mi aveva chiesto aiuto perché immaginava che non avessi tempo, e poi io mi occupavo di mosaici antichi e non moderni.

Mi offrì di fare un bagno. L'idea mi piacque. Mi diede un costume e nuotai, io solo, per almeno mezz'ora. A un certo punto mi sembrò di essere osservato. E poi, non lontano, udii due voci, una delle quali era certo quella dello Sceicco, che discutevano, ma non riuscii a capire che cosa si dicessero. Infine sentii il rumore di un'automobile che veniva messa in moto e partiva.

Riapparve lo Sceicco, sorridente. Gli domandai se fosse accaduto qualcosa. Sul suo viso passò un'ombra. Non mi rispose, anzi mi rimproverò perché da troppo tempo ero nell'acqua, mi avrebbe fatto male, lui si preoccupava della mia salute.

Risalii, feci una doccia, mi rivestii. Mi offrì un aperitivo in attesa del pranzo. Lui bevve una coppa di champagne, io un bicchiere di acqua minerale. Mangiammo ai bordi della piscina, insalata di avocados, melone e pesce arrosto. Mi raccontò che fino a qualche anno fa in Turchia c'era un'industria bizzarra, quella dei venditori d'acqua al recipiente e al bicchiere. Questi straordinari tavernieri avevano scaffalature dove si distingueva una folla di vasi pieni d'acqua più o meno ricercata.

A Costantinopoli l'acqua non arrivava che attraverso l'acquedotto di Valente e si conservava solo nella cisterna degli imperatori bizantini, dove prendeva spesso un sapore sgradevole. Perciò in certe botteghe si vendeva acqua di paesi diversi e di annate differenti.

Nilo era la più stimata, la beveva addirittura il Sultano. Faceva parte dei tributi che egli riceveva da Alessandria. Era ritenuta favorevole alla fecondità. Eufrate, un po' verde e aspra al gusto, si raccomandava ai temperamenti deboli, mentre Danubio, carica di sali, giovava agli uomini energici.

Lui stesso, in un certo periodo della sua vita, era diventato un "cercatore d'acqua". Aveva trovato vicino a un mare poco frequentato una terra ricca di Danubiana che ribattezzò Tango. La vendeva in bottiglie da due litri.

Non credetti neppure a una parola di quella sua storia, ma trovai che fosse un modo elegante per introdurre il tema della mappa delle fonti segrete d'acqua che si trovavano in Terra Santa e delle quali mi aveva già chiesto notizie padre Benjamin. Non avevo ancora avuto tempo di decifrarle, gli dissi. Mi guardò poco convinto.

«Tu sei venuto qui per qualche motivo. Ti conosco.»

Gli domandai se per caso mi avesse spedito una certa foto. Sorrise e rispose che non faceva il fotografo. Forse nel futuro. Comunque, dovevo tenere bene a mente che ormai ero il Custode e i miei nemici di conseguenza sarebbero aumentati. Ma lui avrebbe vigilato su di me. In cambio del suo aiuto voleva la promessa che mi sarei messo a lavorare sulla mappa. Avremmo venduto i suoi segreti al miglior offerente, sia che fossero israeliani o palestinesi. Il denaro non aveva nazionalità e nemmeno confini e soprattutto si preoccupava poco della democrazia.

Non mi dichiarai, com'era ovvio, d'accordo con lui, ma lo assicurai che presto ci sarebbero state novità. Non so se mi credette. Poi disse che voleva mostrarmi qualcosa. Prese una busta, la aprì. Conteneva la solita foto del gabbiano nero.

«Lo conosci?» gli domandai.

Non mi rispose.

Capitolo 11
Gerusalemme dei desideri

Lo Sceicco mi accompagnò alla mia auto. La Land Rover bianca non c'era più.

«Vedi, l'hai fatto proprio fuggire, quel mio povero amico.»

«Ma se non l'ho nemmeno visto!» esclamai. E aggiunsi: «Perché non me l'hai presentato? E poi non era un tuo conoscente?».

Lo Sceicco non rispose. Mentre salivo in macchina mi sembrò che sul suo viso comparisse di nuovo una smorfia di preoccupazione.

Quando arrivai al Nebo, dopo pochi minuti, Garbo mi accolse con una battuta: «Abuna, ti avevo visto passare e ho capito che avresti saltato il pranzo che ti avevo preparato e mi sono detto: non è un problema, Abuna mangerà le stesse pietanze per cena. Ma non ti preoccupare, le riscaldo».

Mi scusai se non l'avevo avvertito. Ci sedemmo a tavola nel piccolo refettorio accanto alla cucina. Era un'ala nuova del conventino, costruita da un paio d'anni. Grazie alla generosità di alcuni amici erano arrivati da qualche mese un refrigeratore dove Garbo poteva conservare le provviste e un grande frigorifero per le necessità quotidiane. Discutemmo di alcuni lavori che avremmo dovuto affrontare in estate come dipingere due muri esterni del conventino nella parte più esposta alla pioggia e al vento, quella che dava sul Mar Morto. Poi Garbo mi costrinse a bere un bicchiere di vino passito che secondo lui era meglio di quello di Salina. Lo trovai piuttosto acido ma non glielo dissi perché se ne sarebbe avuto a male. Voleva iniziare una piccola produzione e mi mostrò due etichette. Sulla prima era scritto «Passito del monte Nebo», sulla seconda «Passito del Memoriale di Mosè». Osservai che preferivo la prima etichetta perché la seconda mi pareva un po' irriverente. Garbo mi ringraziò del consiglio e mi disse che la seconda era più commerciale, ma rispettava il mio parere e vi si sarebbe adeguato. E quando avessi avuto tempo mi avrebbe spiegato i modi di produzione e le idee che aveva in mente per la diffusione e promozione.

Dormii nella mia vecchia stanza. Sfogliai alcuni libri ai quali ero particolarmente affezionato: *La Terra Santa* di padre Bernardo Rossi, *Il circolo Pickwick* di Charles Dickens, *Finzioni* di Borges, e un'antica e preziosa, almeno per me, *Geografia Biblica*. E poi ammirai ancora una volta la mia collezione di asce preistoriche. Le avevo trovate dalle parti di Umm-er-Rasas, in un'area desertica, durante una passeggiata. A prima vista mi erano sembrate pietre qualsiasi, poi mi ero reso conto che si trattava di antichissime armi affilate e pronte alla caccia.

Poiché l'incarico di Custode durava sei anni, avevo a lungo ragionato se fosse più salutare per me portare quei miei cari oggetti a San Salvatore. Poi avevo deciso di lasciarli nel conventino del Nebo. Così ogni volta che fossi tornato a dormire lì, mi sarei sentito a casa.

San Salvatore era per me un luogo di passaggio. Mi

sentivo un ospite e dovevo superare questa convinzione. Non era utile alla mia igiene mentale e alla mia attività pastorale. Ma al Nebo la mia fantasia correva libera, senza ostacoli e difficoltà psicologiche, mentre a San Salvatore il mio riposo era opaco e senza il minimo colore.

Sognai quella notte di inseguire cavalli selvatici e cacciare alligatori, giocai con i cuccioli di leone nella savana, saltai in groppa al cervo più veloce della foresta, mi attaccai alle sue corna e attraversai miglia e miglia tra pericoli nascosti e sibilanti senza procurarmi alcuna ferita. Conobbi la piccola nazione degli elfi e partecipai alle loro feste. Lottai contro i dayaki del Borneo, vidi sorgere tre soli oltre ogni galassia conosciuta e mi emozionai affacciandomi a un'immensa finestra e osservando la gente della terra vivere e morire.

Il sogno si concluse con un lugubre pensiero. Quando il Signore mi avrebbe chiuso gli occhi, dove sarei andato a finire? Immaginai miliardi e miliardi di anime che si accalcavano in cielo. Mi promisi che avrei cercato di capire quante ce ne fossero senza più corpo. Il problema era l'anno dal quale iniziare la ricerca.

Mi svegliò una sensazione di turbamento. Qualcosa aveva interrotto il mio sonno. Forse era l'idea delle anime morte. Sentii il freddo in gola, il naso serrato, gli occhi gelati. Quella che stavo provando si chiamava paura. Era la prima volta nella mia vita che la sentivo così forte. Ne avevo letto nei libri e mi ero sempre domandato che sapore avesse. Con le mani annaspai intorno a me, l'aria si era fatta all'improvviso dura. La potevo toccare. Adesso mi vedevo sopra una montagna altissima e intorno solo crepacci e non potevo mettere i piedi da nessuna parte perché sarei precipitato.

Stavo soffrendo come una persona che vede svolazzare intorno alla sua testa tanti pipistrelli, ma di mattina non di notte, e non sa come allontanarli. Molte sensazioni diverse si accumulavano una sull'altra, mi sembrava di avere la testa infilata in una tana di volpe, con la volpe che mi scorticava il naso. Avevo freddo, su per le gambe: oltrepassò il cuore ma lo lasciò battere. Trovai a fatica l'interruttore della luce e rimasi per qualche minuto con gli occhi sbarrati, seduto sul letto. Non sapevo nemmeno a che ora mi fossi addormentato.

Mi ricordai di quella volta, molti anni fa, era inverno, quando uscii dal conventino e salii alla Basilica. Diluviava, l'acqua mi penetrò nelle ossa, ero solo sul piazzale, non sapevo dove voltarmi, a chi chiedere aiuto. Sembrava che tonnellate liquide volessero impadronirsi dei miei occhi e del mio corpo, pensai di tapparmi naso e bocca, ma il timore di soffocare mi causò una crisi di panico, inconsueta per me. Caddi a terra e non so quanto tempo rimasi lì tremante e impaurito, ma a un certo punto, fu per me come un'apparizione, mi trovai vicino una delle figlie di Omar Fayez che mi accarezzava il viso bagnato. La bambina mi prese per mano, mi aiutò a rimettermi in piedi e mi accompagnò a casa sua, in fondo alla strada sterrata che dal piazzale portava al parcheggio delle auto dei visitatori. A quell'epoca la strada non era ancora stata asfaltata. Omar Fayez mi offrì una coperta per asciugarmi e mi fece bere un cognac.

«Abuna Matteo, la sua fibra è resistente,» disse Omar «non le verrà nemmeno una bronchite.»

Ebbene, quella volta soffrii la stessa paura che stavo provando in questo mio risveglio al Nebo. Ripensai all'incontro con lo Sceicco. Non si era mostrato affatto stupito della mia visita. Quando gli avevo parlato del gabbiano nero, si era come rannicchiato nella sua poltrona con un lungo sospiro. Avevo notato che c'era un foglio sul tavolino davanti a lui e che lo Sceicco, con un gesto frettoloso, l'aveva piegato e se l'era messo in tasca dopo averci scritto qualcosa sopra con una matita blu. Avevo avuto la sensazione che volesse evitare che potessi leggerlo. Poi lui aveva preso la busta con la foto e mi aveva detto che avrebbe compiuto una serie di ricerche per capire meglio. E poi mi aveva regalato alcune sue riflessioni.

Per esempio, se una persona aveva un piano in testa bisognava proteggerla, e lui si muoveva sempre in quella direzione. Aveva sorriso a lungo e aggiunto che stava elaborando un progetto spiritoso e scintillante, e insieme malinconico e sentimentale, e che me ne avrebbe parlato al momento opportuno, sperando sempre che io nel frattempo fossi riuscito a decifrare la mappa dell'acqua.

Mi aveva anche raccontato di aver visto una squadra di Cugini del Muro posare dei tubi di irrigazione nei campi vicino a un kibbutz. Gli Amici della Roccia stavano a guardare la scena da lontano, seduti sui loro asini, e, non appena la squadra si era allontanata di qualche centinaio di metri, erano corsi a rubare i tubi.

«A Gaza riusciresti a vendere uno spazzolino usato, figurati i tubi per l'irrigazione. Ma se tu trovassi l'acqua pensa che affare!» aveva concluso.

E aveva aggiunto che gli Amici della Roccia erano sempre stati ladri d'acqua, apparteneva alla loro cultura. Io avevo replicato che apparteneva alla loro disperazione.

Anche padre Benjamin aveva cercato di sapere a che punto fossi con il mio lavoro di decodificazione. Pensai che ambedue dessero troppa importanza alle fantasie. I pozzi segreti in Terra Santa non esistevano, la mappa l'avevo interpretata e mi riservavo di comunicarlo al momento opportuno. Nel frattempo tenevo desta l'attenzione.

Garbo si raccomandò che tornassi presto. Mi disse che senza di me Mosè era triste e anche i pellegrini che arrivavano sentivano la mia mancanza. Mi abbracciò con le lacrime agli occhi e poi mi strinse forte ambedue le mani e mi ringraziò. Gli domandai di che cosa.

«Del vino, Abuna, del vino, adesso che ti piace possiamo iniziare la produzione.»

Il soldato di guardia al posto di confine sul ponte Allenby mi fermò. Io mi inquietai, alzai la voce spiegando chi ero e quello si scusò subito. La cosa mi impressionò favorevolmente. Di solito quei militari erano maleducati.

Guidando verso la Città Santa, la strada saliva tra uadi e rocce, continuai a riflettere. A Ginostra, la notte sentivo spesso delle esplosioni e la terra tremava. Anche se il vulcano era molto vicino, gli scoppi arrivavano attutiti e morbidi dalle viscere della montagna. Rappresentavano il segnale della sua vitalità. Adesso, allo stesso modo, intorno a me sentivo dei soffusi boati e volevo capirne i significati. Troppi segni mi indicavano che presto ci sarebbe stata una forte eruzione e tutto ciò, più che preoccuparmi, destava in me curiosità e attesa. Avevo imparato, dopo quarant'anni a Gerusalemme, come ogni avvenimento avesse più significati e per sopravvivere bisognava trovare quello giusto.

In Terra Santa i sassi avevano un aspetto tranquillo e pigro, ma quel luogo di serenità nei secoli aveva subìto solo guerre, distruzioni e morte. La ragione indicava quella zona come supremo tempio della pace, eppure accadeva il contrario e io non potevo accettarlo.

Il problema non era il conflitto tra i Cugini del Muro e gli Amici della Roccia, la guerra era la conseguenza del non voler capire che tutti dovevano provare rispetto per la patria di Dio e ciò avrebbe reso assurda ogni iniziativa bellica.

Il sapore di tanti anni di storia e il ricordo degli innumerevoli personaggi eminenti che avevano vissuto da quelle parti, avrebbero dovuto far nascere una sorta di nuvola spirituale che avrebbe impedito ogni futuro conflitto. Il Santo Sepolcro, il Muro del Pianto, la Spianata del Tempio, liberi dalle guerre, avrebbero potuto offrire a chiunque ospitalità senza barriere. Gerusalemme sarebbe diventata un immenso e condiviso altare alla pace.

C'era stata una donna di Ginostra, mi raccontava mia madre, che dopo l'8 settembre del '43 era partita per la Iugoslavia alla ricerca del marito disperso. Lo aveva trovato senza gambe, così se l'era riportato a casa caricandoselo sulle spalle come fosse stato un grande bambino. Aveva percorso ogni giorno un breve tratto di strada con costanza, riuscendoci perché, mi aveva spiegato la mia mamma, è nel nostro cuore che risiede la volontà, il principio e la fine di ogni cosa.

Io avrei voluto fare lo stesso con Gerusalemme. Era ferita e me la sarei posta sulle spalle. Forse era un sogno, un'idea, ma solo le idee permettono di andare avanti, possiedono una straordinaria umanità, ti riempiono la testa e il cuore di gioia.

Avrei voluto comunicare le mie riflessioni ai Discreti, ma per accoglierle si sarebbero dovuti fidare di me. E, con mio forte dispiacere, tra di noi non era scattato questo speciale rapporto.

Osservai una volta di più le colline basse e gli insediamenti dei Cugini del Muro, bianchi, squadrati, le case tutte ordinate e uguali che da lontano sembravano composizioni messe assieme da un bambino nella sua stanza e poi trasportate in un luogo predeterminato, senza porsi il problema se fosse quello giusto. Davano la sensazione di qualcosa di imposto e studiato a tavolino. Sotto, negli uadi, erano disseminate qua e là tende e pecore, senza un ordine. Quel contrasto mi colpiva sempre.

Arrivai a San Salvatore dove mi stava aspettando Gruber. Alla fine della nostra conversazione precedente gli avevo promesso di accompagnarlo al Santo Sepolcro. Aveva manifestato il desiderio di fare quella passeggiata con me e continuare i nostri discorsi. Pensando che potesse contribuire alla scoperta della verità, avevo deciso con francescana pazienza di compiere quell'atto inutile.

Mi chiese di lasciare la sua auto nel cortile di San Salvatore. Osservai con una punta d'ironia che, poiché ci recavamo nella parte araba, era più salutare che andassimo a piedi. Replicò che avevo ragione. Uscimmo dal convento e poi dalla Porta Nuova e costeggiammo le antiche mura fino alla Porta di Damasco.

Era la stessa strada che avevo percorso con Vidigal per andare al Teatro Maggiore Palestinese. Gruber era silenzioso e osservava il traffico con attenzione.

Arrivati davanti alla Porta di Damasco si fermò di scatto e mi disse che aveva individuato il bambino che aveva tirato la buccia di banana. Volli sapere, e presi un tono ufficiale, se aveva intenzione di arrestarlo. Mi rispose seriamente che non ci pensava affatto ma in ogni caso desiderava almeno tirargli le orecchie.

«In modo figurato o reale?» gli domandai.

Mi guardò incerto, poi borbottò che l'educazione andava insegnata e non si potevano tollerare atti di quel genere. Ma se preferivo non dare nell'occhio si sarebbe comportato di conseguenza. Non gli risposi ed entrai nella Città Vecchia dalla Porta di Damasco senza nemmeno guardare se mi stesse seguendo. Vidi che senza più dirmi una parola ora camminava al mio fianco e osservava tutto con meraviglia e attenzione. Gli domandai se fosse la prima volta che entrava nel quartiere arabo. Mi rispose che era la prima volta in quel modo così sereno, e assieme a un personaggio autorevole come me. Percorremmo una parte della Via Dolorosa e arrivammo davanti alla seconda stazione dove aveva sede il Convento della Flagellazione. Si meravigliò davanti al grande portone di legno dal quale si entrava nel cortile del convento, perché era privo di campanello e si doveva usare un antico battente per farsi aprire e il più delle volte i frati non lo sentivano. Gli indicai a destra la cappella della Flagellazione e a sinistra la cappella della Condanna. Sul luogo della prima il Signore fu sottoposto al supplizio del flagello, su quello della seconda Pilato condannò a morte Gesù e gli fece imporre la croce.

Entrammo nel convento e salimmo al primo piano. Gli mostrai la collezione di monete d'oro nella cassetta sotto il mio letto. Gli spiegai perché fossero lì e lui subito si offrì di trovare, attraverso il suo ufficio, il denaro necessario a installare un efficiente sistema di sicurezza.

Annuii, lo ringraziai, ci avrei pensato. Mi divertiva l'idea che Tsomet contribuisse a salvare un tesoro romano. Non erano forse stati i romani ad assediare Gerusalemme e a sconfiggere i Cugini del Muro? Poteva costituire un ulteriore atto di pacificazione. Quando uscimmo volle visitare la cappella della Flagellazione e trovò bellissime le tre vetrate che chiudevano gli archi sui quali poggiava la volta del presbiterio e che mostravano il supplizio dei flagelli. Uscimmo dal convento, prendemmo a destra la Via Dolorosa.

Non gli dissi che le stazioni del martirio di Gesù erano quattordici. Avevo timore che mi chiedesse di descrivergliele tutte. Gli ricordai soltanto che alla Città Vecchia si accedeva attraverso sette magiche porte che immettevano in un vortice di fuochi sacri, di odori, di antiche spezie, un labirinto segreto che portava al cuore dei cuori, il Colle del Tempio. Da questi luoghi i profeti ascesero al loro Tempio Celeste. Così, incamminandoci verso il Santo Sepolcro, gli indicai soltanto le cinque che si trovavano nel recinto della Basilica, quella nella cappella del calvario e l'ultima, nel Sepolcro di nostro Signore.

Gruber ammirò la Pietra della Deposizione, si stupì dei visitatori che vi posavano sopra i rosari e altri oggetti. Gli spiegai, anche se ne ero poco convinto, che si trattava di un atto di fede.

Gli feci osservare poi come fosse un lusso trascorrere il tempo passeggiando per Gerusalemme, condividerne gli scorci, le luci, i luoghi mistici, i suoi sorrisi, le sue storie che sembravano favole. Quella città era un seguito di specchi paralleli, posti in modo che le immagini corressero all'infinito. Ogni religione galoppava verso un'altra religione.

Andammo in via Davide, tra i bazar medioevali. Gli raccontai che ero convinto che avesse preso quel nome perché il re David vi aveva fatto scavare sotto una galleria che avrebbe dovuto permettergli di recarsi, inosservato, dalla cittadella al Monte del Tempio.

«In via Davide,» gli spiegai «le religioni si smistano in tre correnti umane nettamente distinte. A metà strada noi cristiani voltiamo a sinistra, in direzione del Santo Sepolcro. Gli Amici della Roccia proseguono verso le moschee del Monte del Tempio. Voi andate a destra, verso il Muro occidentale. Lungo questa via passano molte processioni; e nei giorni di maggiore attività due suoni dominano tutti gli altri, continuamente: i rintocchi delle campane e i richiami dei muezzin. Oggi la voce del muezzin è incisa su un nastro magnetico amplificato da potenti altoparlanti. Nei momenti di tensione, viene aumentato il volume; dopo qualche giorno di calma, viene di nuovo abbassato.

Ogni nostra confessione ha le sue campane. I rintocchi rimbalzano negli stretti vicoli, sulla pietra dei muri. E io ho imparato presto a distinguere i suoni: c'è quello profondo che arriva dalla basilica greco-ortodossa del Santo Sepolcro; quelli rapidi e acuti che giungono dalla chiesa etiopica, quelli insistenti dei luterani, quelli cupi, sepolcrali degli armeni, quelli soffici e caldi dei carmelitani.»

In via Davide ci fermammo da Oscar Mayer, una vecchia e gloriosa libreria. La sede centrale era fuori dalla Città Vecchia ed era stata inaugurata negli anni Trenta da un askenazi proveniente dalla Germania nazista. Questa, vicino al Muro del Pianto, era stata aperta da poco. Mi piaceva perché non somigliava per niente alle nuove catene di librerie che hanno tutte lo stesso aspetto, impongono un monopolio del gusto e promuovono il libro come fosse un oggetto qualsiasi. Aveva gli scaffali in legno stracolmi di volumi di ogni grandezza, vi dominava un vago disordine organizzato, e il proprietario, il nipote di Oscar Mayer, conosceva ogni titolo.

Un mese fa avevo ordinato il Vecchio e il Nuovo Testamento in arabo. Erano arrivati. Pagai e ringraziai il giovane Mayer. Lui mi disse: «Reverendo Padre, purtroppo non c'è segno di miglioramento, si va di male in peggio. Bisogna raggiungere un abisso oscuro prima che si possa vedere la luce. Noi siamo come formiche intente a creare il più bel formicaio che ci sia mai stato, ma troppe volte nella nostra storia è arrivato qualcuno con un bastone e ha affondato il nostro capolavoro distruggendolo».

In libreria c'era anche un militare che si presentò, era il sergente maggiore della riserva Dov Joseph, 31 anni, e nella vita civile faceva l'avvocato. Con Gruber si conoscevano di vista. Joseph mi scelse come interlocutore e mi spiegò che l'occupazione militare era incompatibile con l'ebraismo. L'aveva capito una volta che si trovava di guardia a un posto di blocco. C'era una lunga coda di auto palestinesi, ferme da ore. Era arrivato un colono e aveva sorpassato tutti a grande velocità. Lui lo aveva fermato per identificarlo e quello aveva reagito male. "Che cosa sono io, un arabo?" aveva urlato.

Quel giorno Dov Joseph aveva deciso che un popolo meraviglioso che si vantava di aver fatto rifiorire il deserto non poteva buttare giù con le ruspe gli ulivi dei palestinesi.

«Reverendo Padre, nella cavalleria dell'Armata Rossa, Isaak Babel, che ne faceva parte, per dimostrare la sua virilità fu costretto a tirare il collo a un'oca. A me e ai miei compagni di battaglione, quando rientravamo da un addestramento, i veterani ci chiedevano soltanto un peto molto forte.»

Gruber rise e anch'io, ma non avevo capito il senso di quella battuta.

Uscimmo dalla libreria e ci sedemmo a un caffè, io ordinai una limonata, Gruber un tè.

«Reverendo Padre, sa cosa diceva mio padre? "Io non ho avuto biografia ma piuttosto un destino che è fuggito troppo in fretta". Parole profetiche, non trova?»

Ci passò davanti quel tale che avevo già incontrato e che camminava allungando e abbassando il braccio destro ritmicamente. Ci voltammo a guardarlo mentre si allontanava, aveva un'andatura aristocratica. Volli sapere da Gruber se l'avesse mai visto. Mi rispose di no, ma poteva essere un *sabra*. Come l'aveva capito? Alzò le spalle e disse che i *sabra* erano diversi e un po' matti. Forse, domandai, perché erano nati in Terra Santa? Mi corresse: «In Israele, Reverendo Padre».

Ci stavamo dirigendo verso il Muro del Pianto. Mi narrò un episodio d'infanzia che l'aveva particolarmente colpito. La volta che con suo padre aveva incontrato Ben Gurion a Tel Aviv. Quel Padre Fondatore aveva 74 anni e raccontò loro che spesso se ne andava nel Negev. La sua vita era lì, in un kibbutz poco distante da Beersheba, circondato dalle dune di sabbia e protetto dai cammelli dei beduini, e ogni tanto, li accompagnava ad abbeverarsi al pozzo. Fra le dune e i cammelli camminava, nonostante l'età, dai quindici ai venti chilometri al giorno. Glielo aveva ordinato il medico, come cura preventiva contro l'infarto. Le scorribande nel deserto, in mezzo a un panorama che, non offrendo agli occhi nessun appiglio, sembrava fatto apposta per ricacciare l'uomo dentro se stesso, gli servivano soprattutto a disintossicarsi dal quotidiano e a rimettersi in contatto con l'eternità e l'infinito.

«Reverendo Padre, sa come si concluse il nostro incontro? Ben Gurion disse: "Mosè, quando si accorse che il suo popolo stava dimenticando l'impegno di essere qualcosa di diverso dagli altri, lo condusse nel deserto e ve lo tenne a pascolare quarant'anni di seguito. Ricordatelo sempre ragazzo!".»

I poliziotti di guardia all'entrata del Muro del Pianto dalla parte del quartiere arabo guardarono con rispetto la piccola tessera magnetica che mostrò loro Gruber e si misero sugli attenti. Evitammo così, e fu la mia prima volta, di passare attraverso quella sgradevole porta che suonava per ogni oggetto metallico che uno si portava addosso e che ciò nonostante non impediva gli attentati e anzi innervosiva soltanto la gente normale come me. Domandai a Gruber se intendesse pregare. Io avrei atteso. Mi ringraziò dell'attenzione e del rispetto che mostravo nei confronti della sua religione. Mi fu semplice replicare che un buon cattolico apre le braccia e ne prova gioia e appagamento. Mi chiese di accompagnarlo verso il Muro e mi mostrò il punto esatto nel quale era stato ritrovato il corpo del violinista amico di suo padre. Era a pochi metri dal Muro, verso l'area nella quale pregavano le donne. Sembrava impossibile che gli fosse capitato quell'incidente proprio lì.

Fu in quel momento che Gruber mi domandò se avessi mai visitato un obitorio.

«No!» replicai. «Ho benedetto un'infinità di morti in chiesa, nelle loro case, mai in un luogo del genere.»

«Penso che sia giusto che lei ne visiti uno.»

Osservai che non ne sentivo la necessità. Alzò le spalle.

Nel parcheggio vicino al Muro del Pianto ci raggiunse l'autista con l'auto di Gruber. Prendemmo Ma'ale Ha-Sharon, poi Khalivat Yerushalayn e poi girammo a sinistra per Derekh Khevron. Qui, poco prima della grande stazione dei pullman e vicino al Khan Theater, c'era una stazione di polizia di fronte a una sinagoga moderna.

Attraversammo un cortile preceduti da un poliziotto e arrivammo davanti a un capanno di lamiera ondulata. Il poliziotto aprì la porta chiusa a chiave. Ci investì, come proveniente da un forno, dell'aria rovente che puzzava di acido fenico. Io seguii Gruber all'interno. Non c'erano finestre, l'illuminazione era fornita da una potente lampada elettrica con il riflettore smaltato. Ai due lati di un corridoio centrale c'erano degli alti tavoli di legno appoggiati su cavalletti tutti vuoti, tranne due coperti da teloni incerati, leggermente rigonfi.

«Fa molto caldo» esclamai.

Gruber non fece caso alle mie parole e indicò i teloni.

«Quelli che stanno lì sotto non si lamentano certo.»

Non apprezzai il suo spirito. Il poliziotto che ci aveva accompagnato si diresse verso uno dei due tavoli, il più vicino, e tirò via la tela cerata. Gruber si accostò, io mi costrinsi a fare altrettanto.

«Il corpo che vede, Reverendo Padre, è quello di un nostro informatore. È ridotto piuttosto male. Erano trentacinque anni che tradiva i suoi commilitoni e lavorava per noi. Nell'ultima settimana, sei dei suoi amici sono finiti appesi a testa in giù. Lui non si era fatta nessuna plastica al viso perché era coraggioso. Una volta fece fallire un attentato a Henry Kissinger che dormiva all'hotel King David. Era venuto a sapere che quattro razzi Katiuscia erano pronti ad Armon Henaziv: tre diretti verso il Muro del Pianto, uno sull'albergo. Quel giorno salvò molte vite e la pace. E adesso è qui, davanti a noi, Reverendo Padre.

A proposito, ho qualche novità riguardo a quel tale che lei chiama gabbiano nero. Mi ascolti. La settimana scorsa una nostra pattuglia scopre il cadavere di Sholem, un ciabattino, nella sua abitazione. Era stato sgozzato e derubato. Qualche giorno dopo viene visto in un caffè un certo Igor Ter Ovanesian mentre sta maneggiando molto denaro. Sapendo che Ter Ovanesian è un poveraccio, il padrone del bar se ne stupisce. In seguito sente Ter Ovanesian, ubriaco, vantarsi di aver avuto in prestito quei soldi dall'ebreo Sholem. Ter Ovanesian viene subito arrestato e gli chiedono di dare spiegazioni sul come sia venuto in possesso di quella cifra. Non sa fornire nessuna scusa plausibile e nega di aver mai visto Sholem. Controbatte, anzi, che lui, in quanto armeno, è odiato dagli ebrei. E poi fugge. In seguito ci deve essere stato un regolamento di conti e lo trovano ucciso. Quella era feccia, Reverendo Padre. E la feccia si elimina l'una con l'altra. L'assassino gli mette addosso il saio francescano per sviare i sospetti. Forse è morto proprio dove lo abbiamo trovato.»

Replicai che la ricostruzione mi pareva poco plausibile. E soprattutto perché coinvolgere la Custodia? Gruber sorrise e tirò fuori dalla tasca una catena con una croce armena. Sulla croce era incisa una scritta: Igor Ter Ovanesian.

«È la prova, Reverendo Padre. Il travestimento da frate è irrilevante. Aveva in tasca questa croce.»

Dette un ordine. E il poliziotto tolse il telone incerato dal secondo tavolo. Il corpo steso su trespolo era quello di un uomo sui cinquant'anni, basso, le spalle larghe. Dal punto dove ero io, ai piedi del tavolo, vedevo solo uno scorcio del viso, biancastro, incorniciato da un groviglio di capelli grigi. Il corpo era avvolto in un lenzuolo. Ai piedi un mucchietto di panni gualciti: mutande, pantaloni, camicia, calzini; e un paio di scarpe strette, a punta, con le suole che asciugandosi si erano incurvate. E poi il saio. Mi avvicinai.

Potevo finalmente con calma guardare il gabbiano nero. Nessuno si era curato di chiudergli gli occhi, che fissavano sbarrati e bianchi la luce. La mascella inferiore era rilasciata. Le guance erano flosce. Era troppo tardi per farsi un'idea dei pensieri che un tempo correvano dietro quella fronte incorniciata da profonde rughe. Erano svaniti. Mi rendevo conto che in realtà era la prima volta che lo vedevo. Quella mattina, al Mar Morto, non ne avevo osservato bene il viso forse per l'emozione, o forse per la preoccupazione. Mi sforzavo di mettere a fuoco quei lineamenti ma nella mia memoria non c'era nulla di familiare.

Gruber disse: «È stato ucciso da un proiettile a bruciapelo nel cuore. Chi ha sparato sapeva il fatto suo. Reverendo Padre, ha visto quanto desiderava?».

Osservai ancora il cadavere, come fosse un estraneo dal quale comunque prendevo commiato. Gruber per qualche istante rimase immobile. Poi tese il braccio e, afferrando il morto per i capelli, gli sollevò un poco la testa. Gli occhi ciechi fissarono i suoi.

«Sai certamente delle cose che mi interesserebbe conoscere. Peccato che ormai sei diventato muto.»

Lasciò andare la testa che ricadde sul tavolo. Tirò fuori da una tasca un fazzoletto di seta e si pulì con cura le dita.

«Prima lo seppelliamo e meglio è.»

Gli dissi: «Mi auguro che presto lei riesca a udire la sua voce interiore e sia capace di obbedirle».

Non rispose nulla. Ci salutammo. Mi feci accompagnare dal suo autista alla Porta di Giaffa. Andai al Santo Sepolcro e toccai la Pietra della Deposizione. Uscii e mi sedetti a un caffè. Non ero goloso, ma ordinai lo stesso dei dolci arabi e un tè molto zuccherato. Mentre stavo bevendo, notai un giovane soldato a qualche metro da me. Dalla mia posizione potevo vedere bene lui e una casa alla sua sinistra. A una finestra erano affacciati due Amici della Roccia. Uno di loro stava impugnando un fucile ed ebbi l'impressione che stesse puntandolo sul Cugino del Muro. "Adesso verrà colpito" pensai. Un bambino che inseguiva una palla incespicò e gli finì tra i piedi. Il bambino si mise a piangere, il soldato s'inchinò e sollevandolo lo prese in braccio. Con preoccupazione alzai gli occhi verso la finestra. Non c'era più nessuno. Festeggiai con il tè e i dolci quel Cugino del Muro che non avrebbe mai saputo di essersi salvato la vita perché Gerusalemme era davvero una grande nave che salpava di continuo.

Capitolo 12
Nella città armena

Ero andato a Gerusalemme Est in un cinema adibito a teatro, non lontano dall'American Colony, ad assistere al concerto di Khaled Jubran, un Amico della Roccia di nazionalità israeliana. Con lui suonavano un violinista, un violoncellista e Ahmed Jabal, un artista del tamburello. Khaled Jubran aveva interpretato la sua musica in modo commovente ma non sentimentale, sostenuto ma non ossessivo, a volte duro, altre dolce. Poi aveva annunciato la fine anticipata della sua esibizione a causa del coprifuoco. Gli spettatori avevano protestato, invitandolo a proporre altri pezzi. Khaled Jubran aveva esitato. Qualcuno allora aveva suggerito un titolo, ma lui aveva detto in modo fermo: «Niente canzoni politiche».

Il concerto si era concluso con tre melodie d'amore e larga parte del pubblico, soprattutto le donne, le aveva intonate con lui. Gli applausi erano durati dieci minuti e molti avevano le lacrime agli occhi.

Tornando a San Salvatore vidi, una cinquantina di metri prima della Porta Nuova, un blindato dei Cugini del Muro e una barriera di filo spinato che bloccava un pezzo di Ha Tsankhanim. Due giovani Amici della Roccia erano in ginocchio sul marciapiede accanto al veicolo, ammanettati, uno straccio sporco stringeva loro parte della fronte e gli occhi. Domandai a un Cugino del Muro che mi sembrò un graduato che cosa avessero fatto quei ragazzi. Mi rispose che erano dei sospetti e avrebbero dovuto essere interrogati. Provai a dire che la benda era lurida e troppo stretta. Non mi rispose e alzò le spalle.

Entrai a San Salvatore pensando che vivevo all'interno di una guerra infinita e i suoi dolori invece di diminuire sarebbero probabilmente cresciuti. Il mio ruolo mi imponeva una serenità esteriore che però non corrispondeva a ciò che sentivo e pensavo.

I due prigionieri e i soldati erano così simili che, scambiando le uniformi con le camicie lacere, gli uni sarebbero diventati gli altri. Mi attraversarono la testa delle parole. Le avevo lette da qualche parte: chi vince, in qualunque modo abbia vinto, non prova mai vergogna. Cacciai con determinazione, serrando i denti, la terribile idea che non ci fosse più niente da fare e stesse morendo anche la speranza.

Padre Giancarlo, che mi aspettava nel cortile, vedendomi nervoso si preoccupò e mi domandò che cosa fosse accaduto. Lo rassicurai mutando espressione e, sforzandomi, riuscii quasi a sorridere. Il mio segretario, sempre agitato, e una volta o l'altra avrei dovuto farmi spiegare da lui il perché, ma forse si trattava di una semplice questione di carattere, mi consegnò una busta che aveva appena portato l'autista di Gruber. Salii nello studio. Detti un rapido sguardo alle carte sulla scrivania, non mi sembrò che ci fosse nulla di urgente e la aprii. Era una breve lettera.

«Reverendo Padre, credo che lei sia più sereno a questo punto. Avendo scoperto l'identità del suo gabbiano nero, un malfattore giustiziato da qualcuno della sua risma, la Custodia e i francescani possono considerarsi fuori da questa sgradevole storia. Lei consideri chiuso l'incidente. La informerò, proprio per la stima che ho scoperto con gioia lei nutriva nei confronti di mio padre, di eventuali sviluppi nelle indagini sul suo assassinio.

Con i miei più reverenti saluti,

suo Nadav Gruber.»

Chiamai Vidigal e lo trovai d'accordo con me. La soluzione improvvisa del caso ci stupiva e non ci lasciava tranquilli. Anche perché rimanevano senza risposta alcune domande. Per esempio, chi aveva mandato le foto, che cosa significavano e perché qualcuno aveva provato a coinvolgere la Custodia.

Quando poi gli raccontai della mia visita allo Sceicco, e del suo ospite misterioso, Vidigal scosse a lungo la testa e concluse che secondo lui la storia del gabbiano nero, purtroppo per noi, era appena cominciata. Sperava comunque che le mie rassicurazioni avessero tranquillizzato i fratelli delle altre confessioni, tuttavia non capiva perché il patriarca ortodosso Alekos non mi avesse mostrato la foto. Era impossibile che non l'avesse ricevuta anche lui che era il vescovo della comunità più numerosa.

Arrivò padre Giancarlo, naturalmente trafelato. Annunciò un crollo in una scuola vicina, nel quartiere cristiano. Andammo subito con Vidigal a vedere se potevamo offrire aiuto e solidarietà. Arrivammo che stavano già estraendo i corpi di tre giovani Amici della Roccia. Attorno a loro notai il dolore rassegnato dei parenti, come se la situazione facesse parte degli appuntamenti obbligati della loro giornata ed essere uccisi a quel modo fosse normale al pari del dormire e del mangiare.

«Sono sempre i poveri i migliori clienti di Madre Morte» esclamò Vidigal e aggiunse: «Matteo, qui la tua presenza non è più utile. Resto io a pregare per quelle povere anime e a piangere con le famiglie. Tu vai nel quartiere armeno a cercare notizie del gabbiano nero. Parlane con il loro vescovo. Ho la sensazione che possano accadere altre disgrazie se non scopri chi era davvero Igor Ter Ovanesian».

Aggiunse inoltre che secondo lui dovevo continuare a muovermi con la cautela che avevo mostrato fino a quel momento. E concluse: «Matteo, ricordati che a Gerusalemme è importante non avere l'aria di chi si è».

Passai velocemente davanti al Patriarcato Latino, sperando che non si accorgessero di me. Non mi andava di chiacchierare. Superai anche la chiesa melchita. Uno degli inconvenienti dell'essere Custode era che spesso mi fermavano per strada a chiedermi qualcosa o anche solo per rendermi ossequio.

Gerusalemme aveva il suo solito aspetto di una città invasa da molte preoccupazioni che si alternavano con il vento freddo, le nuvole, e a tratti un sole caldo. Oggi la Città Nuova si estende sulle colline. Le valli sono rimaste verdi. Nelle nuove zone residenziali, fra gli isolati costruiti l'uno accanto all'altro dall'edilizia pubblica, le strade sono larghe. Nella Città Vecchia invece le vie sono strette, ripide, antiche, cadenti. Molte sono coperte. Sotto un parapetto di pietre innalzato da un ingegnere britannico dopo la prima guerra mondiale, c'è un portone costruito dagli Amici della Roccia sopra una torre crociata eretta sulle fondamenta che risalivano agli anni di Erode. Un arco romano del I secolo si alza su un antico pavimento dei Cugini del Muro che collega l'abside di una chiesa bizantina con la cima di una colonna ellenistica. Un caravanserraglio degli Amici della Roccia del XVIII secolo si trova in parte su una torre romana del III secolo dopo Cristo e in parte su una fortezza dei Cugini del Muro edificata quasi centoventi anni prima del massacro a opera di Nabucodonosor.

Camminando per le stradine della Città Vecchia, mi sentivo a volte come dentro a una prigione. Mi sembrava di trovarmi sull'orlo di un precipizio. Quando salivo al Monte del Tempio avevo la sensazione di venire sollevato e trasportato in alto. E se stavo in piedi sulle mura di Erode a guardare l'orizzonte con tranquillità attraverso le feritoie, pensavo che un tempo erano strumenti di guerra perché da lì, sugli assedianti, volavano le frecce e cadeva l'olio bollente.

Vicino alla Porta di Giaffa, la cittadella sfidava i millenni. Le sue grandi torri erano state costruite dal folle Erode prima della distruzione della Città Santa da parte dei romani, e poggiavano su rovine asmonee dell'epoca di Isaia e di Geremia. Il palazzo reale era meravigliosamente adornato e possedeva sale per i banchetti e grandi camere da letto, ciascuna delle quali poteva contenere cento ospiti. Poi divenne il pretorio dove Ponzio Pilato giudicò Gesù e dove i soldati intrecciarono la corona di spine e la posero sul capo di nostro Signore.

La vera Via Dolorosa, semmai ve ne fu una, come dicevo sempre ai miei studenti, scendeva da qui e attraversava il bazar. Quando Tito rase al suolo la Città Santa, a ricordo della sua grande vittoria lasciò in piedi solo le tre gigantesche torri della Cittadella per mostrare ai posteri come fosse ben fortificata quella Gerusalemme che era stata annientata dal valore dei romani. Molti secoli dopo, la torre principale divenne la residenza dei re crociati. Da lì Saladino guardò le due diverse file di cristiani sconfitti che lasciavano la città da lui conquistata. Alcuni si avviavano verso la schiavitù, gli altri, quelli in grado di pagare il riscatto, verso la libertà. Il sultano fu colpito dal vedere tanti cristiani andare schiavi, mentre Eraclio, il patriarca, libero in virtù del suo denaro, camminava curvo sotto il peso dell'oro che portava addosso e seguìto da carri colmi d'argento e di tappeti preziosi. Oggi la torre è una parte del nuovo museo storico alla cui nascita avevo contribuito anch'io con alcuni preziosi oggetti di scavo.

Passai davanti alla caserma di polizia che un tempo fu la reggia di Erode e poi divenne la residenza ufficiale dei procuratori romani quando da Cesarea salivano a Gerusalemme. A quell'epoca le regole erano più chiare. I romani conquistavano e imponevano la loro legge e la loro pace con una forza spietata e intelligente. Oggi nessuno conquistava più nulla e non si parlava né di legge né di pace, sopravviveva soltanto un odio irresistibile. In quella reggia Erode accolse i Magi venuti da Oriente per onorare Gesù.

Seguii la strada lungo la caserma e arrivai nel quartiere armeno che si estendeva fino alla Porta di Sion, aperta nel 1540 da Solimano per potersi introdurre direttamente nel quartiere del Santo Cenacolo. Oltrepassai quel piccolo tratto coperto di volte, incontrando a destra i giardini del Palazzo Patriarcale e a sinistra il convento armeno che comunicava con la chiesa di San Giacomo il Maggiore. Mi fermai a pregare nella cappella costruita sul luogo della decapitazione del santo. Ascoltai il coro dei giovani monaci che mi regalò dolci emozioni. Quel canto mi arrivò fino dentro al cuore, penetrò nella mia anima, mi commosse. Portava con sé il dolore per l'imperfetta condizione dell'uomo e la memoria della sofferenza e della diaspora del popolo armeno.

Uscii dalla chiesa, mi diressi verso la mia sinistra e mi trovai nel piazzale del quartiere dove si trovava la sede del Patriarcato. Il vescovo Vartan, un uomo alto, gli occhi neri e lucidi, una folta barba nera, mi aspettava nel suo studio al primo piano. Era una stanza piccola, spoglia, alle pareti foto di Gerusalemme dell'inizio del Novecento.

Mi pose immediatamente un quesito: «Se guardo la morte mentre mi salta addosso, come ricorderò quel momento?».

Risposi: «Abbiamo un solo corpo e non un altro, e quindi non lo puoi comprare come una cosa che si compra nuova».

Le mie parole lo convinsero o almeno me lo fece credere. Mi offrì una limonata e mi ricordò come dal 1500 armeni e francescani fossero amici e alleati. Naturalmente aveva ricevuto la foto e accettò subito le mie spiegazioni riguardanti il gabbiano nero. E l'ipotesi che si trattasse di un suo concittadino travestito da frate non sembrò preoccuparlo molto, o forse non ricordava le facce di tutti i suoi fedeli. Mi consigliò di cercare il signor Kaciaturian. Mi avrebbe aiutato. E mentre me lo diceva sorrise paternamente. Diede infine con entusiasmo la sua adesione al concerto per la pace al monte Nebo.

Uscito dal Patriarcato, presi la strada che passava davanti al Convento dell'Ulivo. Si chiamava così a causa dell'albero che lì si conservava e al quale era stato legato Gesù la notte in cui fu giudicato da Anna. Mi fermai a recitare un *Pater noster*. Notai una porta che pareva ritagliata in un muro qualche metro sulla destra dopo l'Ulivo, e mi tornò alla mente la volta che a Ginostra con mia madre eravamo andati fino al Timpone, la parte alta dell'isola dove si trovavano le case più vicine alla Sciara del Fuoco. Ci aveva incuriosito molto un vecchio muro, qualche metro sulla destra dopo l'abitazione della vecchia Filomena che era vissuta raccogliendo e vendendo capperi e che era morta l'anno prima. Più che il muro, scrostato, sul quale le chiazze di umido avevano quasi del tutto cancellato l'antico colore grigio, era stata una porta di legno scuro variamente intarsiata a catturare la nostra attenzione. Era illuminata da una lampada di ferro battuto dipinta di verde. Quella porta pareva un quadro. Avevamo provato a indovinare cosa ci fosse dietro. Secondo mia madre una cucina, secondo me un'altra porta e ancora un'altra porta e poi un'altra ancora e ancora all'infinito. Mia madre aveva sorriso delle mie fantasie. Avevamo poi deciso di aprirla. Ma era chiusa a chiave e non eravamo riusciti a trovare alcun campanello da suonare. Mia madre aveva concluso che forse avevo ragione. Ero ritornato numerose volte a controllare la porta. Mi rasserenava. Però non ero mai riuscito a spalancarla e alla fine non mi interessò più sapere chi o che cosa ci fosse lì dietro. Però l'avevo eletta a mio portafortuna, e a mia madre che me ne aveva domandato il motivo, avevo risposto che non c'era nulla di strano. C'è chi si sceglie un corno rosso, io avevo optato per quella porta.

Adesso, nel quartiere armeno, a pochi passi dal luogo sacro dove fu giudicato Gesù, davanti a me ne vidi una quasi identica a quella del Timpone. Questa volta però la maniglia cedette subito, così entrai in un luogo semibuio che poteva essere un magazzino. Quando i miei occhi si abituarono alla scarsa luce che proveniva da una piccola finestra in alto sulla destra, ebbi la sensazione di trovarmi in un vasto ambiente, poi notai sulla parete davanti a me dei segni che pareva danzassero, debolmente illuminati. A tratti scomparivano e poi tornavano.

Con meraviglia mi resi conto che si trattava di note musicali che qualcuno stava proiettando sulla parete. I miei occhi, ormai assuefatti all'oscurità, scoprirono anche numerosi oggetti appoggiati su un tavolo largo e lungo che poteva ricordare, ma in grande, quello di un orologiaio. Ammucchiati alla rinfusa, vidi alcuni violini, due viole, un violoncello, archetti, spartiti, trombe, due clarini, pentole, bicchieri, forchette e coltelli. Davanti alla parete opposta a quella delle note musicali scorsi quattro pianoforti, due a coda e due verticali. I due a coda erano l'uno di fronte all'altro, sembrava fossero pronti per un concerto.

Pensai che quel luogo potesse essere un magazzino di strumenti musicali usati. Ora riuscivo a distinguere l'uomo dietro il proiettore. Era in piedi, indossava una giacca di velluto di un colore cangiante tra il marrone e il verde, e in testa aveva uno zucchetto. Gli domandai se fosse il signor Kaciaturian. Annuì e con un tono poco amichevole aggiunse: «Lei è un altro cacciatore di note?».

Gli risposi di no.

«Perché oggi, qui, ne sono già entrati un paio e mi hanno rubato del tempo.»

Poi mi domandò se conoscevo Bach e gli risposi che era ovvio.

«Non si infastidisca, in realtà molti non sanno chi sia Bach. Lei lo ama moltissimo?»

«È il primo nel mio cuore.»

«I mottetti a otto voci mi ricordano l'ardita architettura del duomo di Strasburgo. Io mi commuovo quando leggo una partitura del Maestro. Mi emozionano le regole arcane del contrappunto e così mi prende il bisogno di proiettare quella musica. Mi piace più di un film. Immagino che lei non abbia riconosciuto la sequenza delle note che accarezzavano la parete.»

Con un tono ironico mi informò che erano le *Variazioni Goldberg*, e si augurava, per il mio intimo equilibrio, che le avessi sentite nominare. Sorrisi senza rispondere neppure stavolta a quella che ritenevo una provocazione. Adesso che mi ero abituato alla semioscurità, potei osservarlo meglio. Era robusto, di media altezza, i capelli lunghi e bianchi, il naso leggermente arcuato, la fronte spaziosa, le ciglia folte, gli occhi azzurri e luminosi. Il mento morbido contrastava con la bocca dalla linea dura, segnata da piccole e continue contrazioni delle labbra. Le mani erano larghe, forti, curate, le dita tra le più affusolate che avessi mai visto. Poteva avere settant'anni o anche di più.

L'uomo si avvicinò al tavolone che mi era sembrato un monumento al centro di una piazza e le sue mani si mossero con agilità come se stessero sfiorando una tastiera.

Esclamò: «Musica, sono felice di nominarti perché tu e io siamo amanti!».

Provai una sorta di irritata ammirazione per lui. Tra una tromba e una pentola c'erano sacchetti di carta pieni di tabacco. In ognuno di quei sacchetti versò con delicatezza delle gocce di vino. Li svuotò in una grande tabacchiera dalla quale prese un pizzico di tabacco, lo annusò con piacere e lo pressò con le dita nel fornello di una pipa. Il fornello aveva la forma di un violino.

«Questa pipa ha cento anni, è opera di un illustre liutaio, mio nonno. L'ho ereditata insieme all'arte di creare violini. A Gerusalemme siamo sempre stati gli unici.»

Feci un sorriso di circostanza e lui osservò come la mia espressione lo inducesse a pensare che non appartenevo alla categoria di coloro che suonavano. Replicai che facevo parte di quella di coloro che sapevano ascoltare le note. E il signor ascoltatore, proseguì, dove aveva imparato quest'arte? A Gerusalemme, replicai, e vivevo nella Città Santa da quarant'anni.

«Ah!» esclamò e non capii se fosse un'approvazione. Afferrò uno dei violini e intonò una sonata di Bach.

«Sarà mai capace lei di capire musica del genere?»

E, com'era già successo prima, senza lasciarmi il tempo di rispondere mi spiegò che, se fossi riuscito a cogliere la purezza di Bach, avrei compreso la musica. Digrignò i denti con soddisfazione e continuò dicendo che erano troppi coloro che gridavano con entusiasmo grottesco: "Noi siamo gli eletti, noi possiamo creare".

Nel regno delle note, dove solo loro governano, si arriva da un cancello d'oro nascosto. Sono pochi quelli che lo varcano. E quando ci riescono, incontrano i propri sogni migliori o i propri peggiori incubi. Ci vuole equilibrio per non impazzire. Mi domandò se sapessi che cos'era l'equilibrio. Pensavo di sì. Sperava per me che fosse vero. Lui, una volta, era entrato nel regno delle note e aveva visto un grande occhio dal quale partivano e volavano, e subito dopo si erano messe a girare intorno alla sua testa e al suo corpo, armonie di quelle che si definiscono sublimi. L'occhio si era spalancato e si era trasformato in un pozzo. Lui desiderava gettarsi laggiù ma aveva paura. Fece una pausa. Si aspettava che gli domandassi con interesse perché. Capii e mormorai: «Perché?».

«Il mio nuovo amico vuole sapere perché? Secondo lei dove sarei finito?»

Allargai le braccia. Il liutaio continuò sicuro con un'espressione di trionfo sul viso. Sarebbe caduto sulle note morbide o sui chiodi che gli avrebbero straziato l'anima e il corpo? Ebbene, aveva scelto. E così aveva deciso il suo destino. Non era diventato un creatore di note e nemmeno uno che le interpretava. Insomma, sarebbe vissuto girando intorno al pozzo. Per sempre? Sì, e all'inizio era stato difficile. E dopo? Aveva accettato di diventare liutaio. Un grande liutaio però, grande come suo padre, come suo nonno.

«Grande come Stradivari?»

Sospirò a lungo. Se vivevo nella Città Santa da tanto tempo come avevo sostenuto, non potevo non sapere che il più antico e unico liutaio di Gerusalemme costruiva violini le cui note non arrivavano in cielo, ma venivano assorbite dalle prime nuvole. A Gerusalemme mancava quella materia prima che Stradivari e Guarneri avevano trovato in natura.

Mi disse ancora che dopo Bach lui amava Gluck, perché aveva idee semplici e modulazioni ardite. E quale era il segreto di Gluck? Melodie in antico stile francese, condite da una salsa di inflessibile lavoro germanico. Ogni artista dovrebbe avere un segreto nella propria composizione, altrimenti non è un artista. Poi, inaspettatamente mi domandò: «Qual è il suo segreto, Reverendo Padre?».

«Ma allora lei sa chi sono.»

«Non mi ha risposto.»

«Il mio segreto è continuare a studiare e a scavare mosaici.»

«Parole un po' troppo scolastiche. E mi perdoni, anche un po' banali. Le regalo io un segreto.»

Affermò con tono solenne: «Per commuovere il pubblico, l'artista, deve prima commuovere se stesso».

E poi aggiunse: «È un segreto pubblico o un pubblico segreto ed è applicabile anche all'eccellentissimo Custode di Terra Santa il quale quando recupera alla storia un mosaico compie un atto artistico».

Rise da solo della propria battuta, guardò l'orologio, scosse la testa. Mi domandò se avessi fame. E come prima, senza lasciarmi il tempo di rispondere, scomparve dietro una tenda e riapparve tenendo con una mano un largo vassoio colmo di pane, prosciutto, formaggio, uova sode, e con l'altra due bottiglie di vino armeno. Mi disse che considerava un grande onore ricevere a casa sua il Custode di Terra Santa e che il vescovo Vartan lo aveva informato telefonicamente del mio arrivo.

Posò il vassoio sul tavolone insieme a due piatti, due bicchieri, due coltelli, due forchette. C'erano alcune sedie. Ne prese un paio, le sistemò una vicina all'altra. Mangiammo, bevemmo e parlammo. Il liutaio mi spiegò che, quando costruiva uno strumento come quello sul quale aveva intonato la sonata di Bach, era convinto di somigliare a quell'indiana Pueblo che, mentre lavorava l'argilla per darle la forma di una pentola, imitava con la voce il suono di un recipiente che si cuoce nel forno. In questo modo cercava di salvare la sua pentola dal pericolo che si incrinasse durante la cottura.

«Lei canta quando costruisce uno strumento?» gli domandai.

«Il canto c'è, Reverendo Padre, ma è nel cuore.»

Con ambedue le mani rispettosamente prese un secondo violino e mi pregò di osservarne la vernice e la fattura. Intonò un'altra sonata di Bach. Non trovavo sublime il suono di quello strumento? Era magnifico. E non valeva uno Stradivari? Risposi che, pur non essendo un esperto, mi sembrava che fosse davvero di qualità. Era opera di suo nonno. Quello della pipa? Sì. Ma la pipa non l'aveva intagliata a Gerusalemme, bensì a Smirne.

Il liutaio bevve un altro bicchiere di vino, avvicinò il suo viso al mio. Era molto serio, adesso.

«Tutte le volte che converso con amici più giovani, mi rendo conto che tra il nostro oggi, e il nostro ieri tutti i ponti sono crollati. L'ondata del tempo e delle guerre li ha trascinati via. Quelli come me hanno percorso da cima a fondo il catalogo di ogni catastrofe pensabile e non sono giunti ancora all'ultima pagina. Mio nonno sosteneva che un artista non deve occuparsi di politica, ma ci sono circostanze, situazioni, che lo obbligano. Noi armeni abbiamo subìto di tutto. Viviamo asserragliati in questo quartiere. Io invento violini per pochi. Reverendo Padre, perché non è mai venuto a trovarmi?»

Gli avrei dovuto rispondere, ma si sarebbe offeso, che non conoscevo la sua esistenza. Invece gli domandai: «Chi è Ter Ovanesian?».

«Igor Ter Ovanesian?»

C'era autentica meraviglia nella sua voce.

«Sì.»

«Mi ascolti bene Reverendo Padre. Le faccio fare, se

lei me lo permette, un viaggio indietro nel tempo. Siamo nel 1922. È agosto. L'esercito nazionalista turco comandato da Mustafa Kemal Pascià attacca l'esercito greco a Dumlu Dunar, a trecento chilometri da Smirne. I greci perdono la battaglia e, in rotta, si ritirano verso la città. Si vendicano della sconfitta massacrando tutti i turchi che incontrano sul loro cammino. Bruciano, saccheggiano e violentano. Non un villaggio resta in piedi. Raggiungono il mare e si imbarcano sulle loro navi.

Quando le truppe di Mustafa Kemal arrivano nei dintorni di Smirne trovano quella rovina. E scatta la vendetta contro gli innocenti, cioè noi armeni. Il 9 settembre i turchi occupano Smirne. Molti di noi sono rimasti in città, convinti che i greci torneranno a salvarci. Ma quei vigliacchi non ci sono più e noi paghiamo per loro. È un olocausto. I turchi trovano gli elenchi degli iscritti alla Lega per la Difesa degli Armeni dell'Asia Minore. Li prelevano di notte dalle loro abitazioni e li uccidono. Poi inizia lo sterminio di donne, vecchi e bambini. Li sgozzano per le strade, mutilano i loro corpi. Sulle pareti di legno delle nostre chiese versano benzina e le incendiano. Quelli di noi che non bruciano vivi sono infilzati dalle baionette mentre cercano qualche via di scampo. In molti quartieri anche le case saccheggiate sono bruciate e il fuoco si diffonde inarrestabile, aiutato dal vento. L'intera città diviene cenere. I turchi circondano Smirne per impedire ai sopravvissuti di superare quella muraglia di fiamme. Chi riesce a fuggire viene abbattuto a fucilate o gettato nel fuoco come fosse legna da ardere. Per loro siamo solo infedeli che mangiano il maiale. In quella distruzione muoiono centoventimila armeni. Smirne si trasforma in un carnaio. Molti di noi cercano di raggiungere le navi del porto interno, ma non ci riescono e dilaniati dai proiettili i cadaveri galleggiano a lungo nell'acqua che diviene rossa. I turchi si dicono finalmente soddisfatti. Smirne l'infedele ha espiato i suoi peccati.»

Il liutaio aveva le lacrime agli occhi.

«In quell'orrore tutta la mia famiglia venne sterminata. Solo mio padre riuscì a fuggire con il prezioso violino del nonno e il suo inseparabile Igor Ter Ovanesian.»

Capitolo 13
Igor Ter Ovanesian

Il liutaio era molto emozionato. Il racconto aveva mosso dentro di lui dei ricordi terribili e mi accorsi che stava soffrendo. Gli tremava il labbro superiore, evitava il mio sguardo quasi a rifiutare in anticipo la mia comprensione e per farmi capire che non gli sarebbe stata di alcun aiuto. Avremmo potuto pregare insieme, ma non mi sembrava nutrisse un particolare trasporto per la religione. Sul suo viso correvano tanti colori. Gli dissi infine che mi dispiaceva davvero di aver suscitato in lui quell'angoscia. Mi rispose in modo sorprendente: «Mio padre sposò mia madre qui a Gerusalemme in questo stesso quartiere dieci anni dopo quella strage. Ma io, nella mia fantasia e nei ricordi dei miei, consideri che anche mia madre si era salvata, è come se l'avessi vissuta e fossi rimasto vivo per testimoniarne l'orrore. La guerra, Reverendo Padre, è il sistema più veloce per trasmettere o annientare una cultura. Io credo sia un errore pensare una cultura fatta solo di parole e di idee. Certo, le idee sono importanti, ma lo sono soprattutto le immagini e i sogni. E a Smirne vennero bruciati i nostri sogni. Fu così che la nostra identità venne fatta a pezzi. È questo che continua a farmi soffrire».

Per spiegargli la mia visita, cercai di raccontargli quanto era successo negli ultimi giorni. Gli parlai del gabbiano nero, delle fotografie e di tutto il resto della vicenda, omettendo le confidenze e le storie personali di Gruber che l'avrebbero certo interessato poco. Conclusi che il gabbiano nero, con molte evidenti probabilità, era un parente, magari un nipote di quell'Igor Ter Ovanesian che si era salvato con suo padre. Ma volevo avere la certezza che fosse lui il morto che avevo visto all'obitorio per chiarire definitivamente che non si trattava di un mio frate e allontanare dalla Custodia quel pericolo che aveva il sapore di un complotto organizzato da qualcuno che voleva solo aumentare il disordine a Gerusalemme.

Il liutaio mi sorrise in modo indecifrabile, e mi domandò che età avesse il gabbiano nero. Gli risposi che dimostrava una cinquantina d'anni. Mi disse allora con un certo sussiego che aveva in serbo una sorpresa per me.

Mi invitò a seguirlo. Uscimmo dalla sua casa. Incontrammo dei bambini che giocavano a pallone e a mosca cieca.

«Reverendo Padre, vede come sono felici? Loro non sanno che, dall'altra parte dei nostri muri che ci proteggono, i Martiri di Allah si fanno saltare in aria con tante persone innocenti.»

Passammo davanti al Seminario, scendemmo per alcuni gradini in un recinto chiuso, arrivammo in una piccola piazza semicircolare dov'erano aperti alcuni negozi. Ci dirigemmo verso quello di generi alimentari. Mi presentò il padrone che aveva vicino a sé due bambine identiche. Naturian, così si chiamava quell'uomo basso, robusto, con pochi capelli, mi comunicò con orgoglio: «Sono le mie gemelle».

Osservai che erano molto carine.

Lui disse: «La vita a Gerusalemme è sempre più difficile, ma c'è almeno un lato positivo. Ci costringe a parlare, a essere più uniti. Almeno così accade per noi armeni».

Il liutaio gli spiegò che ero il capo di tutti i francescani della Città Santa e Naturian a quel punto volle assolutamente invitarmi a pranzo. Sarebbe stato un immenso onore per lui e la sua famiglia. Abitava all'ultimo piano dello stesso palazzo nel quale si trovava il suo negozio. Lo ringraziai, ma avevo già mangiato con il liutaio.

Alzò le spalle: «Mi permetto di insistere. Un buon pranzo è come una piramide, avvicina al cielo. E poi nel deserto e nell'aridità di certe giornate offre piacere e ristoro».

Mi vidi costretto ad accettare. Continuando nella conversazione, dissi che ero venuto nel quartiere armeno per avere notizie di un certo Igor Ter Ovanesian.

Lui prima sorrise, poi esclamò: «Certo, già, capisco!».

Scambiò uno sguardo di complicità con il liutaio, il quale si congedò dicendo che ci avrebbe raggiunto tra poco. Aveva qualcosa da fare.

«Prima di salire a casa le voglio mostrare la mia bottega» proseguì Naturian con un tono molto deciso e le gemelle batterono le mani.

«Lo sa perché sono così contente? Perché avranno un regalo.»

Le gemelle urlarono di gioia e saltarono addosso al padre.

«Ve le dò le caramelle, ma le mangerete solo dopo cena.»

Naturian cominciò a descrivermi il negozio come fosse una pinacoteca.

«Vede com'è bello? È anche funzionale. Qui voglio

mettere altre mensole, su questa parete ci saranno solo vini, gli israeliani, i californiani e soprattutto gli italiani. Ho tanti progetti per quando avremo la pace. Ma accadrà, Reverendo Padre?»

«Lo spero» dissi con una certa stanchezza nella voce.

Non la colse e con un'aria seria mi domandò: «La pasta la preferisce corta o lunga?».

Lo guardai perplesso e lui mi chiarì che non dovevo stupirmi di un armeno che cucinava la pasta. L'aveva imparato in Italia dove aveva fatto il cuoco prima di trasferirsi a Gerusalemme.

«Vanno bene i rigatoni o le piacciono di più gli spaghetti?»

Mentre rispondevo che preferivo i rigatoni e contemporaneamente riflettevo che la mia curiosità e il mio interesse nei confronti di Igor Ter Ovanesian li avrei pagati con un'indigestione, pensai all'irrealtà di quella vicenda. Mi trovavo in una bottega di alimentari nel quartiere armeno di Gerusalemme a decidere quale tipo di pasta mangiare in compagnia di un certo Naturian che ora stava infilando in una valigia di cartone salumi, olio, aceto, conserve, formaggi, marmellate, miele, sale, caffè, pane. Osservandolo così indaffarato, mi venne spontanea la domanda: «Deve partire?».

«Non si sa mai di questi tempi.»

Naturian, poi, si rese conto che mi riferivo alla valigia e scoppiò a ridere, battendosi le mani sulla pancia.

«Tutta quella buona roba andrà qui dentro.»

«Il babbo è un mangione» cantarono in coro le gemelle.

Naturian rise e si voltò di scatto verso le figlie che si stavano riempiendo le tasche di cioccolatini e caramelle.

«Vi ho viste, tutt'e due.»

Il tono non era severo e le gemelle proseguirono imperterrite. Naturian ammiccò e continuò a parlare.

«Le confesso un mio progetto. Quando sarà finita la guerra raddoppierò lo spazio. La merceria qui accanto si libera. La padrona è anziana. È disposta a cedermi le mura. Vorrei lasciare un negozio ben avviato alle mie figlie. Mi piacerebbe che avessero un'attività sicura. Un giorno ci sarà la pace e io venderò la migliore pasta e i migliori formaggi di Gerusalemme. E nella bottega nuova che inaugurerò vicino al Santo Sepolcro, ne ho già adocchiato una che mi cederebbero a buon prezzo, ci metterò i giocattoli. Ma non costeranno molto. Gerusalemme non è ricca.»

Gli domandai perché voleva aprire un negozio di quel genere nella Città Vecchia. Lui mi rispose che nel quartiere cristiano mancava una bottega come quella che aveva in mente ed era convinto che avrebbe fatto fortuna. E sarebbero arrivati anche dalla Gerusalemme ebraica a comprare i suoi giocattoli che avrebbero unito ciò che adesso era diviso.

«Reverendo Padre, immagini un *mercante in fiera* al quale partecipano bambini cristiani, ebrei e musulmani. Voglio recuperare i giochi antichi, quelli che si facevano assieme intorno a un tavolo, con i dolci in un grande piatto. La competizione, allora, era priva di odio e di avidità. I bambini di Gerusalemme un giorno vivranno il silenzio della pace e la lontananza della guerra. E per dimenticare ogni oltraggio avranno bisogno di frequentare i giochi antichi, quelli nei quali comunicavano e stavano assieme, quelli con le biglie di vetro dove la gara consisteva nello spingerle nella buca più lontana. Vinceva chi ci riusciva al primo o al secondo colpo. Oggi quelle palline dure e infrangibili sono lanciate con le fionde contro i soldati.»

Naturian era ispirato e convinto mentre mi parlava e io ne apprezzai il candore e l'entusiasmo. Ma l'idea di un nuovo pasto dopo tutto quello che avevo mangiato dal liutaio mi faceva rabbrividire. Eppure sapevo che sarebbe stato un momento di amicizia e partecipazione salire a casa sua. Non so se colse ciò che mi passava per la testa. Mi prese affettuosamente per un braccio spingendomi fuori dal negozio. Accanto alla saracinesca era dipinto sul muro un crocefisso e, sotto, una scritta di cui non mi ero accorto prima: «Non vogliamo la guerra. Lasciateci piangere in pace».

Gli domandai se fosse opera sua. Mi rispose di sì e mi disse che voleva regalarmi del buon formaggio da portare ai confratelli. Cominciai a ridere in modo tale che lui mi guardò preoccupato e osservò che forse i francescani non gradivano il formaggio.

Lo pregai di scusarmi e gli raccontai quello che mi era capitato al posto di blocco a Gaza. Mi strinse la mano destra con solidarietà, rientrammo nella bottega, prese una caciotta, la mise in un contenitore di cartone.

«Questa nessuno oserà togliergliela!» esclamò.

Poi lanciò uno sguardo di rimprovero alle gemelle che continuavano a riempirsi le tasche di cioccolatini e caramelle. Lo aiutai ad abbassare la saracinesca. Salimmo a casa sua. Le scale erano strette e ripide. Al terzo e ultimo piano c'era una sola porta ed era aperta. Entrai per primo nell'appartamento. Naturian mi disse con orgoglio che la casa era molto grande. Le gemelle scomparvero nel corridoio. Naturian mi spinse in cucina, la prima stanza a sinistra subito dopo l'ingresso. Era molto ampia, ma non luminosa, perché si affacciava su un cortile interno. Il liutaio era seduto e stava lucidando qualcosa, che non riuscii a vedere, su un grande tavolo di marmo. Forse si trattava della sorpresa che mi aveva annunciato. Mi chiese con gentilezza di lasciarlo lavorare in pace. Vicino a lui la signora Naturian preparava il condimento per la pasta. Cercò di baciarmi la mano destra inginocchiandosi. Io le accarezzai la testa. Naturian disse che non potevo rimanere in cucina e, in attesa che il pranzo fosse pronto, mi avrebbe fatto visitare la casa. Mi condusse nella sua camera da letto. Quadrata, vasta, con un letto matrimoniale. Di fronte al letto c'era un armadio che mi sembrò antico. Mi spiegò con orgoglio che si trattava di autentico artigianato armeno dell'Ottocento. Lo aprì. Era pieno di vestiti, ma volle ugualmente che guardassi e toccassi l'interno. Quel legno aveva una storia. Apparteneva alla sua famiglia da più di cento anni e l'aveva seguìta nelle numerose peregrinazioni. La cosa stupefacente era che l'armadio aveva subito guerre, terremoti, inondazioni, era stato perso due volte, ma l'avevano sempre ritrovato intatto. Nulla e nessuno era riuscito a rovinarlo. Era magico e vegliava sulle sorti della famiglia. A destra, appeso alla parete c'era uno specchio. Mi sembrò smisurato. Naturian si accorse del mio stupore, gli fece piacere.

«È bello, vero? È alto due metri.»

Gli domandai se avesse la stessa storia dell'armadio. Rispose che era molto più recente. Comunque, lui era convinto che non si sarebbe mai rotto, aggiunse con tono misterioso. Entrammo nella sala da bagno che comunicava con la camera da letto. C'era una vasca in ceramica, cotta a Damasco e installata poco prima che iniziasse l'ultima Intifada. Mi mostrò i rubinetti in ottone. Il paravento, liberty, era autentico e francese. Volle sapere se avessi mai visto un bagno come il suo e gli risposi che solo nei grandi alberghi ce n'erano di simili.

Ci dirigemmo verso la stanza delle gemelle. Era molto grande, con i due letti vicini e paralleli, due piccole scrivanie con le loro sedie e un'infinità di giocattoli, del tipo, come li chiamava lui, antico. Bambole e Lego, pongo e orsacchiotti, la tombola e persino un tavolo da ping-pong. Ammiccò soddisfatto.

Mi disse che adesso mi avrebbe fatto vedere qualcosa di straordinario. Andammo a sinistra percorrendo il corridoio fino alla fine. Terminava con quattro gradini dai quali si saliva a una porta-finestra. La aprì e mi mostrò una delle terrazze più belle di Gerusalemme. Era come ritagliata in mezzo ai tetti. Davanti a me ammirai e amai tutte le luci della Città Vecchia.

Percorsi con lo sguardo luoghi che conoscevo bene, ma che scoprivo per la prima volta da questa particolare prospettiva. La cupola della Moschea della Roccia mi sembrò meno dorata e meno maestosa, e le torri della Cittadella più alte. Pensai che la Gerusalemme che osservavo dalla casa di Naturian fosse più indifesa, avesse l'aspetto di una città qualsiasi con i suoi abitanti, quelli vivi e quelli morti, e la loro vita quotidiana. Mentre dal basso sembrava più prepotente e pericolosa per tutti noi.

Sulla terrazza c'era un grande tavolo di marmo identico a quello che avevo visto in cucina, delle sedie, una vasca di pietra piena di pesci rossi con il getto d'acqua che usciva dalla testa di un leone al quale il tempo e la pioggia avevano dimezzato il naso.

«Ma il pezzo forte è quello.»

Mi indicò una fontana, un po' distaccata dal muro. C'erano delle statue intorno. Osservai: «Io ne ho vista una simile da qualche parte».

«È la copia esatta, in scala, della fontana del Bernini a piazza Navona a Roma. È in questa casa da molti anni. La comprò mio nonno e la trovo bellissima. È d'accordo?»

Gli dissi di sì. Rientrammo passando da una porticina della quale non mi ero accorto e mi trovai in una sala ottagonale. Verso una parete, quasi appoggiato, c'era un teatrino delle marionette, molte sedie una vicina all'altra e, ordinatamente seduti, almeno una trentina di bambini coetanei delle gemelle.

Naturian mi spiegò che mi aveva fatto visitare la casa per dare il tempo al liutaio di preparare la sorpresa.

Kaciaturian apparve uscendo da dietro il teatrino e fu accolto da un applauso affettuoso. Pensai che certo non era la prima volta che si trovavano tutti lì, insieme.

Kaciaturian si rivolse ai bambini: «Dovete sempre essere fedeli alla vostra immaginazione, solo in questo modo i vostri sogni saranno sinceri».

Applaudirono di nuovo e il liutaio chiuse gli occhi.

«Ascoltatemi adesso. Un viandante era inseguito da una tigre. Per mettersi in salvo si gettò dentro a un pozzo, ma mentre cadeva vide che sul fondo c'era un drago che aveva spalancato la sua enorme e orrida bocca per divorarlo. L'infelice si attaccò ai rami di un cespuglio selvatico cresciuto nelle fenditure delle pareti. I rami erano esili, e lui pensò che presto avrebbero ceduto e sarebbe finito nelle fauci del drago. Ma se avesse cercato di arrampicarsi sarebbe finito in bocca alla tigre che l'avrebbe divorato.»

«Che cosa fece allora, poverino?» domandarono le gemelle.

«Il nostro viandante si accorse che c'erano due topi, uno bianco e uno nero, che rosicchiavano il fusto del suo cespuglio. E scoprì poi che sulle foglioline del cespuglio c'erano delle gocce di miele e le leccò. Pensò che quello era il miele più buono del mondo e che adesso poteva morire contento.»

Le gemelle si misero a piangere.

«Che significa?»

«Significa che la morte è più forte della vita, ma ci può essere qualcosa che permette di affrontarla meglio.»

L'applauso fu meno lungo. In effetti, pensai, era crudele spiegare la morte a quel modo a chi la considerava ancora molto lontana. Anche se viveva a Gerusalemme.

Il liutaio adesso era scomparso. Immaginai che fosse dietro il teatrino. Si aprì il piccolo sipario e apparve una marionetta che aveva scritto sul petto il proprio nome, Davide. In una mano stringeva una fionda, in un'altra un randello. Urlava che avrebbe abbattuto il gigante Golia e salvato Israele. Ci fu un brontolio che aumentò fino a diventare un ruggito. E in scena entrò, anche lui con il nome scritto sul petto, Golia. Pensai che se era Kaciaturian a muovere i burattini era davvero bravo.

Notai qualche variazione rispetto alla storia originale. Golia era diventato un Amico della Roccia. I bambini e i burattini erano immobili e silenziosi. Sembrava che aspettassero qualcuno. Preceduto da una sonata per violoncello di Bach apparve un pupazzo più grande di Golia e di Davide. Aveva una grande barba di legno e sul viso, scolpita, un'aria piuttosto seria, simpatica e molto saggia. I suoi movimenti erano quasi umani. Si avvicinò a Davide e Golia e poi, non so proprio come ci riuscisse, unì le loro mani, le intrecciò quasi e scese dall'alto un cartello con la parola "Pace". I due si inginocchiarono davanti al burattino con la grande barba e il sipario si chiuse tra applausi e grida di "bravo", "bravo".

Il liutaio uscì per ringraziare e poi venne verso di me con il grande burattino tra le braccia. Con un tono molto serio mi disse: «Reverendo Padre, le presento Igor Ter Ovanesian».

Capitolo 14
Fragranza e Dimmitu

Mentre aprivo gli occhi mi resi conto che avevo perso i sensi, e forse da molto tempo. Un dolore passeggiava nella mia testa. Non riuscivo a ricordare cosa mi fosse accaduto ma non avvertivo una sensazione incombente di pericolo e questo mi rassicurò. Ebbi la sensazione che qualcuno mi stesse osservando con una certa benevolenza.

Percepii qualcosa che somigliava a uno scalpiccio. Potevo essere in una cantina piena di topi. Per fortuna non li temevo, ne avevo incontrati molti nel corso dei miei scavi, e provavo addirittura simpatia e non repulsione per i loro squittii e per le code lunghe e nervose che parevano a volte battere il tempo. Accettavo che mi sfiorassero le mani e i piedi e si erano sempre comportati con molta discrezione. In definitiva li consideravo intelligenti e loro mi rispettavano.

Provai un brivido e cercai di serrare ambedue le mani senza riuscirci. Mi mancavano le forze. Ero disteso su qualcosa che somigliava a un letto e sopra di me il soffitto era bianco con qualche minuscolo spicchio colorato. Mossi a fatica la testa e gli spicchi divennero dei quadrati. Forse mi trovavo in una camera operatoria.

Come ci ero arrivato? Richiusi gli occhi. Mi sentivo leggero e decisi che quella che stavo provando era una sorta di pigrizia di vita.

Lo scalpiccio di prima forse corrispondeva ai passi di alcune persone in movimento. Dove si dirigevano? Udii due voci, una familiare, era quella di padre Giancarlo, e una meno. Quest'ultima però la conoscevo e mi faceva tornare alla mente qualcosa. La cercai nella memoria. I pensieri correvano e si intrecciavano tra loro.

Ogni uomo nella sua esistenza assiste a molti episodi. Di ciascuno conserva i dettagli che lo hanno colpito di più. Il tempo è un ottimo filtro della vita che scorre. È anche un artista, rende grandi e poetici il passato prossimo e quello remoto. I ricordi diventano i libri della nostra biblioteca più intima. Sono ordinati in numerosi scaffali, uno vicino all'altro e non in ordine alfabetico. Con un po' di abitudine è possibile individuare quello che ci interessa e ci serve in un determinato momento.

Ora, dalla mia personale biblioteca, riaffiorava la memoria di un episodio simile a quello che stavo vivendo adesso. Era accaduto almeno dodici anni fa, sulla strada che da Madaba conduceva a Umm-er-Rasas. Avevo perso il controllo della mia jeep, ero finito in un fosso battendo il capo. Ma non ero solo. Chi c'era quella mattina con me? Soffrivo adesso a muovere la testa. Poi quasi automaticamente esclamai: «Quando una persona cade ha bisogno di qualcuno che sia capace di aiutarla!».

«Io l'ho salvata già due volte. Questa è la terza, Abuna Matteo.»

La voce che apparteneva al passato mi aveva risposto. Fui preso per un momento dal panico. Normalmente quando mi accadeva, e non spesso per fortuna, stringevo le mani fino quasi a farmi male, così mi calmavo. Era successo quando avevo saputo in ritardo della morte di mio padre, ma adesso non ci riuscivo. Il braccio sinistro iniziò a prudermi, molto. Provai a grattarlo, ma non ebbi alcun sollievo perché le dita eseguivano con debolezza i comandi della volontà.

Mi riproposi un gioco che facevo da bambino. Fingevo di essere un grande personaggio della storia e della letteratura e immaginavo di comportarmi come lui.

Fui Robin Hood, e non mi trovai a mio agio nella foresta di Sherwood. Fui Andrei Bolkonskij che combatteva gli invasori francesi, ma lo sentii troppo emotivo. Fui Pietro Maroncelli allo Spielberg, gli tagliavano però una gamba e questo, decisamente, non mi piaceva. Non riuscii a essere Orlando alla battaglia di Roncisvalle perché andava a morire. Decisi che sarei diventato uno dei quattro moschettieri. Esclusi subito D'Artagnan perché era uno spaccone. Le ambiguità di Aramis mi convincevano poco. Porthos era sempre vittima di incontrollabili furori. Athos aveva un passato troppo doloroso e privo di fede.

Mentre stavo decidendo di non essere nessuno dei moschettieri, vidi venirmi incontro quel burattino, quell'Igor Ter Ovanesian che mi sorrideva amichevolmente e mi spiegava che lui era stato intagliato nel legno, come uno Stradivari, dal nonno del liutaio. Era sempre stato il portafortuna della famiglia e, sopravvissuto all'orrore di Smirne, viveva a Gerusalemme ormai da molti anni. Partecipava con gioia, considerata l'esperienza che aveva vissuto, a quegli spettacoli sul tema della pace. Era così anziano da sapere come la saggezza fosse una scorciatoia per la morte, ma non lo diceva ai bambini. Per loro era una specie di santo, e i santi scolpiti, a volte, hanno molta più influenza dei santi vivi. Non dovevo inquietarmi con quel Cugino del Muro, quel Gruber. Lui faceva il suo lavoro e certo qualcuno lo aveva tratto in inganno.

Mi addormentai o almeno così mi sembrò. Quando fui di nuovo cosciente ebbi la sensazione che dal luogo dove mi trovavo, forse una stanza, fossero uscite delle persone. Riuscii ad aprire gli occhi e vidi le pupille dilatate di padre Giancarlo. La sua angoscia e la preoccupazione non mi toccarono particolarmente, perché ormai ero abituato alle sue, definiamole così, instabilità.

Quando si rese conto che ero sveglio mi spiegò, mangiandosi le parole per l'ansia, che ero svenuto davanti all'ingresso di San Salvatore. Abbassò la voce, quasi dovesse rivelarmi un segreto, e mi raccontò che per nostra fortuna, e io pensai che la fortuna era solo mia, una persona mi aveva trovato, aveva chiamato aiuto e i confratelli mi avevano trasportato in camera. Quanti erano i confratelli? E tra loro, per caso, c'era anche padre Benjamin e tutto il Discretorio? Non capì l'ironia e mi rispose seriamente che in molti si erano premurati di soccorrermi. Sorrisi pensando al mio corpo sollevato da più frati come fosse una reliquia eccezionalmente viva.

Padre Giancarlo continuò a parlare con emozione. Il medico della Custodia mi aveva visitato verificando che qualcuno mi aveva colpito sulla testa con un oggetto. Ma non per uccidermi, soltanto per stordirmi. Era probabile che si fosse trattato di un manganello di gomma, aveva concluso, e padre Giancarlo, mentre me lo riferiva, mugolò di dolore come fosse stato lui a ricevere il colpo. Infine mi sussurrò in un orecchio con il tono di chi scopre una verità: «Sarà stato un Cugino del Muro».

Non volevo restare un minuto di più a letto. Che giorno era? Padre Giancarlo mi disse che ero stato aggredito la sera prima ed era trascorsa la notte. Adesso erano le sette del mattino. A parte un lieve ma sopportabile mal di testa non mi sentivo male. Decisi che ero guarito. Padre Giancarlo provò a protestare e si precipitò a chiamare il medico in suo soccorso. Era un cristiano di Betlemme che lavorava a tempo pieno per tutti noi. Una volta, scherzando, gli avevo promesso che l'avrei nominato francescano *ad honorem* perché trascorreva a San Salvatore più ore di me. E lui mi aveva ringraziato, augurandosi di non doversi mai occupare della salute del Custode. Gli ricordai quel nostro dialogo e replicò che per fortuna non avevo nulla di grave. Concluse, ricevendo un'occhiataccia da padre Giancarlo, che dovevo essere io a decidere se alzarmi o no.

Mi alzai e in quell'attimo finì lo scalpiccio davanti alla mia porta. Come se i confratelli avessero capito che stavo di nuovo bene. Dalla camera da letto mi trasferii nello studio seguito da padre Giancarlo e, passando dalla scala interna, scesi da solo nella mia cappella privata dove trovai Vidigal. Mi strinse la mano, mi guardò in faccia senza pronunciare una parola. E si inginocchiò con me di fronte all'altare. Pregammo insieme, uno vicino all'altro. Capii che desiderava essere lui a celebrare la messa e accettai di buon grado, quasi volesse festeggiare la mia buona sorte. Mi dette la comunione e sorrisi di gratitudine al Signore e al suo amore nei miei confronti.

Quando tornai nello studio, padre Giancarlo, che evidentemente non si era mosso di lì, con un lieve imbarazzo mi riferì che qualcuno mi stava aspettando. Era nel corridoio. Gli domandai chi fosse. Replicò, abbassando gli occhi, che si trattava della persona che mi aveva salvato. Quasi balbettava, adesso. Lui si era permesso di ospitarla in convento quella notte. Capii che cercava la mia approvazione. Lo rassicurai, aveva fatto bene. Mi sembrò più sollevato e aprì la porta dello studio.

Entrò la ragazza di Gaza esclamando: «Abuna Matteo, l'uomo coltiva la saggezza, l'amicizia, la gratitudine. La saggezza e la riconoscenza sono mortali, l'amicizia invece è immortale. Io sono sua amica».

Ecco di chi era l'altra voce che avevo sentito nel dormiveglia.

Proseguì: «Ho seguito i passi di Esiodo su per il monte Elicona e ho trovato lei, Abuna Matteo».

Poi, senza chiedermi il permesso, prese dal cestino sopra la scrivania una mela di Kerak, non si curò dell'occhiata di disapprovazione di padre Giancarlo, e con una certa familiarità la addentò.

«Abuna Matteo, davanti alla Porta di Damasco, qualche tempo fa, vidi un mendicante chino su una scimmietta che stava morendo sul marciapiede. Piangeva e cercava di infilare nella bocca della bestiola avanzi di cibo. Quella scena mi ha colpito molto ed è rimasta incisa nella mia memoria. Oggi, quando penso al dolore, mi appare quell'immagine.»

Padre Giancarlo con un cenno della testa mi indicò qualcosa alla mia destra. Sopra al divano sul quale sedevano gli ospiti di riguardo c'era Dimmitu che ronfava. Il gatto si rese conto del mio sguardo, miagolò con calma, saltò a terra, si avvicinò e infine spiccò un grande balzo planando con leggerezza, nonostante la sua mole, sulla mia spalla sinistra.

Padre Giancarlo scosse la testa allibito. Cercai di far

scendere Dimmitu anche perché le sue unghie mi stavano graffiando. Con un mezzo mugolìo di comprensione accettò di spostarsi ma era talmente pesante che, aggrappandosi alle mie ginocchia per non cadere, mi lacerò i calzoni e mi graffiò di nuovo. Lo presi allora con delicatezza per la collottola e lo depositai sul divano dove ricominciò subito a ronfare. Pregai padre Giancarlo di lasciarmi solo con i miei ospiti. Uscì dallo studio con un'aria decisamente preoccupata.

La ragazza disse: «Abuna Matteo, le voglio raccontare la storia delle api giapponesi che hanno come nemici mortali i calabroni. L'esploratore dei calabroni arriva vicino all'alveare. Le api lo attirano in trappola, lo assalgono e lo coprono con il loro corpo. Non usano i pungiglioni, ma il calore. Hanno una temperatura di 47,2 gradi, mentre i calabroni raggiungono solo i 46. Strisciandogli sopra con il ventre, fanno in modo che la sua temperatura salga e così lo bruciano vivo. Nello stesso modo si comportano i Cugini del Muro con molti di noi».

Osservò la mia reazione. Non ci fu. Con le dita della mano destra si stropicciò a lungo gli occhi come se le procurassero dolore. Lo aveva già fatto a Gaza e anche la sera dello spettacolo al Teatro Maggiore Palestinese.

«La mia amica Fatima è saltata in aria. Immagino che lei lo sappia. La sua testa è volata come un pallone. Il suo viso aveva una smorfia a virgola con un occhio aperto e l'altro no. È rimasta un'ora sul marciapiede, prima di essere portata via. Ci vorranno mesi perché i Cugini del Muro restituiscano alla famiglia i resti e poi raggiungerà gli altri Martiri di Allah che dimorano in un cimitero segreto. Fatima, Abuna Matteo, era la mia migliore amica. Era bella, aveva molti pretendenti, non si dava a nessuno. Avrebbe voluto fare l'attrice professionista. Per mantenersi lavorava in una fabbrica. Ieri, per ricordarla a Gaza, nell'Università dove è stato lei, gli amici hanno battuto dei mestoli su pentole e padelle.»

Provai a domandare come si conciliasse la professione di attrice con quella di terrorista, perché una volta saltata in aria non avrebbe più potuto andare in scena. Mentre parlavo mi rendevo conto che avevo sbagliato toni e modi. Era stata un'ironia inutile la mia.

La ragazza rispose: «Abuna Matteo, lei una volta mi disse che la verità cammina su piedi delicati».

Dimmitu miagolò. Gli occhi, lo sguardo, la familiarità con cui quella ragazza mi trattava, mi conducevano indietro nel tempo. Dimmitu mi mordicchiò una mano e alzò il muso verso di me.

«Abuna Matteo, Dimmitu oggi ha quattordici anni, lei me lo ha regalato per un mio compleanno. E non ricorda quando nel 1981 lei mi battezzò e mi dette il nome di Fragranza?»

Sentii una scossa di quelle che ti lasciano senza fiato per un po'. Irrompevano tutti i ricordi. Uno dietro l'altro, uno sopra l'altro, rischiando confusione e affollamenti. Gli occhi di Fragranza mi mostrarono immagini della mia vita passata.

Gli incontri con padre Bellarmino Bagatti e padre Virginio Corbo; la prima volta che mi recai al Nebo e c'erano soltanto rovine; l'inizio degli scavi, il contatto con le pietre e la polvere, la paura di sporcarmi le mani e che la terra si raccogliesse sotto le unghie e le facesse diventare nere; e padre Bellarmino che insisteva che mi insudiciassi, mi contaminassi poiché solo a quel modo avrei potuto capire a fondo che cos'era l'archeologia. Così nacque la mia passione per i mosaici. E pulendoli ne amai i colori che via via scoprivo. Ogni mosaico che ritrovavo diventava parte di un mio percorso mentale. Quasi fosse una cattedrale che stavo costruendo con le mani e la fede. E quando avessi finito di scoprire tutti i mosaici della Terra Santa, la cattedrale sarebbe diventata alta come quella di Canterbury. E temevo che nella mia vita terrena non sarei riuscito a portare a compimento quell'immenso lavoro, una missione, ma in ogni caso avrei tentato.

Fragranza e Dimmitu mi stavano osservando. Lei più guardinga, lui più sfrontato. Io rispondevo ai loro sguardi con occhiate d'affetto. Cercavo di cogliere nei movimenti del viso di Fragranza tutto quel passato che aveva vissuto accanto a me e ora tornava prepotente.

Fragranza cominciò a pormi una serie di domande alle quali mi sforzai di rispondere con la stessa velocità. E mentre avveniva mi resi conto che in realtà si trattava di una specie di esame al quale mi sottoponeva.

«Abuna, una volta lei mi raccontò che a Saul appena consacrato, come gli aveva annunciato Samuele, si presentò un gruppo di profeti che scesero dalla montagna accompagnati da arpe, timpani, flauti e cetre. E poi mi disse: "Nello stesso modo a te devono venire incontro i mosaici". Se lo rammenta?»

Le feci cenno di sì con la testa, anche se la frase mi sembrava eccessivamente gonfia di parole. Mi parlò poi di quando mi ero smarrito. Per arrivare al Nebo c'erano due strade. Una portava al convento, l'altra alla Basilica. Le avevo percorse centinaia di volte. Eppure quel giorno, adesso lo ricordavo distintamente, mi ero fermato al bivio, proprio davanti alla sua casa. Non sapevo dove andare. Lei, che aveva otto anni, stava facendo i compiti. Si era recata in cucina a bere un bicchiere d'acqua, mi aveva visto da una finestra, aveva capito che qualcosa non funzionava, era venuta in mio soccorso, mi aveva preso per mano e accompagnato verso il convento.

«Fu in quell'occasione, Abuna Matteo,» riprese a parlare impietosamente Fragranza «che lei disse che le avevo regalato moltissima forza e mi promise che mi sarebbe stato grato per tutta la vita. E io replicai che avrei voluto costruire l'anima con lei e mi rispose: "Fragranza, l'anima non si costruisce. L'anima è". Erano parole bellissime che mi hanno sempre fatto compagnia. Ma forse lei si è scordato di avermele dette.»

La osservavo con attenzione e adesso riconoscevo ogni tratto del suo volto. Fragranza era vissuta vicino a me per anni, come una figlia adottiva. Eppure l'avevo dimenticata.

Esclamai: «Il vantaggio della cattiva memoria è che si gode più di una volta della stessa cosa».

Mi resi conto subito dalla sua espressione che la mia battuta era stata poco felice. Lei continuava a raccontare cercando di suscitare in me ricordi, frasi, avvenimenti, cose fatte assieme.

«Abuna Matteo, quando finì in quel fosso vicino a Umm-er-Rasas con la sua jeep, ero con lei. Io non mi feci niente, lei si fratturò il polso destro. Fermai un'auto di passaggio che ci accompagnò all'ospedale di Madaba, la ingessarono, io fui la sua assistente per tre mesi perché lei non poteva usare la mano.»

Adesso rammentavo. Fragranza in quel periodo aveva scavato sotto la mia guida e si era comportata molto bene.

«Perché non sei diventata un'archeologa?»

Alzò le spalle.

«Forse lei non me lo propose.»

Ci fu un momento di silenzio.

«Abuna, un giorno venni a trovarla felice perché avevo scoperto dei fossili davanti alla Basilica e lei mi spiegò che un tempo lì c'era il mare. Allora mi misi a riempire dei sacchetti di plastica con stelle marine, conchiglie, alghe, pesci e li vendevo ai turisti e lei si congratulò con me. Mi disse una frase complicata, che avevo una testa imprenditoriale. E quella volta che arrivò il re di Giordania a visitare i mosaici nella Basilica del Nebo lei mi volle vicino a sé. Il re mi fece delle domande e io gli risposi senza sbagliare. Allora Sua Maestà Hussein mi regalò la sciarpa bianca di seta che teneva sempre intorno al collo, meravigliato che quella bambina di neppure dieci anni fosse così esperta. E lei fu davvero orgoglioso di me. Che cosa le è successo, Abuna Matteo?»

Non avevo una risposta.

Continuò: «E i discorsi che mi faceva sempre? "Nella vita dovrai combattere la noia con forza, ma ricordati, quando la noia ti colpirà lasciati schiacciare, sommergere, spingere verso il fondo. Perché in genere, con le cose spiacevoli, prima si tocca il fondo e prima si torna in superficie. Guarda sempre dritto negli occhi la cattiva sorte. La noia sarà la tua finestra sul tempo, e una volta che quella finestra si è aperta non chiuderla, anzi spalancala".».

Fragranza spiava il mio volto mentre mi parlava così. Io cercavo invece di ricordarmi quelle mie parole e non ci riuscivo. Mi disse che le avevo anche spiegato come il viso di una ragazza buona e brava fosse lo specchio della sua stessa anima. Si strofinò di nuovo gli occhi con sofferenza. Prese da una tasca una boccetta, forse era un collirio, e ne fece scivolare qualche goccia tra le palpebre, accompagnando il gesto con una lieve smorfia di dolore. Le domandai che disturbo avesse, mi rispose che era un'irritazione. Sorrise.

«Uno dei ricordi più belli con lei, Abuna, fu quando mi regalò il viaggio angelico. Mi raccontò come i Vangeli fossero un annuncio della fede di coloro che si accostavano alla figura di Gesù. La fede non cambiava i dati della storia e della geografia, ma anzi li valorizzava per uno scopo superiore. Per questo mi condusse a Nazareth e mi disse che il Vangelo doveva essere predicato ovunque e sotto ogni cielo. A Cafarnao mi spiegò molto bene alcune parabole di Gesù. Per esempio quella della dracma perduta, cioè della donna che smarrisce la moneta sul pavimento della sua casa. Era facile da comprendersi. A Cafarnao, a formare il pavimento delle abitazioni c'erano soltanto delle pietre scure, tipiche di quella zona. Era dunque probabile che una monetina finisse tra le fessure e gli interstizi.

E poi andammo alla fonte battesimale di Gesù sotto al monte Nebo. Prendemmo la strada che conduceva verso un ponte distrutto durante la guerra del '67, puntammo a nord e arrivammo a una collinetta interamente coperta di tessere di mosaico, di creste di muri diroccati, di cocci di ceramica romana e bizantina. Quei frammenti del passato segnalavano l'esistenza di un villaggio romano. Da lì partiva il sentiero che conduceva al Giordano e alla Cappella del Battesimo che sorgeva sulla sponda occidentale del fiume. Pregammo assieme in quel santo luogo dove Gesù venne battezzato da Giovanni Battista.»

Fragranza fece una lunga pausa e sospirò.

«Una volta, Abuna Matteo, lei mi raccontò la trama di un libro che amava molto, *Gli occhi dell'eterno fratello* di Stefan Zweig. È la storia di Virata, chiamato il lampo della spada. Virata, il comandante delle armate del re, sconfigge nel corso di una cruenta battaglia i ribelli e per un tragico caso uccide suo fratello. Virata si dispera, rifiuta gli onori, decide che da quel momento in poi condurrà una vita dalla quale sia cancellata ogni forma di violenza. Diventa giudice e poi eremita. Ma sia come giudice, sia come eremita, si renderà conto di quanto ogni azione possa essere contraddittoria. Abuna, lei concluse la storia affermando che, se Virata fosse vissuto oggi, avrebbe trovato qualcosa di assolutamente certo, il male. Proprio per questo motivo bisognava avere fede in Dio, perché ci avrebbe salvato.»

Mi stavo vergognando perché avevo difficoltà a ricordare, e lei se n'era accorta, ma faceva finta di niente e continuava nei suoi racconti.

«Si rammenta quando mi promise una gita sul Tamigi fino all'osservatorio di Greenwich? E che poi l'avrei accompagnata al Lincoln' inn fields a visitare il palazzo di Soames? Questo signore era un architetto e fu lui a progettare la Banca d'Inghilterra e a costruirsi la casa come fosse un museo con quadri, mobili, sculture provenienti da tutto il mondo. Soames era un collezionista, e lei mi spiegò che aveva sempre ammirato e temuto i collezionisti perché rappresentavano qualcosa che lei non sarebbe mai diventato.»

Mi rendevo conto mentre Fragranza parlava ricordandomi i viaggi a Petra, a Kerak, a Gerasa e nel deserto di Wadi-Rum, che l'avevo portata quasi sempre con me. Ma erano trascorsi molti anni, lei era andata a studiare ad Amman e poi a Gaza e io l'avevo persa di vista. Aveva evidentemente seguito i miei pensieri perché disse: «Fu lei a mandarmi ad Amman e ha sempre aiutato la mia famiglia a mantenermi. Proprio non le torna in mente?».

Il tempo si era riempito di polvere per me. Adesso mi rivedevo nell'atto di consegnare tutti i miei risparmi a Omar Fayez per gli studi di Fragranza. Poi mi ero disinteressato di lei, in un modo che adesso consideravo imperdonabile e superficiale. E l'unica parola che riuscivo a trovare per discolparmi era "capita!". Ma io ero un prete e una parola di questo genere turbava la mia coscienza.

Fragranza cambiò all'improvviso discorso e fu un sollievo. Capii dal suo sguardo che se n'era accorta. Mi domandò cosa pensassi della barriera che i Cugini del Muro stavano costruendo per rendere la vita sempre più difficile agli Amici della Roccia e senza lasciarmi il tempo di rispondere aggiunse: «Gli uomini, Abuna Matteo, innalzano muri per lo stesso motivo per cui i cani lasciano tracce di orina a marcare il loro territorio. Tirano su steccati nei loro giardini non perché temano di essere invasi dai vicini, ma per chiarire chi sia il proprietario. La sicurezza è una considerazione secondaria, e a volte non entra neanche in gioco. Il muro che divide le terre bibliche di Israele e Palestina è solo l'ultimo di una serie di barriere costruite nel corso della storia umana. Pensi alla Grande Muraglia cinese. Aveva un valore soprattutto simbolico. E serviva più a tenere dentro i cinesi che fuori i barbari. E quello di Berlino era stato eretto per imprigionare la gente. Il muro che stanno edificando da queste parti ha lo scopo di rinviare i negoziati di pace e mascherare un disastro politico.

Non circonda solo la Terra Santa, ma anche la testa dei suoi abitanti. Abuna Matteo, nel villaggio di Abu Dis il muro non è ancora terminato e qualcuno più agile degli altri riesce a scavalcarlo e a far passare le merci. Ma a rimanere fuori dal recinto, così lo chiamano con disprezzo, è rimasta la scuola. Una mia amica che insegnava lì, prima ci metteva venti minuti per raggiungere l'edificio, adesso tre ore».

Alzai gli occhi al cielo.

«Solo l'entusiasmo guidato e controllato dalla ragione può fare in modo che la tua amica continui a sorridere alla vita.»

Fragranza mi guardò e replicò seccamente: «Quella mia amica è morta ieri. Le hanno sparato per sbaglio. Il suo entusiasmo, Abuna Matteo, è finito così».

Capitolo 15
Inganni e dolori

Fissavo il volto di Fragranza e con dolce e piacevole meraviglia scoprii che rispondeva a quella che avevo definito la legge impossibile di Dante. Per lui il concetto di bellezza dipendeva dalla capacità dell'osservatore di scorgere nell'ovale di un volto umano le lettere di Homo Dei. Adesso nel viso di Fragranza le ritrovavo, tutte e sette.

Avrei voluto dirle che ora ogni frammento, ogni dettaglio del nostro passato comune si stava collocando al posto giusto nella memoria. Rammentavo distintamente quando era venuta con me nel deserto del Wadi-Rum, dalla sabbia e dalle pietre rosa, e le avevo raccontato come Lawrence d'Arabia avesse cavalcato su quelle dune quasi fosse un beduino nato e cresciuto nel deserto. E ne avesse abbracciato con tutta l'anima la libertà senza limiti trovando il suo piacere nella rinuncia volontaria, nell'abnegazione, nel sacrificio, nell'autocontrollo, convinto che il deserto fosse il regno dello spirito dove veniva conservata intatta l'idea dell'unicità di Dio. Fragranza aveva seguito con attenzione le mie parole esclamando alla fine: «Da grande vorrei somigliare un po' a un beduino e un po' a lei, Abuna Matteo».

Dovevo incontrare lo Sceicco del Wadi-Rum per ragionare di un piccolo ma prezioso mosaico che uno dei suoi figli aveva rubato al Nebo e che ero intenzionato a farmi restituire. Conoscendo la suscettibilità di quella gente, erano guerrieri, seguivano leggi proprie e il loro concetto di furto era diverso dal nostro, avevo con garbo spiegato allo Sceicco che doveva esserci stato un equivoco. Suo figlio aveva certo portato via per sbaglio il mosaico, pensando che non fosse un reperto da museo. Invece non era così. Era parte integrante di un mosaico più grande che sarebbe stato privo di ogni valore artistico senza quel pezzo. L'errore era soltanto mio, che lo avevo abbandonato a terra sul piazzale davanti alla Basilica. E dunque suo figlio non lo aveva rubato, ma preso, come fosse un sasso o un fossile. In conclusione gli sarei stato grato se me l'avesse restituito, perché sarebbe tornato così nella sua sede naturale.

Lo Sceicco, mentre gli parlavo, osservava Fragranza che era montata su uno dei suoi cavalli e galoppava con maestria e abilità attorno alla tenda sotto la quale ci trovavamo. Seguì divertito le sue evoluzioni e capii subito quello che aveva in mente. Il cavallo in cambio del mosaico. Ebbi un'idea. Gli dissi che il mosaico integrale era uno dei regali dei francescani per il compleanno del papa, il nostro sommo imam. E quindi non era più nostro ma del pontefice. Ciò mi creava forte imbarazzo perché avrei desiderato donarlo alla famiglia dello Sceicco e tuttavia non potevo e allora mi sentivo in debito con lui. La tattica funzionò. Gli avevo offerto la possibilità di mostrarsi più generoso di me, e dunque di affermare il suo potere e la sua forza. Così regalò a Fragranza il cavallo e restituì a me il mosaico.

Un'altra volta Fragranza mi seguì ad Aqaba e rimase

delusa dal castello. Era piccolo, osservò, e dalla porta entravano un paio di cavalieri per volta e non un esercito come aveva sempre immaginato. Io infatti le avevo raccontato della conquista di Aqaba da parte di Lawrence e della presa della fortezza. Aveva concluso che questo Lawrence non era poi stato un grande eroe.

A Petra salì con me al Monastero, per ascoltare, come le avevo promesso, il silenzio e in quel luogo verde e dagli strapiombi terribili si emozionò e mi confessò che l'aveva sentito sul serio, il silenzio. Quando tornammo a valle e ci sedemmo sui gradini del teatro romano scavato nella pietra rosa, le spiegai che una poesia d'amore poteva avere come soggetto qualsiasi cosa: gli occhi della persona amata, un nastro nei suoi capelli, una nuvola sulla testa, le stelle.

«Tu, Fragranza, saprai leggere una poesia d'amore se riuscirai a cogliere l'intensità dei dettagli, perché l'amore è l'atteggiamento di un essere finito nei confronti di qualcosa di infinito.»

Mi aveva ringraziato commossa con un bacio sulla guancia. E un'altra volta, a Kerak, le avevo fatto visitare la grande fortezza costruita da Payen e dalla quale il re crociato poteva scoprire qualsiasi esercito che osasse avvicinarsi. E nel teatro romano di Gerasa aveva ascoltato con me Sviatoslav Richter che interpretava il concerto n. 1 di Chopin. Fragranza era stata invasa da una tenera malinconia dopo il primo movimento. Arrivare al cuore delle persone suonando il pianoforte lo trovò bellissimo. Richter l'aveva affascinata perché eseguiva con entrambe le mani qualsiasi passaggio sulla tastiera. Fu allora che mi comunicò con grande serietà che avrebbe studiato musica per emozionare il mondo. Non lo fece. Forse per colpa mia.

Non so se lei capì che stavo ricordando tutto di noi, so che per qualche minuto calò il silenzio. Privo di ostilità, ma anche di comunione e calore. Avrei voluto dirle questa frase in quel momento: «Fragranza, l'aspetto più avvilente del conflitto tra i Cugini del Muro e gli Amici della Roccia è la totale contrapposizione tra i loro punti di vista. Ognuno crede di essere la vera vittima. Non c'è alcun terreno in comune. Per questo motivo il dovere morale di promuovere un cambiamento può ricadere soltanto sugli uomini che alla fede uniscono l'equilibrio alla comprensione delle ragioni degli uni e degli altri. Sai, Fragranza, è probabile che sia troppo presto per creare una commissione che cerchi la verità e la riconciliazione come fece Mandela nel suo Paese, ma forse è davvero l'unica strada».

Avrei voluto pronunciarle queste parole. E spiegarle che la buona memoria del nostro passato e di tutte le cose belle che avevamo condiviso era di nuovo viva nella mia mente. Non fui capace di esprimermi e capii di aver commesso un errore perché avevo perduto l'attimo della spontaneità.

Fragranza ora aveva cambiato toni e modi. Mi stava dicendo freddamente che aveva bisogno della mia ospitalità e, poiché si rendeva conto che a San Salvatore sarebbe stato piuttosto difficile e non voleva crearmi problemi, lei e Dimmitu si sarebbero potuti recare allo Studium Biblicum. Si ricordava che nel cortile del Convento della Flagellazione, vicino al museo, c'era una stanzetta e lì, certo, non avrebbe dato nell'occhio. In più avrebbe potuto rendersi utile, spolverando i libri e i vari oggetti nel mio studio al primo piano. L'aveva già fatto tanti anni prima al monte Nebo.

Le domandai con un tono il più dolce possibile perché le fosse così necessario l'aiuto francescano. Replicò che aveva dei problemi e me li avrebbe spiegati in seguito. Le promisi che ci avrei pensato e le avrei dato presto una risposta.

In realtà avrei preferito trattenerla vicino a me. Poteva essere una sorta di risarcimento per essermi dimenticato così a lungo di lei, ma forse alla Flagellazione, che era un luogo di studio e di meditazione e non la sede ufficiale della Custodia, sarebbe stata più tranquilla.

Chiamai padre Giancarlo e lo pregai di accompagnare Fragranza e Dimmitu da Vidigal e poi di venire da me perché gli avrei dato altre disposizioni. Mi ero ricordato che quel giorno era il compleanno di Fragranza. Ne ero del tutto sicuro. Così appena tornò gli chiesi di andare subito a comprare una torta. Mi guardò perplesso e mi domandò se la preferivo al cioccolato o alla crema. Gli dissi che era libero di scegliere.

Restai da solo. Ora finalmente rammentavo cosa era accaduto prima di perdere i sensi. Ero uscito dalla casa del bottegaio Naturian ed ero tornato a trovare il vescovo Vartam che, rivedendomi, mi aveva sorriso e mi aveva domandato se mi fosse piaciuto il loro Igor. Gli avevo fatto osservare con gentilezza che, se lui mi avesse avvertito che Ter Ovanesian era un burattino, non sarei andato dal liutaio. Aveva replicato che era meglio che scoprissi da solo la verità. E poi mi aveva parlato delle condizioni di vita della sua gente e concluso ricordandomi come l'uomo non possa esistere senza sole e aria ma ugualmente gli sia necessaria per vivere anche la religione che è il suo stesso sangue.

Quell'immagine mi aveva disturbato, l'avevo trovata eccessiva e in un certo senso anche violenta. Ero uscito dal quartiere armeno sempre più perplesso e irritato con Gruber che mi aveva ingannato. Perché? Avrei voluto incontrarlo subito e chiedergli spiegazioni. Pensando a queste cose, mi ero diretto verso San Salvatore. Davanti al Patriarcato Latino avevo incontrato e salutato, continuando a camminare, il segretario del patriarca che stava uscendo. Non mi ero intrattenuto con lui perché era balbuziente e avrei perso tempo prezioso in discorsi inutili. Ero arrivato davanti a San Salvatore dove qualcuno mi aveva colpito e infine mi ero risvegliato nel mio letto.

Adesso mi era tutto chiaro, meno il nome di chi si era scontrato con la mia testa. Padre Giancarlo mi annunciò padre Benjamin che entrò nello studio con il solito atteggiamento circospetto. Si sedette davanti a me e con un gran sospiro mi riferì che aveva provato a mettersi in comunicazione con padre Bernardo, ma a Roma gli avevano risposto che era in Mozambico con il Ministro Generale già da alcuni giorni. Mi domandò con quella sua aria apparentemente distratta se mi ricordavo quando padre Bernardo fosse venuto a trovarmi. Consultai la mia agenda e gli dissi il giorno.

«Ah!» esclamò.

E poi mi assicurò che avrebbe comunque provato a telefonare in Mozambico. Però da Roma gli avevano detto che padre Bernardo e il Ministro Generale si trovavano in una zona dove le comunicazioni erano difficili. Ma avrebbe insistito nella ricerca e mi avrebbe fatto sapere. Uscì inchinandosi. Una volta o l'altra gliel'avrei dovuto spiegare che non amavo i suoi modi così untuosi.

Padre Giancarlo mi annunciò la visita della signora Sieger che veniva da parte del rabbino capo Moshe Halevy. La signora Sieger, una donna non più giovanissima ma ancora bella, dopo avermi ringraziato perché la ricevevo senza appuntamento, mi disse che voleva raccontarmi una vicenda che aveva sconvolto la comunità ebraica ortodossa di Mea Shearim a Gerusalemme, arricchito una schiera di avvocati e fatto scuotere la testa con disapprovazione a molti studiosi del Talmud e della Torah.

«Questa storia, Reverendo Padre, sembra inventata dalla fantasia di Isaac Singer e ha due protagonisti in carne e ossa che si chiamano Chaim e Chayie. Nella realtà in cui vivono Chaim e Chayie, è normale che una donna vada sposa a un uomo che non ha mai conosciuto, ed è frequente che ne scopra presto segreti irriferibili e difetti inconciliabili con le proprie convinzioni etiche e religiose. A diciotto anni appena compiuti Chayie accettò il suo destino e con la felicità e l'orgoglio con cui le donne della sua comunità lo avevano sempre fatto, indossò il velo nuziale. A distanza di pochi mesi dal matrimonio si rese conto che il marito la tradiva di continuo. Oltre a tradirla, la picchiava e la minacciava. Lui era gigantesco di corporatura e sovrappeso, e sapeva che Chayie non avrebbe mai rivelato pubblicamente la realtà della loro vita familiare. Chaim si appassionò anche al gioco d'azzardo e si recava spesso al casinò di Gerico. I croupier, che si erano abituati alla sua palandrana, al cappello, ai riccioli rituali e alla barba lunga, lo vedevano uscire sempre furibondo dopo molte ore di perdite inesorabili. Il gioco divenne una passione più appagante dell'adulterio e nel giro di qualche mese Chaim perse tutti i propri averi, costringendo la moglie a inventarsi un lavoro. Chayie, con i risparmi che aveva da parte, aprì un negozio di ottica ed entrò in società con uno studio oculistico. In poco tempo si fece un'ottima fama professionale, con buoni guadagni. Un giorno scoprì nascoste in un ripostiglio una serie di videocassette nelle quali Chaim si esibiva in volgari prestazioni erotiche con varie donne, spesso anche in allegra compagnia di amici. Insomma, orge vere e proprie. Chayie andò via di casa e chiese a Chaim di concederle il divorzio. Lui rifiutò e l'intera comunità prese le sue difese. Chayie si sentì sola e disperata come mai in precedenza. Decise però di procedere ugualmente con la causa perché l'intento del marito era solo quello di non rinunciare al patrimonio che lei aveva accumulato con il proprio lavoro. Chaim si appellò a una procedura rarissima, detta "il Decreto dei Cento Rabbini", istituita nell'Ottocento per regolamentare i casi di donne con seri problemi mentali e accertata deviazione morale. L'approvazione della Corte Rabbinica garantiva ogni potere al marito. La Corte certificò che Chayie era solo interessata alla propria carriera, che di notte accendeva la radio e alzava il volume per tenere sveglio il marito, spruzzava acqua gelata su di lui mentre dormiva e, infine, non frequentava il bagno rituale a cui ogni donna era tenuta dopo il ciclo mestruale. Chayie in risposta fece affiggere sui muri del quartiere dei manifesti con questa scritta: "I mariti possono essere avidi, vendicativi e persino violenti, ma non è accettabile che siano dei religiosi ad assecondare i loro pessimi impulsi".»

Era chiaro che la donna che avevo di fronte era proprio Chayie. Lei, dando per scontato che lo avevo capito, disse: «Il rabbino capo Moshe Halevy sa che lei conosce il proprietario del casinò di Gerico. Potrebbe convincerlo ad annullare i debiti di mio marito. In cambio lui certo mi concederà il divorzio e Moshe Halevy parteciperà al concerto sulla pace che lei vuole organizzare sul monte Nebo. Reverendo Padre, io parlo una lingua antica, quella che si usa per le fiabe e anche per questo non potrei mai andarmene da Gerusalemme. Qui l'aria è fredda, secca, la neve sempre candida e in nessun altro posto si beve acqua tanto pura».

Chayie mi era simpatica per la sua franchezza. Le domandai quale fosse l'interesse del rabbino capo nella vicenda che la riguardava.

Mi guardò e mi sorrise: «È mio padre».

In quel momento, senza bussare, entrò nello studio Fragranza seguita da Dimmitu. Esclamò: «Mi scusi Abuna Matteo, non sapevo che fosse occupato».

Poi socchiuse gli occhi con la solita smorfia di dolore, tirò fuori da una tasca la boccettina e spruzzò le gocce tra le palpebre.

Chayie la fissò perplessa e incuriosita, le si avvicinò, la esaminò e consegnandole un suo biglietto da visita le disse: «Venga a trovarmi una volta o l'altra».

Alzò le spalle e uscì scuotendo la testa.

Apparve padre Giancarlo con una torta tra le mani e una candelina accesa infilata al centro. Esclamò con gioia: «È di cioccolata! Buon compleanno, Fragranza».

Mi aveva rovinato la sorpresa. Lei soffiò e spense quell'unica candelina. Disse poi a padre Giancarlo che non amava il cioccolato e poteva offrire il dolce ai confratelli. Infine mi ringraziò e andò via con Dimmitu. Padre Giancarlo la seguì con la torta e rientrò quasi subito annunciandomi una visita di Gruber.

Pensai infastidito che ormai lo studio del Custode di Terra Santa era diventato un luogo di transito.

Gruber si presentò con un grande sorriso come sapesse di avere molte cose da farsi perdonare. Gli offrii uno sguardo severo e lui si scusò della fretta nell'aver voluto chiudere il caso del gabbiano nero. Avevo tutte le ragioni per sentirmi offeso. Gli spiegai che non si trattava di questo. Detestavo gli inganni e lui mi aveva raggirato e non ne comprendevo il motivo. Mi pregò di ascoltarlo.

«Una volta, avevo sette anni, mio padre mi condusse a vedere una partita di calcio di giovani palestinesi. Ne rimasi affascinato. Tra loro c'era un ragazzo che con il collo del piede faceva arrivare la palla all'altezza della sua testa e la colpiva con forza più volte senza mai farla cadere a terra. Era un vero giocoliere. La sua maestria mi aiutò a superare la paura e la diffidenza nei confronti di coloro che per noi erano "l'altra parte", i nemici che volevano solo la nostra morte.

Un altro ricordo importante che ho di mio padre fu la visita con lui all'edificio dove si era svolto il processo a Eichmann. Non ne ricavai alcun dolore. Pensai a quell'assassino con distacco e lontananza. Fu in quell'occasione che mi raccontò come il suo rabbino, quando leggeva la Bibbia per lui e gli altri ragazzi, concludeva così: "Io vi dico questo di Saul o di Isacco, ma può darsi che uno di voi o uno di quegli altri che sono laggiù in fondo alla sinagoga conosca la verità meglio di me".

Mio padre mi raccomandava di riflettere sempre sulla banalità della vita e sulla limitatezza delle nostre emozioni. Non voleva che la situazione della Terra Promessa, l'odio, il rancore che si respiravano qui, mi privasse della mia parte migliore. Mi spiegava che l'identità ebraica da più di duemila anni, per colpa della diaspora, infatti già ai tempi dell'impero romano metà degli ebrei viveva fuori dalla Terra di Israele, si basava sul sistema binario. Da un lato c'era una religione che era universale, dall'altro un'appartenenza nazionale. E sognava che rimanessi fuori dall'odio. Ecco perché lei, Reverendo Padre, mi deve dare una mano.»

Gruber in sostanza mi proponeva uno scambio. Lo avrei aiutato a capirne di più sulla morte di suo padre e lui avrebbe scoperto chi era davvero il gabbiano nero. Era dispiaciuto per quello che era successo con gli armeni. Mi sembrò che sapesse che il gabbiano nero non era Igor Ter Ovanesian, ma se ne fosse servito per inventare una specie di trappola che mi rendesse suo alleato. Mi apparve maldestro il suo comportamento e anche ridicolo e non all'altezza di un capo dei servizi segreti. Anche perché aveva fatto in modo che lo scoprissi e questo era davvero troppo ingenuo. O voluto? Mi raccontò poi come qualche giorno prima di morire suo padre gli fosse sembrato triste, ma probabilmente la parola tristezza non era esatta. Gli era parso guardingo, forse qualcosa lo preoccupava. Gli aveva detto di aver accettato di dirigere un concerto nel teatro romano di Gerasa per la famiglia reale giordana e in quell'occasione gli avrebbe presentato una persona protagonista di un episodio importante del suo passato. Ma era stato investito un paio di giorni prima del concerto. Ora lui voleva scoprire chi fosse quella persona. Forse conoscendone l'identità avrebbe capito qualcosa di più sull'omicidio del Maestro.

In effetti, pensai, molte cose erano ancora poco chiare. Per esempio, l'attentato che avevo subìto era da mettersi in relazione con la morte di Gruber padre, del violinista e con la storia del gabbiano nero? Esisteva un legame? Mi resi conto che ero entrato nel gioco di Gruber. Lui comprese e mi ricordò come Gerusalemme fosse la città degli specchi dove ogni immagine ne rifletteva un'altra e ciascun avvenimento possedeva un carattere fortemente simbolico.

Mentre lo ascoltavo mi rendevo conto di come, seguendo il suo percorso mentale, esistesse la possibilità che ogni avvenimento trovasse una logica collocazione. La sua fantasia non stava costruendo nulla di arbitrario. Adesso mi era chiaro perché mi avesse chiesto di accompagnarlo nelle stradine della Città Vecchia. In realtà la conosceva bene, ma aveva voluto condividere con me immagini, sensazioni, atmosfere, nella convinzione che a Gerusalemme, come avevo sempre sostenuto, chi non crede ai miracoli non è realista. Era un modo perché accettassi le sue parole e mi fidassi di lui.

Ripensai a ciò che era accaduto con il patriarca ortodosso. Quel suo atteggiamento così ostile mi era parso piuttosto strano. Alekos era un vecchio amico. Perché aveva troncato a quel modo e davanti ai suoi vescovi un incontro iniziato in maniera rispettosa e serena? Doveva esserci un significato.

Gruber adesso era rosso in viso. Prese fiato.

«Reverendo Padre, allora, in cambio del suo aiuto, le rivelerò tutta la verità sul suo gabbiano nero.»

Tirò un lungo sospiro.

«Era un informatore di Tsomet. Un palestinese di Nazareth, il suo nome, Omar Rabbo.»

Non seppi se reagire cacciandolo o sorridendogli. Optai per la seconda soluzione e lo sconcertai indossando una delle mie più gradevoli espressioni, di quelle che usavo con gli allievi quando dovevo ripetere qualcosa che non avevano compreso bene. Lessi nei suoi occhi il timore che fossi stato io, questa volta, a metterlo in trappola. E si affrettò a dirmi che non aveva ancora trovato una spiegazione valida a proposito del saio indosso al cadavere e, in ogni caso, non avrebbe certo potuto immaginare che io mi recassi dagli armeni a chiedere notizie di quel tale Igor Ter Ovanesian.

Con gentile fermezza gli comunicai cosa pretendevo da lui. Rispose che era troppo. Replicai che si trattava del minimo. Acconsentì a malincuore.

Era l'ora del pranzo. Mi seguì in refettorio. La sala quel giorno era affollata. Erano presenti i Discreti e molti confratelli. Io non frequentavo abitualmente la mensa comune perché preferivo prendere i pasti da solo. Perdevo meno tempo. Ma sapevo che era un errore perché i frati così mi consideravano lontano da loro. In un prossimo futuro avrei dovuto trovare una soluzione anche per questo.

Gruber mangiò con gusto, io meno, e alla fine chiesi un attimo di silenzio. Mi alzai in piedi, presentai l'ospite e dissi che aveva qualcosa da raccontare. Gruber dapprima tossì imbarazzato, poi sospirò a lungo e infine spiegò la verità sul gabbiano nero in ogni suo particolare.

Quando ebbe terminato padre Benjamin gli domandò perché il morto vestisse un saio. Gruber fornì una risposta abile. Era una prova della furbizia dell'assassino per depistare le indagini. Padre Benjamin fece un'osservazione intelligente. Se l'assassino sapeva che il gabbiano nero era un informatore di Tsomet, e dunque era probabile che Gruber, in qualità di vicedirettore di quel servizio segreto, avrebbe condotto le indagini, che motivo c'era allora di travestirlo da francescano? Gruber ne conosceva già l'identità, dunque non sarebbe caduto in trappola.

Sul viso di Gruber apparve una smorfia di imbarazzo. Ma fu lo stesso padre Benjamin a cavarlo d'impaccio, osservando che si trattava solo di una riflessione a voce alta e la spiegazione di questo mistero sarebbe stata presto trovata.

Tornai con Gruber nel mio studio a prendere il caffè. Entrò padre Giancarlo, come al solito agitato. La televisione aveva dato la notizia di un'eruzione del vulcano a Stromboli. Gli abitanti di Ginostra erano stati evacuati, le viti e gli alberi sradicati, i tetti delle case squarciati.

Si affollarono i ricordi e le sensazioni e ne feci partecipe il mio ospite.

«Gruber, io avevo un amico che si chiamava Marcello ed era nato nel ghetto di Roma. La sua famiglia, erano commercianti, prendeva in affitto per le vacanze una villetta al Timpone, il punto più alto di Ginostra. Era faticoso arrivare fino a lì. La casa era costruita sulla roccia e a picco sul mare. E quello era anche il luogo dove si riuniva il nostro gruppo di cui Marcello era il capo. A Stromboli c'era un'altra banda e non volevano che ci recassimo sulla loro spiaggia. Una mattina Marcello ci radunò e ci disse che saremmo andati a Stromboli e avremmo giocato a ping-pong e a pallavolo e nessuno ce lo avrebbe impedito.

Glielo assicuro, Gruber, in quel momento ci sentimmo dei leoni. Marcello cantava "stromboliani vil razza dannata", e noi con lui e quel motivo divenne il nostro inno. Intonandolo, salimmo su due barchette a motore. All'inizio della traversata eravamo ancora stonati, a metà il nostro coro aveva trovato una buona omogeneità. Alla fine eravamo intonati e Marcello ci disse che era orgoglioso di noi perché avevamo conquistato lo spirito di gruppo. Eravamo in undici, come una squadra di calcio. Marcello tirò fuori da una sacca che teneva a tracolla undici ombrelli e li distribuì. Così con gli ombrelli in mano, e intonando "stromboliani vil razza dannata" ci presentammo sulla spiaggia di Piscità dove ci aspettavano in trenta.

Quel giorno, Gruber, compresi molte cose. Per esempio che non ci vuole molto a spaventare gli arroganti e basta una buona organizzazione per vincere. Immagini la scena. Undici ragazzi che roteano undici ombrelli e cantano a squarciagola. L'effetto fu incredibile. Fuggirono tutti. Marcello mi spiegò poi che aveva puntato sull'effetto sorpresa e quando vidi alcuni dei nostri avversari tornare e offrirci le loro racchette mi convinsi che il mio amico era davvero un grande stratega.

L'ultima volta che lo incontrai fu a Gerusalemme, tre anni fa, alla festa per il mio compleanno. Era venuto appositamente da Roma. Allo Studium Biblicum i confratelli avevano preparato i bombolotti ripieni, la cimapiena, le patate arrosto, il salame di cioccolato con le mandorle tritate. E la torta di mele con le candeline.

Il giorno seguente ci recammo a un concerto della Filarmonica di Gerusalemme dove eseguirono il *Requiem Tedesco* di Brahms. Marcello osservò con dolore che non riusciva proprio a capire perché, chi apparteneva alla stessa cultura dell'artista che aveva composto della musica così sublime, avesse dato la caccia a persone come lui, le quali avevano solo il difetto di appartenere a una civiltà antica, aristocratica e operosa. Quando ci salutammo, mi abbracciò a lungo e pronunciò questa frase: "Una volta una persona che conoscevo mi accusò di essermi mosso nell'ultimo anno da sinistra a destra e poi di nuovo da destra a sinistra. Come era possibile seguirmi? E io gli risposi: non sono io che mi muovo, io sono immobile. È il mondo che si muove e ha torto".

Poche ore dopo Marcello saltò in aria in un ristorante di Ben Jehuda assieme a molti altri Cugini del Muro e al Martire di Allah che portava la bomba fissata alla cintura come fosse un pacco dono.»

Gruber mi guardò commosso. Mi volle raccontare lui una storia, quella di un artista che aveva amato molto. Si chiamava Komitas ed era morto a Parigi nel 1935. Komitas, un armeno, era sopravvissuto alla strage di Smirne quando i turchi avevano ammazzato molti suoi connazionali. Era stato salvato da un'allieva, figlia di un alto dignitario del Sultano, mentre i soldati stavano per bruciarlo vivo. Si era rifugiato nella capitale francese e aveva continuato a comporre, ma senza pronunciare più nemmeno una parola.

«Reverendo Padre, quando ascoltai la sua musica, compresi cosa significasse il dolore. Il dolore io l'ho conosciuto così, ancora prima della morte di mia madre e dell'uccisione di mio padre. Ma ho capito che anche lei ne ha esperienza e questo ci avvicina, può renderci amici.»

Capitolo 16
Gruber e Fragranza

Riflettevo ora su una frase che avevo letto e mi aveva convinto: "È sempre l'intelligenza che inventa i metodi e gli strumenti che guidano le nazioni sulla via della cultura e del progresso. Il suo regno abbraccia tutti gli atti della società umana".

La riferii a Gruber e mi rispose che la condivideva. E aggiunse che proprio per questo motivo si attendeva da me un atto intelligente. Mi preparai ad ascoltarlo con pazienza. Ormai sapevo come ragionava. Partiva sempre da lontano per arrivare a ciò che lo interessava. Questa volta però non riuscivo a capire che cosa volesse. E riuscì a stupirmi ancora una volta. Mi disse che desiderava incontrare quella ragazza dal nome bizzarro, Fragranza, che era mia ospite a San Salvatore e amica della Martire di Allah che avevo visto a teatro.

Non reagii con indignazione, perché ormai avevo compreso che ottenevo scarsi risultati a quel modo. Ma ero sicuro che non poteva conoscere l'infanzia di Fragranza e i suoi antichi rapporti con me e questo mi forniva qualche vantaggio su di lui.

Fu in quel momento che Fragranza entrò nello studio senza bussare seguita da Dimmitu. Alla televisione avevano appena detto che a Stromboli l'eruzione del vulcano non aveva provocato vittime. E lei aveva voluto avvertirmi subito e rassicurarmi.

Poi si rese conto che non ero solo, guardò Gruber senza particolare interesse e gli fece un rapido cenno di saluto. Mi mostrò quello che aveva in mano e voleva regalarmi. Erano due ampolle piene di terra fina. Disse che era la sabbia del deserto del Wadi-Rum, e non aggiunse che l'aveva raccolta con me anni prima. Apprezzai la sua prudenza. La ringraziai del dono e le spiegai chi fosse Gruber.

Lei gli parlò così: «Ero a Gaza, qualche giorno fa, c'era il coprifuoco e nessuno osava scendere in strada perché i vostri avevano l'ordine di aprire il fuoco. Mi sono affacciata all'unica e piccola finestra della stanza in affitto nella quale vivevo. Un cane è passato vicino ai soldati. Non lo hanno arrestato né gli hanno sparato. Ho pensato allora che tutto quello che noi potevamo scegliere era se vivere una vita da cani o una morte da martiri».

Gruber le domandò cosa avesse scelto. Lei rispose che assisteva con stupore e dolore al crescente numero dei suoi coetanei che attuavano un attacco suicida. Gruber replicò che mettere fine alla propria vita in un modo così orrendo come aveva fatto la sua amica Fatima era immorale e anche dannoso per la causa palestinese. Fragranza sospirò a lungo. Cadde un lungo silenzio che io non provai assolutamente a riempire. Ero curioso di vedere come sarebbe continuato il dialogo. Fu Gruber a parlare per primo.

«Non è solo questione di condannare o elogiare le singole azioni. Per prima cosa, dobbiamo suscitare un dibattito e chiedere se sono morali, utili, giuste. Io non capisco la cultura della morte e della vendetta, la considero una sconfitta del pensiero razionale. Mi è difficile credere che sia davvero il Paradiso ad attirare i vostri martiri, anche se comprendo che questo pensiero è alimentato dal sogno di veder nascere lo Stato di Palestina. Io credo che il motivo principale delle vostre azioni sia il senso d'impotenza. Non avete alcuna strategia. Volete solo che scorra il nostro sangue.

Ho interrogato uno dei vostri che non si era fatto esplodere. Qualche giorno prima si era recato in un ristorante con un suo cugino, aveva mangiato hummus e fagioli con un altro tizio, che gli aveva proposto di diventare un Martire di Allah. Si erano incontrati di nuovo e quel tale gli aveva fatto indossare la cintura esplosiva spiegandogli come la missione fosse santa. Gli ho domandato allora che cosa avesse provato mentre stava andando a morire. Mi ha risposto che si era sentito fluttuare nell'aria e, congedatosi dalle cose materiali, si era messo a pensare al Paradiso senza riuscire a immaginare come sarebbe stato. Aveva viaggiato con l'immaginazione ma non era stato capace di vederlo. E proprio questo lo aveva bloccato. Così, al momento di azionare la bomba, si era chiesto perché e non si era saputo rispondere. Allora era andato al più vicino posto di polizia e si era costituito. E ancora non si rendeva conto di aver salvato la vita.»

Fragranza ignorò Gruber e si rivolse a me abbandonando volutamente ogni prudenza: «Abuna Matteo, si ricorda quando quella volta, davanti a un mosaico che aveva ritrovato e restaurato a Umm-er-Rasas, mi spiegò il *Macbeth*? Io credo che lei volesse farmi capire i differenti colori di quell'opera straordinaria, così mi raccontò come nel *Macbeth* da un crimine ne nascesse un altro, anche se non cresceva la malvagità di chi lo eseguiva. Il primo assassinio avveniva per migliorare la propria posizione, gli altri, per autodifesa. Secondo lei, a differenza della maggior parte delle tragedie shakespeariane, *Macbeth* somigliava a quelle greche poiché era possibile prevederne il finale. Sin dall'inizio si capiva che cosa sarebbe accaduto. E questo rendeva ancor più toccante l'ultimo atto. Poi mi disse che, se *Amleto* era la tragedia di un uomo che non sapeva come compiere un delitto, *Macbeth* era la tragedia di un uomo che invece ne era capace e anche se noi di solito non ci dedicavamo a commettere effettivamente omicidi, la situazione di Macbeth, rispetto a quella di Amleto, apparteneva di più alla vita quotidiana».

Vidi Gruber molto attento alle parole di Fragranza.

Le domandò: «Fragranza, i Martiri di Allah sono più vicini a Macbeth o ad Amleto?».

Lei gli sorrise a lungo. Era la prima volta. Rispose: «Alle streghe, e sono loro a insegnarci a non fidarci di voi. Noi donne di queste parti abbiamo degli usi diversi dai Paesi europei. Per esempio, sono le nostre mamme che ci scelgono il marito. Se la madre di un ragazzo pensa che io possa essere adatta a suo figlio, va a trovare la mia e le chiede se può organizzare un incontro. Lui viene nella mia casa e io posso decidere se lo voglio o no. Noi diamo la vita ai bambini che vi combatteranno, li educhiamo, raccontiamo loro la verità. Ogni nostra famiglia ha perso un uomo. E quando accade, è la donna che tiene in piedi tutto, anche economicamente».

Gruber si grattò la testa. Capivo che la conversazione stava andando in una direzione che non gli piaceva.

«Fragranza, chi sono le streghe?»

Lei lo fissò trionfante.

«Pensavo che l'avesse capito.»

Indicò me.

«Abuna Matteo, per esempio, è una strega.»

E prima che reagissi aggiunse: «Le streghe sono i nostri buoni maestri».

Ridendo esclamai che mi avevano chiamato in maniere diverse, ma a quel modo era davvero la prima volta. Gruber provò a dire che allora tutti i religiosi erano delle streghe e, se fosse stato davvero così, tale considerazione poteva avere delle conseguenze complesse. Dietro al terrorismo c'era la religione. Il mio sguardo fu così eloquente che si affrettò ad aggiungere che si era spiegato male. Si riferiva ad alcuni religiosi certo non cristiani. Scossi la testa disapprovandolo ancora. Allargò le braccia e si rivolse a Fragranza: «Ma cosa raccontate ai vostri bambini?».

«Loro sanno già tutto, Gruber. Vedono uccidere i loro compagni, aprono la televisione e scoprono che delle donne incinte muoiono ai posti di blocco perché i vostri non le lasciano passare. Cosa vorrebbe che spiegassimo ai bambini, che un giorno vivremo tutti insieme in pace da buoni vicini di casa? Diremmo loro una menzogna perché sanno bene come ai loro genitori voi abbiate strappato un pezzo di terra o ucciso un parente o cancellato il lavoro. Tu, Gruber, come ti comporteresti se scoprissi, tornando a casa, un ladro che ti sta derubando? Lo faresti sedere e gli offriresti una tazza di tè?»

Osservai con stupore che era passata al tu. Fragranza gli parlò ancora con un nuovo grande sorriso. «Tu lo sai, immagino, che solo l'amore porta l'amore.»

Gruber fece una smorfia, mi guardò come cercando aiuto. Io finsi di non accorgermene e abbassai gli occhi sulle carte della mia scrivania.

Lei continuò: «Avevo due amiche, Fatima e Raja. Fatima ha trovato una bella morte, da eroe. È caduta per una patria che non c'è ancora. Raja è stata rapita alcuni giorni fa da quelli di Hamas, insieme alla madre e al fratello. Hanno avuto tutto il tempo di interrogarli con comodo. Tu, Gruber, puoi immaginare come. La madre è riapparsa con il viso pesto e le dita spezzate. Il fratello è ancora prigioniero. Raja, che lei Abuna Matteo ha visto a Gaza, era una delle studentesse che ascoltava la sua conferenza, ha ricevuto una coltellata al cuore e hanno lasciato il suo corpo davanti all'American Colony perché tutti i giornalisti stranieri lo vedessero. Raja aveva diciotto anni. Agli occhi di Hamas era colpevole di alto tradimento. L'avevano torturata e lei aveva ammesso tutto, spiegando che era stata la fame e la paura a costringerla a vendersi a voi. Lei era responsabile della morte di Raed Hakim, il vicecomandante militare dell'organizzazione. Gruber, avevate centrato con un missile l'auto sulla quale lui viaggiava, proprio sulla base delle informazioni fornite da Raja. Non so se fosse vero, ma so che questa sporca, terribile guerra vive solo di atrocità, vostre e nostre, e io non ne posso più».

Gruber rimase in silenzio. Fragranza mi guardò: «Abuna Matteo, lo sa che i corpi dei nostri morti che loro considerano terroristi, come Fatima, li avvolgono in pelli di maiale?».

Gruber intervenne: «Io non riesco a distinguere tra le varie sofferenze. Non sono felice quando ammazzano uno di voi, non festeggio, ma non mi sento così perfetto da giustificare chi procura del male alla mia gente».

Fragranza si rivolse ancora a me: «Abuna Matteo, cosa penserebbe se un Cugino del Muro fosse disposto a donare i suoi organi o quelli di un parente a un Amico della Roccia o viceversa? Non sarebbe un grande segno di pace?».

«Forse, Fragranza,» le risposi «ma non basterebbe un caso isolato. Tutti i Cugini del Muro dovrebbero regalare i propri organi a un Amico della Roccia e viceversa. Può apparire un paradosso, ma forse è l'unica strada.»

«E invece,» concluse «loro demoliscono le nostre case.»

Notai che Gruber era sempre più in difficoltà.

Fragranza gli si avvicinò, piantò i propri occhi nei suoi e disse: «In Francia hanno creato una nuova razza di topi che hanno una particolarità, sono passivi, sottomessi, apatici. Rappresentano un successo per i ricercatori che hanno ottenuto così il primo modello genetico per la depressione».

Fece una pausa e poi esclamò: «Gruber, è questo che la tua gente ci sta facendo. E pretendi che condanni Fatima?».

Gruber sobbalzò indignato, e dicendo che offrivo asilo a una terrorista e lo trovava intollerabile, andò via dal mio studio. Pensai che avesse atteso il momento più opportuno per uscire di scena in modo teatrale.

Mentre apriva la porta esclamò rivolto a me: «Qual è il vantaggio di essere ebrei? Prima ci odiavano per ciò che eravamo e provarono a sterminarci. Oggi ci odiano per dove viviamo e ci fanno saltare in aria».

Rimasi in silenzio per un po'. Fu Dimmitu a romperlo con un lungo miagolio. Fragranza mi sorrise: «Abuna Matteo, vede? Anche lui non ha apprezzato quel Gruber. Ora è davvero conveniente che io mi trasferisca allo Studium Biblicum. Lui potrebbe anche provare a catturarmi e non sarebbe bello vedere il Convento di San Salvatore invaso dai suoi agenti».

Le spiegai, un po' risentito, che Gruber non poteva arrestare nessuno all'interno della Custodia senza speciali permessi. In ogni caso capivo il suo punto di vista. Dimmitu miagolò di nuovo, forse per approvarmi.

Chiesi a Fragranza di aspettarmi da Vidigal. Le avrei dato una risposta. Replicò scherzosamente che, a forza di stare con lui, stava imparando il mestiere di bibliotecaria. Osservai che poteva essere un'idea per il suo futuro che vedevo piuttosto incerto. Uscì dal mio studio seguita da Dimmitu.

Arrivò padre Giancarlo che mi annunciò Chaim Sieger. L'andirivieni di Cugini del Muro nella sede ufficiale della Custodia di Terra Santa stava diventando piuttosto imbarazzante. Padre Giancarlo mi fece capire la sua totale disapprovazione, e poi introdusse quel tale con grande freddezza.

Chaim Sieger corrispondeva perfettamente alla descrizione della moglie. Era alto, grosso, gli abiti un po' unti. Mi disse che il rabbino capo Moshe Halevy lo aveva mandato da me a causa dei problemi che aveva con quei ladri del casinò di Gerico. Io potevo aiutarlo. Non mi parlò affatto di Chaye, e quando affrontai l'argomento s'infuriò e uscì dal mio studio sbattendo la porta. Padre Giancarlo entrò subito e, quasi balbettando, mi disse: «Io non mi sono mai permesso, Reverendo Padre, di interferire nei suoi atti. Ma ciò che è accaduto è inaudito. Prima ho visto Gruber allontanarsi in modo poco educato, poi questo bestione si permette di maltrattare la sua porta. Lei, mi perdoni, è il Custode di Terra Santa».

Aveva ragione, ma non potevo dargliela. Alzai gli occhi al cielo, poteva significare qualsiasi cosa: il desiderio di un intervento diretto di Nostro Signore, la manifestazione di un mio dolore, o di un mio pensiero, e non proferii parola. Padre Giancarlo, rosso ed emozionato, mi baciò la mano in segno di deferenza e mi lasciò solo a riflettere.

Il rabbino capo Moshe Halevy sperava che risolvessi i problemi di suo genero e non gli aveva assolutamente parlato dello scambio, cioè della cancellazione del debito in cambio del divorzio. Me la sarei dovuta sbrigare io. Pensai che era stata una tipica astuzia da personaggio di Singer, e invece di irritarmi la cosa mi divertì. Richiamai padre Giancarlo e gli dissi che volevo vedere Fragranza. Lui andò subito a prenderla e lei arrivò con Dimmitu. Mi domandò che cosa avessi deciso. Le spiegai che capivo il suo punto di vista ed era meglio che si trasferisse alla Flagellazione. Mi sorrise e di nuovo si toccò gli occhi con una smorfia di dolore, prese da una tasca la boccetta delle gocce, ne fece cadere qualcuna tra le palpebre, mi abbracciò a lungo commossa.

Esclamai: «Ma non è certo l'ultima volta che ci vediamo!».

Replicò: «Un giorno lei mi ha spiegato che la cosa più sicura è muoversi, e chi non viaggia non conosce il valore degli uomini perché la nostra natura è nel movimento».

Osservai che era vero.

Aggiunse: «Abuna Matteo, in un'altra occasione lei mi disse: "Vorrei abitare sulle colline grigie e cogliere fiori di pesco e far correre i miei pensieri verso terre che non appartengono agli uomini". La pensa sempre allo stesso modo?».

Annuii.

«Abuna Matteo, posso lasciarle Dimmitu?»

La richiesta mi sembrava piuttosto strana, ma le risposi che a me andava bene. Mi ringraziò a lungo, e mentre lo faceva mi sembrò triste e preoccupata. Pensai che fosse per il dolore agli occhi. Dimmitu, come se si fossero parlati e messi d'accordo, non accennò a seguirla. Saltò sulla mia scrivania e si mise a ronfare placidamente. Per il momento lo lasciai fare, ma in futuro non avrei più permesso che usasse le mie carte come letto.

Avevo un appuntamento al monte degli Ulivi con il patriarca ortodosso Alekos. Me lo aveva chiesto lui.

Mi aspettava su quella terrazza davanti al Seven Arch dalla quale si poteva ammirare la Città Vecchia. Mi venne incontro, mi sorrise e mi pregò di scusarlo per il suo comportamento in occasione della mia visita al Patriarcato, ma in quel modo aveva evitato complicazioni. Gli domandai a cosa si riferisse. Mi rispose che non solo lui aveva ricevuto la foto del gabbiano nero, ma anche tutti i suoi vescovi, e aveva voluto evitare che loro mi ponessero domande imbarazzanti. Così aveva provocato quella specie di lite. Continuò affermando che il rapporto fra noi due era sempre forte e, risolto il problema del gabbiano nero, avrei avuto la sua adesione al concerto per la pace al monte Nebo. Gli spiegai che la vicenda si era chiarita e rasserenata e lui mi disse che dunque ora non esistevano più possibili tensioni tra la Custodia e il Patriarcato. Adesso potevo contare sul suo sì incondizionato.

Lo ringraziai.

Continuò: «Matteo, non è vero che abbiamo poco tempo da vivere, la realtà è che ne perdiamo molto».

Poi mi domandò se amavo guardare Gerusalemme

da quella terrazza. Gli risposi di sì. Volle sapere perché. Gli spiegai che era il luogo dal quale ne capivo meglio l'intensità. Le sue cupole, i suoi palazzi, i suoi luoghi di culto, i suoi angoli, i suoi giardini, da lì assumevano un'aria poetica, i loro colori mi afferravano l'anima e mi comunicavano il forte dolore della Città Santa nel subire continuamente torti da tutti coloro che si affannavano, in apparenza, ad aiutarla e difenderla. Conclusi: «A Gerusalemme ci vorrebbe un equilibrio tra la prudenza della ragione e la certezza della fede».

Alekos seguiva le mie parole sorridendo e approvandomi. Disse che la mia passione lo commuoveva ma che ora avrebbe avuto grande piacere se l'avessi accompagnato in un luogo dove ci sarebbe stata una sorpresa per me. Salii sulla sua auto e l'autista, a differenza di quello di Tsomet, mi salutò in modo rispettoso e questo mi fece piacere.

Ci dirigemmo verso Betlemme percorrendo strade che conoscevo bene. Alekos stava in silenzio e con l'aria assente. Intorno a noi scorreva, quasi ignorando dolori e attentati, la vita di ogni giorno. Osservai con piacere i fichi d'India, le agavi, gli eucalipti, i boschetti, le greggi di pecore e quelle di capre dalle orecchie pendule. Ammirai un asino grande e forte dal pelo quasi bianco. Come indovinasse ciò che mi stava passando per la testa, Alekos esclamò: «Matteo, doveva essere così il bell'animale sul quale Gesù fece nobilmente il suo ingresso a Gerusalemme».

«Lo penso anch'io» risposi.

La strada adesso era quella che conduceva all'Herodion. Quando fummo vicini Alekos mi disse che sarebbe stato felice se un giorno l'avesse potuto visitare con me. Gli ricordai che gli scavi li aveva diretti uno dei miei maestri, padre Virginio Corbo il quale mi aveva spiegato come la fortezza fosse la più bella di quelle realizzate da Erode il Grande. E gli avrei anche mostrato, se non soffriva di claustrofobia, la galleria che collegava la base della cittadella con la parte alta e fortificata.

«Forse,» esclamò «lì sotto ci sono ancora segreti da scoprire e in un'altra occasione li potremmo cercare insieme. Magari c'è qualche statuetta con iscrizioni in greco. Darebbe lustro al Patriarcato. Non ti pare?»

Alekos, era il suo carattere, cercava di trovare l'utile in ogni vicenda che poteva riguardarlo. Una volta durante la guerra dei Sei Giorni ci eravamo trovati assieme in una situazione piuttosto difficile.

Un gruppo di cattolici e di greco-ortodossi era stato fermato da una pattuglia di Cugini del Muro. Il loro comandante riteneva che fossero spie e voleva imprigionarli. Avevamo fatto di tutto, Alekos e io, per evitarlo. Si trattava di due famiglie che vivevano in due modeste abitazioni nei dintorni di Betlemme e di certo non potevano costituire una minaccia. Passammo ore a convincere quel soldato testardo che sarebbe stato un errore far saltare in aria le case di quella povera gente. Forse il fatto che un francescano e un greco-ortodosso invece di litigare si adoperassero insieme per aiutare dei cristiani, senza porsi il problema delle differenti confessioni, convinse il Cugino del Muro a darci ascolto. Ma Alekos, poi, mi chiese un favore. Poteva essere lui ad annunciare pubblicamente quella nostra piccola vittoria? Serviva alla sua immagine. Ora mi stava dicendo: «Sai Matteo, un tale una volta mi ha spiegato che Gerusalemme è un bacile d'oro pieno di scorpioni e io gli ho risposto che un giorno potrebbe restare soltanto l'oro».

Lo guardai perplesso, mi sorrise e aggiunse: «È uno scherzo Matteo, perché l'oro non c'è e gli scorpioni sono troppo velenosi per trovare asilo nella Città di Dio».

Incontrammo i soliti posti di blocco. I soldati non credo che riconoscessero il Custode e il patriarca ortodosso, ma in ogni caso ci fecero passare senza chiederci i documenti. Un chilometro dopo l'Herodion ci perdemmo. L'autista aveva preso una stradina sterrata e piena di polvere e dopo pochi metri si fermò e si rivolse in greco al patriarca. Io che conoscevo quella lingua capii che era preoccupato per la reazione di Alekos e la mia presenza in qualche modo lo garantiva da una sicura sgridata. Il patriarca gli ordinò di andare avanti. L'autista replicò che secondo lui quella strada finiva in un burrone. Alekos gli spiegò che doveva soltanto ubbidire, pregare e sperare che non apparissero buche e fosse davanti a noi. Quello controvoglia proseguì e dopo un paio di chilometri, che misero a dura prova la mia schiena, ci apparve una gola e, sopra, un monastero, che mi sembrò costruito dagli angeli, attaccato a uno spuntone di roccia. Non riuscivo a capire dove fossero le fondamenta e come non crollasse a ogni sospiro del vento.

Alekos si accorse del mio stupore e mi sorrise con dolcezza. Dette un ordine all'autista il quale con sollievo fermò l'automobile. Proseguimmo a piedi. Alekos mi disse che mi aveva portato nel Convento di Santa Sofia, dove viveva il suo maestro Diodoros con altri cinque religiosi. La loro esistenza era regolata dal sole. Si svegliavano quando nasceva, cenavano quando tramontava, la sera studiavano a lume di candela ognuno chiuso nella propria cella.

Entrammo da una porticina nascosta dietro una roccia. Alekos suonò una campana e ci venne incontro un monaco giovane, la barba lunga e nera, che baciò prima la sua mano, poi la mia, e senza dire una parola ci guidò salendo e scendendo molte scale, alcune delle quali davvero ripide, in quel minuscolo castello delle fate, così lo definii nella mia testa in modo forse troppo laico. Vedendolo al suo interno il convento sembrava più grande che dall'esterno e utilizzava come stanze per i monaci varie grotte naturali, ripulite e rese abitabili.

Chiesi ad Alekos di che epoca fosse e mi rispose che Santa Sofia esisteva da mille anni e tutto era rimasto identico alle sue origini. Lui aveva voluto così e non se ne pentiva. Era un luogo dove ogni tanto veniva a riflettere e a guardare il sole. Ci sedemmo su uno spuntone di roccia. Da lì vedevamo la gola, il torrente sul fondo, le capre che pascolavano e mi sembrò di tornare a vivere in un mondo molto antico che conoscevo solo nei libri.

Diodoros, un monaco anziano ma ancora vigoroso, ci raggiunse e si rivolse a me: «Reverendo Padre, a nome del patriarca voglio manifestarle la nostra amicizia in un luogo per noi sacro e importante».

Mi consegnò con sussiego un pacchetto. Era di carta rossa con un nastro verde e oro. Lo giudicai di un gusto un po' grossolano. Mi invitò ad aprirlo. Avvolta in un foglio di velina bianca c'era la chiave della Basilica della Natività.

Alekos mi disse: «Matteo ho deciso io di restituirti la chiave. Mi auguro che tu apprezzi il mio gesto. È una testimonianza di fiducia e di stima verso di te e il buon lavoro dei francescani in Terra Santa».

CAPITOLO 17
Una morte sospetta

Sulla via del ritorno non ci parlammo più. Ognuno era immerso nei suoi pensieri. Gli chiesi di lasciarmi un po' prima della Porta Nuova. Volevo tornare da solo a San Salvatore. Non ritenevo prudente in quel momento che i confratelli mi vedessero assieme al patriarca greco-ortodosso. Avrebbero certamente pensato che stavo inventando qualcosa alle loro spalle. O forse era soltanto una mia preoccupazione.

Mi chiusi nello studio a riflettere. Dovevo cercare negli angoli della mia memoria, ripercorrere tutti i momenti di quegli ultimi giorni. Senza dubbio c'erano segni e significati che mi sfuggivano.

Quando Gruber si fece annunciare da padre Giancarlo pensai che arrivava a proposito perché le mie perplessità anziché diminuire erano aumentate. Si scusò per il suo comportamento, ma Fragranza avrebbe fatto perdere la pazienza a qualsiasi ebreo, anche al più moderato e disposto al dialogo con Arafat e Hamas. Sospirò a lungo e si sedette su una delle due poltrone davanti alla scrivania. Gli offrii una limonata. La bevve con piacere. Mi domandò da quanto tempo conoscessi quell'impetuosa ragazza. Fui vago. Non provò a insistere.

L'atmosfera era per fortuna più distesa dell'ultima volta. Disse che voleva raccontarmi una storia utile per arrivare alla verità. Non chiesi di quale verità si trattasse e, incoraggiato dal mio silenzio, iniziò a parlare.

«Reverendo Padre, è un mestiere duro e sgradevole il mio, ma necessario alla salute di Israele. Facciamo qualche passo indietro. Era ancora Bialik il vicedirettore di Tsomet. Mi ordinò di incontrare a Londra un giordano, un certo Rifaat, che aveva una posizione di spicco all'interno di Al Fatah e di fargli un'offerta. A volte questa tecnica riesce, e se fallisce, quella persona comunque si è talmente spaventata che spesso smette di lavorare per l'avversario.

Rifaat alloggiava a Piccadilly, in un albergo di lusso. I miei uomini lo pedinarono per qualche giorno, si assicurarono che dormisse da solo e nel suo appartamento non ci fossero armi. Quando mi fu dato il via libera lo andai a trovare. Gli dissi che ero dei servizi segreti d'Israele, volevo che lavorasse per noi e l'avremmo pagato molto bene.

Rifaat, un uomo elegante e raffinato, reagì in un modo diverso da come mi aspettavo. Si dichiarò subito disponibile al doppio gioco anche perché aveva gran bisogno di soldi per l'alto tenore di vita che conduceva. La sua franchezza e il suo cinismo mi convinsero. Dopo un paio di giorni, Rifaat mi fece sapere che Al Fatah aveva scelto un certo Visser, del quale sapeva soltanto che era tedesco e sui quarant'anni, per coordinare i vari gruppi del terrore operanti in Europa. In teoria l'idea andava bene, ma c'era il grosso problema di integrare ultranazionalisti ed estremisti di sinistra, e nel mondo islamico, come lei sa, Reverendo Padre, Marx e Maometto non vanno a braccetto facilmente. Come aiutante di Visser era stato scelto proprio lui, Rifaat.

Visser voleva mettere Israele in cattiva luce. Organizzò una trappola. Ci fece credere che si trovasse a Oslo e facesse il cameriere in un ristorante. Era riuscito a nascondere la sua faccia e a fare in modo che Tsomet entrasse in possesso della foto di un pover'uomo che lavorava proprio in quel locale. Così due nostri uomini andarono a trovarlo e gli parlarono e più lui era sbalordito, più loro si convincevano che era proprio Visser. Quel tale, come capita spesso agli innocenti, cadeva in contraddizione, arrossiva, balbettava, piangeva, chiedeva misericordia. Alla fine lo strangolarono. Poi accadde qualcosa di incredibile in un servizio segreto rispettabile e professionale com'era Tsomet. Il più giovane dei nostri agenti si allontanò da quel ristorante in automobile, l'altro a piedi. Erano le nostre regole, queste. Separati davano meno nell'occhio. Quello in auto commise un'infrazione, insultò il poliziotto che l'aveva fermato e venne chiuso in prigione. E qui, senza che nessuno glielo chiedesse, raccontò dettagliatamente tutto, chiedendo in cambio l'impunità.

Fu lo scandalo più imbarazzante e clamoroso di tutta la storia di Tsomet. Proprio in quei giorni, Bialik si tolse la vita e io fui nominato vicedirettore. Le posso dire con certezza che non fu solo il dolore estremo per la morte della figlia a spingerlo verso quel gesto, ma anche la profonda depressione nella quale era caduto per l'insuccesso.

Dunque, Reverendo Padre, quando presi il suo posto, avevo chiaro in mente che Visser era doppiamente colpevole. Aveva fatto assassinare un innocente e il mio migliore amico e maestro si era ucciso per la vergogna.

Il compito primario che mi detti, dunque, ma che mi fu anche indicato dal primo ministro Sharon, fu di identificare Visser. I servizi segreti europei non ne conoscevano la faccia. L'unico collegamento era Rifaat, il quale continuava a lavorare per lui. Ma non era mai riuscito a vederlo in viso perché, quando si incontravano, Visser aveva un cappuccio che nascondeva fronte, occhi, naso e bocca. Poi capitò che Rifaat venisse investito mentre usciva da un ristorante dalle parti di Curzon Street a Londra. L'auto non si fermò nemmeno. Lui morì sul colpo. Pensammo che l'omicida fosse Visser ma non avevamo una prova. Il resto di questa storia, Reverendo Padre, si è svolto e si sta svolgendo qui a Gerusalemme. Il mio informatore, Omar Rabbo, il suo gabbiano nero, mi avverte che è sulle tracce di un vasto traffico d'arte e sospetta che serva a finanziare azioni terroristiche. Ma sta cercando le prove. Tre giorni dopo il nostro incontro Omar Rabbo viene ucciso, l'assassino gli mette addosso un saio e costruisce quella messinscena a Qumran. Reverendo Padre,» ora quasi si scusava Gruber «ho grande rispetto per il suo ruolo, ma qualche dubbio l'ho avuto. Una tonaca francescana, un traffico d'arte... lei capisce. E in più sapevo che con il mio predecessore Bialik vi eravate trovati assieme in una certa vicenda di spionaggio. La prego di credermi che non mi ha mai sfiorato il sospetto che fosse coinvolto nell'uccisione di Omar Rabbo, ho pensato invece che aveva qualche notizia da darmi, o le fosse capitato qualcosa di inconsueto che l'avesse insospettita. D'altra parte, Reverendo Padre, anche i suoi comportamenti sono stati contraddittori. È andato allo spettacolo di una terrorista, ha ospitato quella Fragranza che mi pare di aver capito lei conosca da molti anni e che fa dei discorsi dove la parola pace non appare mai. Insomma, padre Matteo,» era la prima volta che mi chiamava così «io posso avere avuto molti torti, ma lei certo non mi ha facilitato il compito.»

Non replicai nulla, sarebbe nata una polemica inutile. Lo pregai invece di andare avanti. Gruber adesso era molto emozionato.

«Non le avevo detto, perché non lo ritenevo importante, che in una tasca dei pantaloni che Omar Rabbo indossava sotto il saio c'era un biglietto sul quale erano annotati dei numeri. Dopo qualche ricerca i miei uomini hanno scoperto che corrispondevano a una targa d'auto. Certamente quella dell'assassino.»

«E come fa a esserne così sicuro?»

«Perché è una targa falsa. E non registrata.»

Replicai che non mi pareva convincente la sua ipotesi. Mi sorrise e gli venne sul viso un'espressione furba che mi divertì. Socchiuse gli occhi e aggrottò la fronte. Ricominciò a parlare.

Capitolo 18
Un assassino

Gruber mi spiegò come in quella vicenda che stavamo vivendo ogni cosa pareva quello che non era. Le finzioni si moltiplicavano in modo imprevedibile. Un avvenimento rimandava a un altro. E quando sembrava finalmente che ci fosse un po' di luce ci si rendeva conto che non era già più così.

Mi disse ancora una volta che in buona fede quella mattina mi aveva fatto cercare a Betlemme. Pur sapendo che il morto era il suo informatore Omar Rabbo, quello che voleva capire era perché indossasse un saio francescano. Replicai che aveva usato l'inganno nei miei confronti. Perché non comunicarmi subito la verità e rassicurarmi? Non sarebbe stato più semplice e non avrebbe generato meno equivoci? Gruber rispose che la mia reazione era ragionevole ma dovevo analizzare l'avvenimento da più angoli di visuale. E quali erano? Mi rispose che lui aveva compreso di trovarsi di fronte a quella che gli illusionisti chiamano, nel loro linguaggio, la tecnica della diversione. Viene proposta una verità che non è quella giusta e poi ogni avvenimento procede di conseguenza e la confusione diventa massima. Credi di essere di fronte alla soluzione del problema e invece non è così.

Replicai che comunque mi aveva usato, creando disagi non solo a me, ma all'intera Custodia. Ero dunque una vittima delle sue ambiguità e bugie. Sorrise incredulo, il Custode di Terra Santa non poteva essere vittima di nessuno. Proseguì: «Prima di essere ucciso, forse il giorno precedente, Omar Rabbo mi spedì una lettera che è arrivata solo oggi».

Mi dette un foglio sgualcito in più punti.

C'era scritto:

«*Rosenkrantz e Guildestern sono morti. E Amleto? È ad Agron Street n. 18, 3° piano. C'è una sola porta*».

Lo fissai stupito. Mi pregò di guardare dietro quel foglio. Lo feci. C'erano dei numeri.

«Non mi vorrà dire...» esclamai.

«Già! È proprio così, Reverendo Padre.»

Era visibilmente soddisfatto.

«Sono gli stessi numeri scritti sul foglietto trovato nella tasca di Rabbo. È la targa dell'auto del suo assassino.»

Lo guardai scuotendo la testa. Non ero convinto, glielo dissi. Sul suo viso apparve un'espressione infantile. Di un bambino che cerca di giustificarsi, perché i genitori hanno scoperto qualche birichinata. Ma io non avevo alcun rapporto di parentela con Gruber e quindi non dovevo scusarlo. Eppure decisi con una rapidità che lo sconcertò. Dissi: «Per scoprire chi ha ragione tra noi due la accompagno a quell'indirizzo».

Nel cortile di San Salvatore c'era la sua macchina con il solito autista muto. Non trovammo traffico. Arrivammo in pochi minuti ad Agron Street, che non era distante dalla Custodia. Scendemmo dall'automobile, entrammo nel portone. Salimmo al quarto piano. Gruber, come avevo visto fare in certi film dai grandi ladri, tirò fuori da una tasca un mazzo di chiavi, ne provò varie sino a scoprire quella giusta, aprì la porta, vide subito l'interruttore della luce, lo accese. Davanti a noi un corridoio correva per tutta la lunghezza dell'appartamento e finiva su una porta-finestra. L'ambiente mi apparve molto bizzarro. I muri e il soffitto erano azzurri, il pavimento coperto da logori tappeti dozzinali sovrapposti uno sull'altro. Due divani erano carichi di cuscini verdi sdruciti e in un angolo notai un enorme gong di ottone. Sentivo un odore di vecchio e di chiuso, un'aria malsana. La camera da letto era occupata da un ampio letto e da un pesante armadio. Aprii gli sportelli, accesi un fiammifero illuminando una fila di stampelle alle quali non era appeso nemmeno un vestito. Arrivò Gruber. Afferrò una stampella centrale, la girò come fosse una maniglia, e il retro dell'armadio ruotò verso di me scoprendo una passerella di ferro, lungo il muro esterno, che conduceva a una scala che scendeva su una stradina stretta e lunga.

«È una parallela di Agron Street» disse Gruber e aggiunse: «È un ottimo sistema per uscire dall'appartamento senza dare nell'occhio».

Mi guardò soddisfatto e spiegò come il segreto di quel genere di armadi l'avesse conosciuto durante l'addestramento nella scuola per agenti di Tsomet. Ma non era stato Bialik il suo insegnante, si affrettò a chiarire, bensì un ufficiale di grado inferiore.

Pensai che i meccanismi mentali di Gruber erano particolari. Seguiva una logica che teneva soprattutto conto di un suo personale ragionamento, il che era legittimo, ma ignorava l'interlocutore. Così saltava da un tema all'altro all'improvviso. Il riferimento a Bialik in quel momento era irrilevante. Adesso mi rendevo conto di essermi comportato in modo irrazionale, seguendolo. Forse volevo soltanto arrivare velocemente a una conclusione di tutta la vicenda per chiarirne i lati oscuri. Ma ero il Custode di Terra Santa e non potevo gettarmi, come un tempo quando ero un semplice frate, in ogni avventura.

Fu a quel punto delle mie riflessioni che mi resi conto come Gruber fosse scomparso. E nell'identico momento sentii un fruscio alle mie spalle. Mi girai e per un attimo mi sembrò che il sangue defluisse di colpo dal cervello, lasciandolo vuoto e leggero, e ogni mia azione si bloccasse. Volevo gridare e non ci riuscii. Eppure ero stato educato alle sorprese. Ma questa proprio non me l'aspettavo.

Di fronte a me c'era padre Bernardo, senza tonaca, con una pistola in pugno e l'evidente intenzione di spararmi. Avanzò di un passo spostandosi di lato, io alzai le mani, lui inarcò le sopracciglia.

«Capisco,» disse «che lei sia così stupito di vedermi, Reverendo Padre.»

Tacque. I suoi occhi si strinsero, la bocca si irrigidì. Il mio cuore era impazzito, la gola era secca, sudavo. Lui, per allungare l'agonia e la sofferenza, mi fissava facendomi capire che era indeciso se colpirmi subito o no. In ogni caso, nelle sue intenzioni, tra poco sarei morto. Mentre mi chiedevo dove fosse finito Gruber, lo guardai a mia volta e gli sorrisi. E gli rivolsi una serie di banali domande che proprio non si aspettava.

«Padre Bernardo, che ci fa qui con una pistola in mano? Qualcuno la sta inseguendo? E quando è tornato dal Mozambico?»

Cercai di farmi venire in mente altre frasi del genere

e soprattutto di pronunciarle con un tono accettabile. Se lui si convinceva che non avevo paura e non mi ammazzava subito forse davo modo a Gruber di tornare. Dissi allora: «Non ho ancora avuto la lettera del Ministro Generale che lei mi aveva promesso. Ma certo, se siete partiti subito per il Mozambico, era difficile prepararla. Sono sicuro che adesso la riceverò. Padre Bernardo, metta via quella pistola, stia attento, le può scappare un colpo, tenga il dito lontano dal grilletto».

Le ultime parole uscirono dalla mia bocca a fatica e simulai una risata che venne male. Lui mi osservò comprensivo e mi spiegò che stava lavorando a un grosso affare e Omar Rabbo lo aveva tradito. Lui lo aveva pagato molto bene e quello lo aveva rivenduto a Tsomet. Era stato inevitabile renderlo silenzioso.

Commisi un errore a quel punto. Gli domandai se lui era Amleto e chi fossero Rosenkrantz e Guildestern e perché fossero morti. La sua espressione cambiò. Era sinceramente meravigliato. Scosse la testa. Disse che aveva pensato di non uccidermi ma adesso era necessario. E aggiunse: «Un mio amico conquistò il titolo europeo dei pesi medi, con grande coraggio. E sa come? L'avversario gli aveva rotto i denti ma lui li inghiottì per evitare che se ne accorgesse. E andò avanti sino alla fine dell'incontro. Temo che lei non sia della stessa pasta di quel pugile».

Mentre pronunciava l'ultima parola feci un balzo. Non so perché scegliessi quel determinato momento per muovermi, forse mi spinse l'istinto. Mi gettai sulla sua pistola e questo mi salvò la vita. Infatti inciampai una frazione di secondo prima che lui premesse il grilletto, e la pallottola mi passò sopra la testa infilandosi nel muro. Mezzo stordito gli andai a sbattere addosso, gli serrai con le mani la gola e gli infilai un ginocchio nello stomaco. Lo colpii alla testa con un pugno. Vacillò. Gliene tirai un altro sulla bocca. Arretrò barcollando, perse la pistola, me ne impadronii e mentre veniva verso di me, bianco in viso, gli urlai: «Si fermi o le sparo».

Padre Bernardo, i capelli grigi arruffati, gli abiti scomposti, restò immobile, gli occhi fissi nei miei. Mi tremavano le ginocchia, le orecchie ronzavano e l'aria che respiravo puzzava in modo nauseabondo di paura.

«Non si avvicini o sarà peggio per lei» minacciai.

Cominciò a ridere di gusto. Sempre di più. Tra un singulto e l'altro mi ricordò che ero un prete e non gli avrei mai strappato la vita, e dunque era meglio che non mi comportassi da pagliaccio, e gli restituissi l'arma. Replicai con una frase a effetto.

«Se io lo faccio e lei mi spara non avrà nulla, se mi lascia andare guadagnerà molto. Ci pensi.»

Padre Bernardo rise ancora.

«Per prima cosa mi consegni la Magnum.»

Replicai: «Questa casa è circondata da muri ciechi. Nessuno capirà da dove vengono gli spari e quindi lei può uccidermi tranquillamente. Ma le ripeto: le conviene?».

Rise di nuovo. Gli dissi: «Risparmierei quella risata».

«Stavo pensando,» osservò padre Bernardo «che alla fine si è sempre sconfitti dalla stupidità. Se non dalla propria da quella altrui.»

La sua espressione cambiò e si voltò di scatto verso l'armadio dal quale partirono in quell'esatto momento degli spari, ne contai almeno cinque. Padre Bernardo cadde a terra. Ora respirava rumorosamente. Una pallottola gli aveva procurato uno squarcio sul lato destro del collo e il sangue usciva a fiotti. Una seconda lo aveva preso in pieno petto. Sulla camicia si era formato un fiore rosso che si allargava sempre più. Mosse le labbra ma non capii che cosa volesse dire. Apriva e chiudeva la bocca come un pesce appena pescato. Io riuscivo a pensare soltanto allo sforzo che facevo per non vomitare.

Dovevo fare qualcosa. Gli occorreva dell'acqua. Mi ripetevo che i feriti hanno sempre bisogno d'acqua. Andai in cucina, riempii un bicchiere e tornai da lui. Non si era mosso. Aveva la bocca e gli occhi aperti. Mi inginocchiai e gli versai qualche goccia tra le labbra. Posai il bicchiere e gli toccai il polso. Non percepii alcun battito. Mi guardai le mani. Erano macchiate di sangue. Tornai in cucina, le sciacquai, le asciugai con un piccolo panno sporco appeso a un gancio.

Quando rientrai, Gruber stava fissando padre Bernardo. Sospirò a lungo. Mi disse che si era tolto un incubo e aveva liberato anche me e la Custodia. Aggiunse che si scusava per avermi usato da esca ma non c'erano alternative. Si era accorto che qualcuno stava salendo le scale, e nella convinzione che avrei parlato con quell'assassino e lui avrebbe potuto arrestarlo, aveva deciso di nascondersi nell'armadio, dove a destra della stampella che fungeva da maniglia per aprire il retro c'era un altro spazio, un po' stretto. E se volevo me lo mostrava. Declinai l'offerta.

Continuò spiegandomi che non aveva previsto che conoscessi quel tale e lo chiamassi padre Bernardo.

«A proposito, Reverendo Padre, sa qual è il suo vero nome? Ma a questo punto le importa saperlo? Comunque è quel Visser di cui le avevo raccontato qualche misfatto.»

«Era e resta un'anima» sussurrai con un lieve sospiro.

Capitolo 19
La sorpresa di Fragranza

Il mio istinto era di pregare perché tutto quell'orrore non mi invadesse e occupasse una parte della mia testa. Mi rendevo conto una volta di più che io e la Custodia soffrivamo la terribile precarietà della vita in quella Città Santa sempre più dolorosa e legata a umori incontrollabili.

Ricordai quello che mi aveva raccontato una volta Vidigal a proposito di Gerusalemme. Lui, una mattina, se ne stava seduto con un cestino pieno di arance vicino alla Porta del Santo Sepolcro. Le aveva appena acquistate e ora prendeva una boccata d'aria in quel luogo che amava molto. Arrivò un gruppo di turisti e una guida. La guida disse a voce alta indicandolo: «Lo vedete quel frate seduto con il cestino di arance? Guardate sopra la sua testa, ci sono pezzi archeologici di grande valore e di vari periodi».

E incominciò a enumerarli. Vidigal mi spiegò che la vita vera per Gerusalemme sarebbe iniziata quando quella guida avesse detto: «Vedete quell'arco romano e quella colonna bizantina? Non sono importanti. Importante è il frate che sta lì seduto e ha comprato le arance per i suoi fedeli».

Spiegai a Gruber che volevo uscire subito da quella casa. E avevo voglia di camminare e non mi serviva la sua auto. Replicò che i suoi uomini si sarebbero occupati di ripulire l'appartamento, si espresse proprio così, e quindi noi eravamo liberi di andare dove preferivo.

Da Agron Street arrivammo a Mamillah e poi alla Porta di Giaffa e da lì entrammo nella Città Vecchia. Non ci eravamo rivolti nemmeno una parola, forse per liberarci della tensione. C'era un locale dove facevano un buon caffè arabo proprio davanti alla Cittadella. Ci sedemmo a un tavolino. Fui io a rompere il silenzio.

Raccontai a Gruber ogni dettaglio della visita di padre Bernardo o meglio di Visser come forse si chiamava. A questo punto non ero più sicuro di niente. Gruber replicò che era soddisfatto di aver giustiziato l'assassino di Omar Rabbo e aggiunse che si stupiva che io non avessi trovato un'analogia inquietante tra la morte di Rifaat e quella di suo padre. Erano stati ambedue investiti da qualcuno che poi era fuggito senza soccorrerli. Era molto probabile, concluse soddisfatto, che Visser avesse anche ucciso suo padre e magari altri ebrei. Non lo contraddissi. Esclamò che adesso si rallegrava per la giustizia ritrovata.

Ci salutammo. Mentre tornavo da solo a San Salvatore mi rendevo conto che sarebbe stato inutile porgli altre domande o cercare nuove spiegazioni. Se volevo la verità dovevo andare avanti da solo e scoprire io i collegamenti tra tutti quei fatti in apparenza lontani tra loro.

Padre Giancarlo, come se sapesse del mio arrivo, mi stava aspettando in cortile ancora più agitato del solito. Non lo presi in considerazione. Ma lui balbettando disse che era successo qualcosa di terribile e mi consegnò una busta. Domandai con una lieve ironia: «Un'altra foto del gabbiano nero?».

Padre Giancarlo con il suo migliore tono funebre e tutto d'un fiato esclamò: «Reverendo Padre, Fragranza è scomparsa dal Convento della Flagellazione. E ha lasciato questa lettera per lei».

In altre occasioni, di fronte a notizie inaspettate mi era capitato di avere una reazione fredda e pensare velocemente a cosa fare. Questa volta il mio viso, contro ogni personale volontà, divenne rosso e gli occhi si spalancarono. Fu padre Giancarlo a notare con preoccupazione il mutamento e a chiedermi se avevo necessità di un bicchiere d'acqua. Ero dispiaciuto con me stesso per aver mostrato al mio segretario quel momento di debolezza. Lo ringraziai della sua premura, non avevo bisogno di nulla. Lo pregai di lasciarmi solo. Salii nel mio studio e mi dedicai alla lettura.

«Abuna Matteo,
ho molte cose da dirle e vorrei rintracciare dentro di me un ordine logico che renda a lei comprensibili, anche se non accettabili, le emozioni che sto provando mentre copro la carta bianca di pensieri, ricordi, riflessioni. Nelle ultime notti ho tremato. Ho battuto i denti senza poterli fermare, ho temuto che per l'angoscia mi si staccassero le ossa dalle giunture. Ho sentito, come aghi, duri, diritti, pungenti, i capelli sulla fronte.

Ho pensato che una persona, un animale, una pianta, una qualunque cosa comunica il suo vero aspetto una volta sola, ossia nel momento della nostra prima percezione di essa. È come se offrisse la propria verginità. Subito dopo non è più quella, diventa altro. La nostra anima, i nostri nervi la trasformano, la falsano, la oscurano. Abuna, si rammenta quando al monte Nebo avveniva la cerimonia della consegna delle mele di Kerak? La nostra famiglia al completo arrivava sulla grande spianata di fronte alla Basilica e dalla quale lei mi aveva insegnato ad amare la valle del Giordano e le città della memoria, Gerico, Gerusalemme, Betlemme. Mio padre le offriva sempre due ceste piene. Lei me le affidava perché le andassi a riporre nella madia che si trovava nel ripostiglio vicino alla cucina del conventino. Al Nebo era fresco tutto l'anno e quindi potevo evitare di insolentire il buon sapore di Kerak con gli odori del frigorifero.

Io avevo il compito di rifornire quotidianamente i suoi tre cestini. Quello della camera da letto, quello dello studio, quello che aveva con sé quando andava a scavare e che era più piccolo degli altri due. Lei consumava due mele al giorno quando non si muoveva dal conventino. Ma se si trovava in un sito archeologico a lavorare, diventavano quattro. Abuna, non se n'è mai accorto, ma per anni ne ha mangiate cinque, io ne aggiungevo sempre una. O forse per golosità ha sempre fatto finta di niente.

Abuna Matteo, ero con lei al Nebo e la stavo aiutando a pulire un mosaico quando telefonarono comunicandole la morte di padre Bagatti, il suo maestro. Lei mi abbracciò con le lacrime agli occhi dicendomi come fosse importante saper consultare lealmente la propria anima ed esaminarla a fondo. Mi spiegò che non esisteva alcuna persona che a un certo punto della propria vita non venisse tormentata dal cocente desiderio di cambiare le cose brutte che le avvenivano intorno. Ma non era possibile.

E concluse: "Fragranza, qualsiasi disgrazia ci sia capitata addosso, ci crediamo autorizzati a dimenticarla. Ma non conviene. È meglio se la facciamo diventare un'amica. Ricordati, molto spesso siamo sull'orlo di un precipizio e ci coglie ogni genere di malessere, ma se scopriamo dentro di noi la capacità di pregare ci salviamo".

Quelle sue parole, Abuna, sono rimaste nel mio cuore per tutti questi anni e sono state tenere compagne della mia vita.

Un'altra volta io arrivai da lei arrabbiata con la maestra. Andavo a scuola a Madaba e avevo un'insegnante troppo severa. Mi puniva per qualsiasi mancanza. Se per esempio parlavo con la mia compagna di banco mi mandava alla lavagna a scrivere con il gesso trenta volte "sono una maleducata". Lei mi confortò così: "Il domani arriva e con esso il desiderio e l'ansia di compiere il nostro dovere, ma anche una volontà di rimandare tutto. È iniziato per te un periodo di amarezza e di collera. Non ti abbandonare a nessuna delle due. Usale per regalarti energia e mai a spese altrui. Agendo così ti concederai qualcosa che supererà la semplice sopravvivenza".

Anche quelle sue parole furono per me fondamentali. Contribuirono alla mia serenità e tranquillità. Una notte che non riuscivo a dormire venni al conventino, bussai alla sua finestra, la svegliai. Provavo una forte angoscia. Le dissi: "Ho il terrore dei ricordi belli. Perché non potrò più provarli".

Lei mi rispose che non tutte le esperienze che viviamo nella vita sono ripetizioni. Mi guardò con profondo affetto e proseguì in questo modo: "Fragranza, i ricordi belli vanno amati. Non si possono contraffare o sostituire con altri sentimenti, né con una vita monotona, priva di passioni. Non temere il futuro e pensa sempre che non possiamo strapparci l'anima che abbiamo e prenderne in prestito un'altra. Si può affittare un abito, un'automobile, una casa, ma non l'anima. Appartiene esclusivamente a noi. Fragranza, qualunque fantasia tu sogni, qualunque esperienza tu viva, dovrai sempre essere te stessa, agire con la tua personalità e mai rinunciare al tuo io. Se non lo farai, ti perderai e per te non ci sarà niente di peggio. In quel momento smetterai di vivere e ti priverai di quella forza che, unica, riesce a offrire speranza alla parte inerme di noi".

Abuna Matteo, lei mi ha raccontato che il secolo appena trascorso e alla fine del quale sono nata, è stato il più sanguinoso della storia. Il numero dei morti provocati direttamente o indirettamente dalle guerre che vi si sono svolte è vicino ai duecento milioni. Duecento milioni di anime, lei mi disse.

Io so che oggi è più necessaria che mai la pace, ma come? Ho la sensazione che gli Amici della Roccia vogliano conoscere poco di noi cristiani e i Cugini del Muro vivano in un volontario isolamento nel sospetto che tutto il mondo sia loro ostile. Questa ignoranza comporta terribili conseguenze e tutto ciò mi offre grandissimo dolore.

Io, che provengo da una famiglia di cristiani di Kerak trasferiti a Madaba, e poi, grazie alla sua generosità, al Nebo, so cosa significa appartenere a una minoranza. Per questo vorrei occuparmi sempre più di chi soffre, di chi è povero, di chi è vecchio, di chi abbandona il proprio Paese perché ha fame.

Lei una volta mi ha detto di ricordarmi come l'idea che il Regno di Dio sia altrove e non possa venire realizzato sulla terra appartenga alla nostra fede ma non debba diventare un alibi per giustificare l'impossibilità di aiutare i poveri.

Lei sa bene che il muro che Sharon sta costruendo renderà impossibile il raggiungimento di una soluzione politica. È una prigione, non solo del corpo ma anche dell'anima. Credo che tutti i religiosi come lei debbano combattere contro quest'idea. Il muro non c'era all'epoca della Bibbia, non è mai esistito nel corso degli anni, non può vivere oggi. In Terra Santa servono ponti e non muri.

Due popoli per difendere la propria cultura e la propria storia non hanno bisogno di filo spinato ma di rispetto reciproco. È la frontiera invalicabile definita dalla coscienza e dalla conoscenza.

È lei Abuna Matteo che mi ha educato a pensare così. È lei che mi ha spiegato come i muri creino ghetti e i ghetti siano prigioni dell'anima.

Si ricorda quando volle mostrarmi la sua Gerusalemme? Fu il regalo per i miei undici anni. Eravamo davanti alla Porta di Damasco e come al tempo di Gesù era affollata di poveri che chiedevano l'elemosina. Era un mondo miserabile, al quale non ero abituata. Mi commossi e lei mi disse di non rattristarmi per ogni bambino senza scarpe. Poi mi mostrò le vecchie case quasi tutte nere per il fumo e la sporcizia. E a terra c'erano lastre di marmo molto lisce. Avevo paura di scivolare perché vi scorrevano liquami di ogni specie. Indossavo il vestito della festa e la mia gonna bianca rischiava di sporcarsi. Feci un gesto di comica rassegnazione e lei capì che desideravo proseguire il giro. C'erano due strade, una a sinistra e una a destra, e molte donne velate.

Lei mi disse che l'odore non era insopportabile, ci si faceva l'abitudine. Era un odore umano. Ognuno aveva il suo. Mi domandò con gli occhi da che parte desideravo andare e le indicai la strada a sinistra. C'erano bambini della mia età che chiedevano *bakshish.* Io donai loro parte delle monete che lei mi aveva regalato perché mi comprassi delle caramelle. Percorremmo la Via Dolorosa. Mi raccontò che non era esattamente la strada della sofferenza e del martirio di nostro Signore, c'erano molte incertezze sul percorso di Gesù. Mi commossi lo stesso, mi inginocchiai e baciai la terra.

Ci dirigemmo verso il Santo Sepolcro. Salimmo al Golgota e mi meravigliai perché si trovava all'interno della Basilica, in cima a una ripida scala di pietra. E al posto della croce ora c'era un altare ortodosso, luccicante di ex voto. Pregammo a lungo vicino a delle pellegrine greche vestite di nero. Scendemmo dal Golgota, visitammo la tomba di Gesù. Era minuscola e spoglia. Uscimmo dalla Basilica e lei fece una cosa che non mi aspettavo. Entrò in una delle tante botteghe, ne uscì dopo qualche attimo sorridente. Nella mano sinistra aveva un rosario di noccioli di olive, lo benedì e me lo regalò. È sempre con me. È il mio portafortuna.

Lei mi ha insegnato che Gerusalemme è la città di tante speranze che si esprimono ogni giorno in ebraico, in arabo, in greco, in armeno, in francese, in latino, in etiopico e almeno in una dozzina di altre lingue. I pellegrini arrivano anche quando scoppiano le bombe. Baciano il pavimento delle moschee, si battono il petto davanti al Muro del Pianto, si inginocchiano di fronte al Calvario, accarezzano la Pietra della Deposizione. E tutta questa meravigliosa dimostrazione di pietà e sofferenza proviene dalla fede, perché Gerusalemme riesce sempre a mantenere le sue promesse e i pellegrini sono il suo sale, la sua acqua, il suo pane, la sua fertilità.

Abuna, voglio raccontarle la storia di Ibrahim, un giovane libanese cristiano che trascorreva lunghe ore davanti a un quadro di Monet nel museo d'arte contemporanea di Beirut. Raffigurava un prato primaverile illuminato da una luce calda, nitida, omogenea che proiettava sul paesaggio un senso magico di quiete come se l'attimo fermato sulla tela fosse destinato a durare per sempre. Di quel quadro il mio amico Ibrahim conosceva ogni dettaglio, la forma dei fiori, le tonalità dei petali, le pieghe dell'erba, la profondità del cielo, il colore delle farfalle che svolazzavano nell'aria. Ogni volta che lo contemplava il suo sguardo cercava di memorizzare il più possibile di quel paesaggio incantato. Sapeva che presto, per rivederlo, non avrebbe potuto più affidarsi ai suoi occhi malati, ma avrebbe dovuto attingere a ciò che aveva messo nella biblioteca dei ricordi.

Abuna, Ibrahim soffre della sindrome di Usher, una malattia rara che aggredisce il bulbo oculare provocando la degenerazione del nervo ottico. Si manifesta con la restrizione del campo visivo, improvvisi lampi di buio, e la difficoltà nel percepire i contorni delle forme. Infine c'è la perdita totale della vista.

Ibrahim vuole, prima di calarsi per sempre nell'oscurità, finire nel ventre di una montagna dalla quale non potrà mai uscire, costruirsi il suo mondo di ricordi, registrare ogni bella immagine che porterà con sé. Le potrà rivedere un giorno con la forza dell'immaginazione quando i suoi occhi saranno solo macchie buie.

Ibrahim ha voluto visitare l'Italia, passeggiare per le piazze di Roma, ammirare Firenze e i suoi monumenti, perdersi tra i canali di Venezia e poiché ama la montagna ed è un buon scalatore, con l'aiuto di alcuni amici ha riprovato l'ebbrezza di affrontare una parete rocciosa.

Lui sostiene che in fondo è un privilegiato perché ormai conosce molto più di altri i colori del mondo e, nel momento in cui si prepara a separarsi per sempre da loro, i ricordi che porterà con sé sono meravigliosi.

Abuna, ho scoperto di avere la stessa malattia di Ibrahim, ma poiché è nella fase iniziale, esiste qualche possibilità di cura. Quando sono tra la gente provo compassione per me. Come faccio a spiegare che sono già mezza morta tra tutti i vivi? Il mio cuore resta immobile, l'anima tace e nascondo agli altri il mio triste segreto.

Abuna, sono stata io a colpirla con un manganello di gomma davanti a San Salvatore. Avevo bisogno di un pretesto per farmi accogliere da lei come sua salvatrice e conquistare la sua piena fiducia. L'avevo pedinata per due giorni e non trovavo mai l'occasione giusta. Poi si è trattenuto più del previsto nel quartiere armeno e mi ha finalmente offerto il momento opportuno per tramortirla. In seguito ho provocato apposta quel Gruber per scatenare una sua reazione nei miei confronti. La conseguenza è stata che lei si è convinto, per la mia sicurezza, che fosse meglio trasferirmi nel Convento della Flagellazione e lì ho portato a termine il mio piano.

Abuna, se lei mi avesse riconosciuto subito quando ci siamo incontrati a Gaza, e dimostrato l'antico affetto, io avrei anche potuto rinunciare alla vista.

Ma oggi lei è diverso da quell'Abuna Matteo che mi ha cresciuto. E dunque preferisco salvare gli occhi.

Affronterò molto presto un intervento che costa molto. Per questo le ho rubato ciò che le è più caro. I miei occhi valgono una sua carezza, Abuna Matteo? Il suo tesoro vale la mia vista?

A proposito, il mio compleanno è fra un mese. Ha

festeggiato una data sbagliata. Eppure era proprio lei che un tempo mi preparava la torta con le candeline!

Abuna, felici coloro che possono gettare dalla finestra il proprio passato. Si sentono alleviati, anche se dicono che non resta nulla. Di fronte alla mia sofferenza lei ha risposto con la violenza. Perché dimenticarmi è stato un atto di violenza, Reverendo Padre.»

Mi precipitai fuori da San Salvatore con una gelida agitazione addosso. Percorsi le strade della Città Vecchia cercando di coordinare le idee. Ma nessuna aveva una linea e uno svolgimento. Arrivai alla Flagellazione. Salii di corsa nel mio studio. Al posto della cassetta con le monete d'oro trovai un biglietto con questa frase:

«*Non so se sono io a doverle chiedere perdono o è lei che lo deve chiedere a me.*

La sua Fragranza».

Capitolo 20
Dimmitu e lo Sceicco

Fu a quel punto che ebbi un momento di totale e irresistibile ribellione. Era un impulso primitivo, elementare, ma non potevo fare altro che seguirlo. Uscii dalla Flagellazione. Attraversai la Città Vecchia automaticamente, senza nemmeno guardare il percorso che seguivo. Tornato a San Salvatore, salii nel mio studio, presi in braccio Dimmitu che ronfava su una poltrona, gli comunicai che avremmo fatto un viaggio, lui e io da soli.

Chiamai padre Giancarlo e gli ordinai di annullare ogni appuntamento. Presi l'auto, misi Dimmitu sul sedile accanto al mio, e mentre guidavo gli spiegai che in Terra Santa l'archeologia diventa un prezioso aiuto per l'esegesi biblica e la storia dei primi tempi della Chiesa. Un solo fortunato colpo di piccone può chiarire incertezze e inesattezze.

«L'archeologia, Dimmitu, è una scienza dai tempi lunghi, severa, che esige impegno rigoroso ed esclusivo. Apprezzerai che non ti ho chiuso in una gabbia. In primo luogo perché non ne ho mai posseduta una, ma in ogni caso per un qualsiasi essere vivente trovarsi in una prigione è orribile.»

Viaggiammo con grande serenità. E al ponte Allenby

le guardie di frontiera mi sorrisero indicando Dimmitu. Pensai che avevo trovato il modo di suscitare finalmente la loro simpatia, dopo tanti anni di discussioni.

Con Dimmitu andammo nei siti archeologici in Giordania a me più cari. Lo portai al Macheronte, gli spiegai che, quando Erode diventò re, costruì una reggia lussuosa sulla sommità di quel monte e alzò una cinta muraria per proteggerla. Salii a piedi con Dimmitu tra le mie braccia. Era pesante, ma ronfava talmente felice che nonostante il fiatone, arrivai con lui in cima.

«Sai Dimmitu, qui venne decapitato Giovanni Battista e non perdo la speranza di rintracciare un giorno il punto esatto in cui subì il martirio. Guarda com'è bella questa fortezza. Misura centodieci metri di lunghezza da est a ovest e sessanta metri di larghezza da nord a sud. I soldati romani, quando la conquistarono, demolirono ogni cosa, ma ci sono ancora frammenti di affreschi e pezzi di mosaico.»

Non so dire se Dimmitu seguisse quello che gli stavo mostrando, ma aveva nei miei confronti un atteggiamento affettuoso, quasi protettivo. I gatti non conoscono la scansione del tempo, non lo vivono come noi, e questo fatto mi offriva un amico che non domandava conto delle ore che trascorrevano.

Poi mi venne in mente che gli avrei chiesto un parere riguardo a un certo affare. Andammo a Madaba a visitare la fabbrica di tappeti della quale Omar Fayez voleva che diventassi socio. Lo trovai lì e mi accolse con stupore. Non si aspettava il mio arrivo. Non gli dissi nulla, naturalmente, di Fragranza. Ci fece visitare un locale sotterraneo molto vasto, pieno di operai che stavano lavorando. I tappeti gettati uno sull'altro mi sembrarono di ottima fattura. Ne apprezzai i colori. Mi spiegò che venivano usate tinture vegetali resistenti. Erano economici e offrivano a chi non poteva spendere molto un prodotto in ogni caso di qualità.

Gli argomenti di Omar Fayez erano convincenti, gli operai mi guardavano con fiducia. Mentre lui parlava pensavo che non era del tutto sbagliata l'idea che mi mettessi in società con lui e con quegli egiziani. Avrei potuto utilizzare per i disegni i miei studenti mosaicisti e così avrei dato lavoro a dei giovani.

Dissi a Omar Fayez che trovavo difficile che la Custodia entrasse direttamente in un affare del genere, comunque avrei dedicato una riflessione all'argomento. Guardai Dimmitu, lui miagolò e si distese su un tappeto rosso dalle frange verdi e nere, arrotò le unghie e orinò. In quel preciso momento annunciai a Omar che lui e i suoi amici egiziani avevano un nuovo socio. Dimmitu era attaccato con le unghie a quello che ormai riteneva un oggetto di sua proprietà e faceva parte del suo territorio. Lo sollecitai, prima verbalmente, poi con qualche rapida carezza a seguirmi, e reagì con un borbottio lungo, si distese sul tappeto e cominciò a fare le fusa. Gli operai egiziani mi osservarono divertiti e, quando decisi di obbedire ai desideri di Dimmitu avvolgendolo in quella che era diventata la sua nuova casa, mi regalarono un grande e collettivo sorriso e mi applaudirono. E, forse per il consenso che sentiva intorno a sé, le sue fusa aumentarono d'intensità.

Dimmitu e tappeto presero posto sul sedile posteriore della mia auto. La sua soddisfazione e la sua positiva presenza mi rallegrarono e mi intenerirono e modificarono il mio umore in senso positivo. Anche perché lui era una parte di Fragranza che mi accompagnava e mi stava vicino.

Era così felice, tranquillo e amichevole nella sua abitazione colorata che lo condussi a visitare il luogo a me più caro, il monte Nebo. Parcheggiai vicino al conventino, lo presi in braccio senza staccarlo dal suo tappeto e salimmo, attraverso la scala interna, alla terrazza, davanti alla Basilica.

Gli indicai subito il Mar Morto, spiegandogli come ogni volta che arrivavo al Nebo mi sentivo simile ai primi confratelli che, quando giunsero da queste parti, trovarono la cima della montagna coperta di massi squadrati, di pezzi di colonne e capitelli allineati sul suolo pietroso e intorno, a rompere il silenzio, soltanto la voce chioccia delle pernici. Ora condividevo con lui gli stessi sentimenti.

«Da questo balcone sul mondo, Dimmitu, possiamo guardare la valle del Giordano, l'oasi di Gerico a ovest del fiume, ai piedi della montagna di Gerusalemme e di Betlemme. Sul fondovalle, dentro le rare macchie di verde, c'è il sogno di una possibile sorgente d'acqua. A nord puoi vedere la valle da dove sgorgano dalla roccia viva le fonti di Mosè, a est le valli del diavolo, a sud la valle della chiesa.»

Sentii una voce.

«Da quando sei diventato amico dei gatti? Non ti ricordo particolarmente affettuoso nei confronti dei miei Omar e Selim, ma certo voi preti avete una grande capacità di adattamento a ogni nuova situazione.»

Non capivo se la battuta dello Sceicco, che era apparso alle mie spalle, fosse amichevole, ma feci finta di niente. Mi spiegò, sapendo che non gli avrei creduto, che gli era venuta voglia di una passeggiata. E così era salito da casa sua verso il Nebo, percorrendo quei pochi chilometri a piedi ed emozionandosi una volta di più per il paesaggio unico al mondo. Era stato premiato dalla mia inaspettata presenza in compagnia di quel grosso gatto. Dimmitu miagolò e si distese sul tappeto che avevo steso per lui a terra. Lo Sceicco mi sorrise a lungo, approvandomi.

«Caro Matteo, è una conversione importante la tua. Ancora non te ne rendi conto, ma sei entrato in una grande famiglia. Quella dove umani e felini si capiscono, si sorridono, si aiutano, si danno gioia reciproca.»

Cambiò discorso e il tono si fece metallico: «È da tanto tempo che te lo voglio domandare, Matteo, ma sotto le pietre del Nebo quale sorpresa si nasconde? Credo che sia un altro dei segreti che non vuoi rivelare, come quello delle fonti d'acqua».

Gli risposi con pazienza che avevo scavato per anni la montagna e scoperto mosaici, cioè opere d'arte, e non cassette d'oro o di diamanti, e lui lo sapeva bene e non capivo il perché di quella insistenza. Mi guardò attento e replicò che un archeologo deve cercare sempre e avrei potuto trovare qualcosa di impensabile. I tesori dell'archeologia sono infiniti e misteriosi e lui aveva la sensazione che mi fossi un po' fermato perché ormai ero il Custode e non avevo più curiosità scientifiche.

Esclamai che si sbagliava. E per comprendere dove volesse arrivare, glielo domandai in modo diretto. Mi rispose che lui sapeva benissimo che al Nebo non c'era più nulla da scoprire, ma con la sua provocazione aveva inteso conoscere quanta passione mi fosse rimasta e la mia reazione gli aveva fatto capire che ancora esisteva. Poteva raccontarmi una storia. Aveva aspettato ma ora riteneva che il momento fosse quello giusto. Gli chiesi se preferiva seguirmi nel conventino. Replicò che stavamo meglio all'aria aperta. Ci sedemmo su due capitelli tardo-romani mentre Dimmitu placidamente ronfava.

«Matteo, alcuni mesi fa degli amici del Mossad mi proposero di occuparmi di certe vicende afghane che avrebbero potuto avere risvolti preoccupanti non solo per Israele ma per tutta l'area mediorientale. Si trattava di un traffico di oggetti d'arte gandharica provenienti dal museo di Kabul e da alcune collezioni private. Il saccheggio era iniziato con l'invasione russa e poi era continuato in modi diversi. Ma sul mercato internazionale non c'era stata mai una grande offerta. All'improvviso erano giunte al Mossad voci di un carico di avori di Begram dal valore inestimabile, che si trovava in Israele per essere messo all'asta. E il ricavato sarebbe finito nelle casse di Hamas.»

Fece una pausa e sorrise.

«Matteo, in guerra il fattore principale di una strategia vincente è la sorpresa. Lo disse Napoleone, ma di sicuro non fu il primo a pensarlo. Alessandro, Giulio Cesare, Gengis Khan e Federico di Prussia erano dello stesso parere. E anche Foch, nel 1918.

Così, avendo bene in mente quegli insegnamenti, presi come base dell'operazione il casinò di Gerico nel quale, come sai, ho qualche interesse. Feci girare tra i giocatori che arrivavano dalle varie città israeliane la notizia riservata che ero interessato ad acquistare gli avori di Begram. Ero sicuro che prima o poi qualcuno si sarebbe fatto vivo. Per favorire l'incontro intensificai le mie presenze. Ero lì quasi tutte le sere. Circa un mese fa, mentre mi trovavo nel mio ufficio a studiare le cifre degli incassi delle ultime settimane, il direttore mi avverte che un tale che ha perso molto alla roulette, ha chiesto di continuare sulla parola consegnandogli in cambio un astuccio e pregandolo di portarmelo. Lo aprii e dentro c'era un pettine d'oro finemente lavorato con il manico tempestato di piccoli brillanti. Stimai, a una prima superficiale analisi, che il valore superasse i cinquemila dollari. A proposito, Matteo, il gioiello era chiaramente afghano. Avevo dunque rintracciato il mio uomo o forse lui aveva trovato me.»

Mi guardò soddisfatto.

«Vuoi sapere il suo nome?»

Feci cenno di sì con la testa anche se avevo già capito chi fosse.

«Visser, si chiamava Visser, Matteo.»

Capitolo 21
La preghiera e la confessione

Non riuscivo più a sorprendermi. E desideravo soltanto riflettere. Ero convinto che mancassero molte verità, e dovevo da solo trovare collegamenti e spiegazioni per capire se Gruber e lo Sceicco mentivano e perché Visser era venuto a trovarmi spacciandosi per padre Bernardo. Soltanto per verificare se la cassetta di monete d'oro esisteva davvero? Ma se era così, lui aveva ispirato e guidato Fragranza. Perché?

Lo Sceicco mi stava dicendo che aveva saputo del mio incidente con Visser. Pensai che aveva un curioso modo di definire il pericolo mortale che avevo corso. Gli dissi che gli chiedevo un favore. E gli spiegai il problema di Chaim Sieger. Mi rispose che conosceva quel Sieger come un giocatore stupido e arrogante. E che doveva al casinò un mucchio di soldi. Poiché ero io a intercedere per lui, potevo riferire a quell'essere sgradevole che il debito era estinto. Ma che non si facesse più vedere a Gerico. Lo ringraziai stupito della sua sorprendente arrendevolezza. E il fatto che non mi avesse chiesto nulla in cambio mi insospettì.

Tornai a San Salvatore, depositai Dimmitu e la sua nuova casa un po' maleodorante nel mio studio e scesi subito in cappella. Celebrai la messa con pietà, rassegnazione e dolcezza. Immaginai che Fragranza fosse al mio fianco e mi aiutasse in tutte le dolci incombenze dell'altare, non da semplice chierichetto, bensì come qualcuno che esercitasse la propria volontà di bene accanto a me. Mi piacque l'idea e vedevo i suoi occhi che mi accarezzavano con lo stesso affetto che provavo per lei e mentre mi chinavo per offrirle l'ostia santa sentivo che mi era grata per quell'atto sacro e mi salutava con un tenero cenno del capo regalandomi calore.

Chiusi gli occhi e, quando li riaprii, l'immagine del viso intelligente della mia figlia adottiva e allieva ideale non c'era più. Pregai per lei pensando che non c'è nulla di più ricco e commovente in ogni creatura del Signore del modo di porsi verso le altre. Fragranza, per troppo amore, aveva cercato di distruggere la nostra amicizia e la devozione nei miei confronti. Nel tempo l'avevo offesa con la mia scienza, che illusoriamente avevo sposato con la fede, e la mia corsa verso Dio attraverso l'archeologia l'aveva esclusa. Perché ciò fosse avvenuto non lo sapevo e dovevo capirlo.

Girava per la mia testa come un grumo insopportabile, una frase che avevo letto da qualche parte, "la cosa peggiore è un profeta che vuole essere tale". Avevo la sensazione di essermi comportato così per tanti anni e adesso mi tornavano in mente le parole che il mio predecessore mi aveva sussurrato nel nostro ultimo incontro, poco prima di spegnersi: «Matteo, occorre avere l'onestà di chiamare per nome il grande ostacolo contro il quale una volta nella vita abbiamo urtato e ci siamo bloccati e, dopo, non avere paura di apparire ridicoli a noi stessi».

Credo che la designazione da parte sua come possibile successore avesse il valore di un atto di fiducia nei miei confronti, nella speranza che quando avessi identificato il grande ostacolo sarei stato capace di superarlo.

Ora vedevo il grande ostacolo accanto a me e, come fosse una nuvola nera piena di pioggia e di sabbia, sporcava le pareti della cappella. Si chiamava presunzione e non potevo più esitare a combatterla. In effetti la mia vita di studioso e quella stessa messa, che ogni mattina mi convinceva e rassicurava a proposito del dialogo sincero e continuo con il Signore, mi avevano persuaso che Lui fosse molto soddisfatto di me e mi concedesse sempre una giornata ricca di purezza. Tutto ciò che facevo aveva il senso e il significato di una celebrazione. Per questo motivo non volevo nessuno nella cappella a turbare quel momento sublime, eccetto Vidigal che conosceva il mio animo. E nel corso della giornata procedevo sempre nel segno di quella fede totale che condizionava il mio equilibrio. Così le doti di equità, di intelligenza, di amore, di profondità che mi venivano attribuite discendevano dal mio speciale contatto con Dio.

Le preghiere, le buone azioni verso il prossimo, gli scavi, la volontà di contribuire alla pace tra tutti i figli di Adamo, tutto ciò era sincero e per questo il Signore mi aveva premiato con la sua fiducia. Ma io avevo mancato nei confronti di una sua creatura e ciò poneva in discussione il mio equilibrio.

Non avevo capito dall'inizio tutta l'infinita necessità d'amore di Fragranza. Lei, che aveva modellato la sua vita su di me, mi aveva messo alla prova quando ci eravamo incontrati a Gaza.

Visser probabilmente, ancora non sapevo come

l'avesse conosciuta, le aveva proposto di tradirmi. Lei aveva voluto verificare se ne valesse la pena. Ecco il motivo di quell'invito a visionare dei mosaici così poco interessanti. E poi la mia presenza a teatro, quella sera, era stata una sorta di prova d'appello che lei mi aveva offerto. E avevo fallito.

Fragranza mi avrebbe regalato i suoi occhi in cambio di un ricordo, di una carezza, di un momento d'affetto e di rispetto per la nostra storia insieme. Invece, a causa della mia presunzione, mi ero dimenticato di tutto, o ancora peggio, avevo solo ricordato ciò che mi faceva piacere, convinto dalla mia vanità del mio perfetto rapporto con il Signore.

Fragranza si era comportata come un cane che ama talmente il suo padrone che quando lui le dimostra freddezza lo morde. Come una figlia che ha un padre adottivo e adorato che la dimentica e lei, pronta per un suo gesto d'affetto a rinunciare alla vista, lo punisce, e ruba il suo tesoro. Ma è forse l'ultimo atto d'amore per metterlo alla prova, e misurare il valore della sua fede e della sua speranza.

La fede ha bisogno di luce. Io avevo pensato fino ad allora che la mia archeologia e la mia passione per Gesù gliela donassero e invece dovevo offrirle nuova vita attraverso le buone azioni. A un certo punto dell'esistenza mi ero illuso che conoscere il Redentore, gli apostoli, i martiri cristiani di cui ritrovavo le testimonianze scavando nei luoghi santi e scoprendo su ogni mosaico, su ogni pietra, su ogni moneta un passato di devozione, tutto ciò mi regalasse carità, umiltà e fortificasse la fede.

Questa era stata la mia presunzione e l'atto di Fragranza mi indeboliva il cuore. Così d'istinto feci l'unica cosa in quel momento che mi permettesse di abbattere il grande ostacolo di cui mi aveva parlato il mio predecessore, e gli rivolsi un pensiero reverente nella convinzione che lui, così avaro di sorrisi, me ne avrebbe regalato uno lunghissimo.

Salii nel mio studio, e chiamai padre Giancarlo. Gli dissi che avrei voluto vedere padre Benjamin nella cappella privata. Con un sorriso di approvazione, andò a cercarlo. Scesi di nuovo e quando padre Benjamin arrivò un po' circospetto mi inginocchiai ai suoi piedi e gli chiesi di confessarmi. Lui, con insospettata tenerezza, mi accarezzò la testa.

Iniziai a parlare. Gli raccontai tutto di Fragranza e come in lei, ma l'avevo capito troppo tardi, vivesse lo spirito dell'amore e della ribellione. Era stata delusa da me, e aveva perso la fiducia in colui che considerava il suo padre spirituale. Avrei dovuto capire che quando in una persona cara e ingiustamente dimenticata si accende la delusione, l'aria diventa più violenta e poi c'è la tempesta. Pazienza e perdono vivono paralleli e io l'avevo scordato. Raccomandai la mia anima e quella di Fragranza alla Divina Provvidenza.

Padre Benjamin mi ascoltò con un'emozione che percepii e infine mi disse: «Matteo,» era la prima volta che si rivolgeva a me in questo modo «la penitenza che le infliggo è che decida lei cosa fare. È libero di scegliere se pregare, agire, o pregare e agire contemporaneamente».

Tornai nello studio convinto che in quel momento era iniziato il percorso di un Matteo di nuovo tornato Abuna. Provai a ricordare tutto ciò che era accaduto. E le risposte, sempre quelle, che continuavano a mancarmi.

Perché il gabbiano nero indossasse il saio e Gruber si

fosse comportato in modo ambiguo, chi fosse davvero Visser, quale ruolo avesse giocato lo Sceicco. Ma trovata una risposta avrei davvero capito? Dovevo inoltre avvertire il rabbino capo Moshe Halevy che gli avevo reso quel favore che mi aveva chiesto. Con il patriarca Alekos l'accordo c'era. Rimaneva solo da decidere la data del concerto e verificare se l'orchestra giovanile europea, che avevo in mente di scritturare, fosse disponibile.

Non posso dire che mi aspettassi ciò che trovai nel mio studio. Ma sapevo che a quella storia mancava l'inizio e la fine e avrei anche potuto farne a meno. Quante volte si vive un'esperienza parziale? Ti accontenti di conoscere una parte della verità, cristianamente ti convinci che tutto ciò che hai attraversato è solo un passaggio verso Dio. Eppure volevo aggiungere e conoscere le parole che mancavano.

La busta che aveva messo sulla mia scrivania, mi spiegò padre Giancarlo, gli era stata consegnata da una giovane suora bergamasca che aveva lavorato nell'ospedale di Kerak, la città delle mele di Omar Fayez, e che stava tornando in Italia, prendendo l'aereo da Tel Aviv.

Nella busta c'erano una foto e un biglietto. Guardai prima la foto. Era di tanti anni prima. Raffigurava un giovanissimo ufficiale delle SS in divisa. Vicino a lui un altrettanto giovane uomo in borghese. Avranno avuto vent'anni o poco più. Presi una lente d'ingrandimento. Alle loro spalle era visibile una parte della facciata di una casa che non mi era sconosciuta. Inoltre nel giovane in borghese c'era qualcosa di familiare.

I due ragazzi avevano espressioni diverse. Quello in divisa fissava chi stava scattando la foto con uno sguardo che mi sembrò profondo e affettuoso.

L'altro, che indossava un cappotto con il bavero alzato, aveva gli occhi smarriti. Non osservava il fotografo, ma qualcosa alle sue spalle, un po' in alto, e ciò che vedeva lo spaventava. Dietro la foto c'era scritto: "*Buonanotte principe, tutto il resto è silenzio*".
Lessi il biglietto.

«Reverendo Padre l'aspetto a Kerak, all'ospedale italiano.»

Non era firmato.

CAPITOLO 22
1944

Il mio istinto mi suggerì di partire subito. Forse ero finalmente vicino alla soluzione. Sperai che non ci fossero problemi al ponte Allenby, così in quattro ore sarei arrivato a Kerak. Il viaggio per fortuna andò bene. Evidentemente Gruber aveva dato ordine alle guardie di frontiera di non infastidirmi più.

La mia curiosità era forte e pensavo di continuo a quella foto, alla facciata della casa che non mi era nuova, al viso familiare. Ma non riuscivo a metterli a fuoco e a dare loro un tempo e un luogo.

Guidavo riflettendo sui vari avvenimenti. La mia sensibilità per ciò che avveniva a Gerusalemme mi aveva insegnato che se qualcosa appariva in uno specchio non era mai l'immagine giusta. Bisognava andare oltre o addirittura evitare di guardarla. E tutto ciò apparteneva al continuo alternarsi di pace e guerra che la Terra Santa viveva da mille e mille anni. Tolto il velo al caso del gabbiano nero mi sarei imbattuto in qualcos'altro. Lo sapevo e ne ero cosciente.

Il mistero della vita e della morte di Nostro Signore aveva generato enigmi e segreti che nei secoli ne avevano creato degli altri e degli altri ancora. In Terra Santa ogni morte non chiara assumeva più significati rispetto a qualsiasi altro luogo del mondo.

Il deserto giordano che ora stavo percorrendo con la mia Land Rover godeva del fascino dell'immutabilità. Quella che pomposamente la propaganda governativa chiamava A1 era una normale strada asfaltata e invecchiata male, con frequenti e pericolose ondulazioni dovute al caldo che nelle ore centrali della giornata diventava insopportabile.

All'ospedale italiano di Kerak, sotto al castello crociato costruito da Payen e dalle cui torri si vedeva l'estrema parte meridionale del Mar Morto, mi accolse una giovane suora. Fece mostra di conoscermi e con un certo sussiego mi disse che ero atteso dalla Reverenda Madre Superiora. Mi domandò se volevo rinfrescarmi. Accettai l'invito, mi lavai il viso in fretta in una sala da bagno profumata di lavanda. La giovane suora mi fece poi attraversare un corridoio dalle pareti bianche. Anche a terra le mattonelle erano bianche. Tutto era molto pulito, nessun odore richiamava quello di un ospedale.

La Reverenda Madre mi aspettava nel suo appartamento. Era una donna anziana dall'aria assolutamente giovanile. Gli occhi neri e profondi illuminavano un viso dai lineamenti perfetti che il tempo non aveva in alcun modo intaccato. Dalla cuffia bianca fuggivano dei capelli candidi e scendevano sulla fronte in maniera delicata e vezzosa. Era bellissima e offriva una sensazione di serenità. Mi ricordò mia madre nell'espressione del volto e nella forza che emanava da tutto il corpo. Mi accolse con dolcezza dicendomi che si rendeva conto come la situazione in cui ci trovavamo fosse particolare. Disse proprio così. Aggiunse che, per capire tutto ciò che era accaduto, e in qualche modo mi aveva coinvolto, pensava fosse necessario partire da lontano. Tutto cosa? E da dove? Domandai. Mi rispose con naturalezza: «Reverendo Padre, sono accaduti fatti terribili che l'hanno sfiorata. Morti, furti, orrori. Io vorrei raccontarle quello che so e lasciare a lei conclusioni e decisioni. Ma prima forse è meglio mangiare qualcosa».

La mia curiosità era totale a questo punto e gustai poco l'ottimo pranzo che la suora giovane servì con maestria e rapidità. La Reverenda Madre mi parlò dell'ospedale e di come negli anni, sotto la sua guida, fosse diventato il migliore della Giordania, e mentre me lo spiegava si lasciò sfuggire un lamento, quasi fosse stata invasa da un'emozione troppo forte per lei. Le chiesi se potevo far qualcosa e rispose, con una voce che era tornata al suo timbro normale, che si era trattato solo di un momento perché i ricordi che la stavano invadendo erano molto forti. La suora giovane ci servì il caffè poi le sussurrò qualcosa all'orecchio. Lei impallidì: «Un'urgenza, Reverendo Padre, torno subito».

Uscì dalla stanza. Mi misi a curiosare e notai sul mobile che faceva da credenza delle foto incorniciate. C'era quella che avevo ricevuto e, vicino, ce n'era un'altra dell'ufficiale nazista, questa volta in borghese e con molti anni di più. E con meraviglia vidi una fotografia recente di Nadav Gruber, scattata davanti al King David Hotel.

«Aspetti a stupirsi, Reverendo Padre.»

La Madre Superiora era apparsa alle mie spalle. Mi sembrò di nuovo serena. Ci sedemmo su due poltrone ricoperte da un tessuto a fiori. In mezzo un tavolino dal piano quadrato di cristallo pesante.

«Allora, avrà la pazienza di ascoltarmi Reverendo Padre?»

Le avrei voluto rispondere che se ero arrivato fino a Kerak mi pareva ovvio, ma sarei apparso scortese. E quindi le feci un cenno di assenso nel modo più gentile possibile.

«Immagini di essere nel marzo del 1944. A Roma ci sono i nazisti. Ma anche spie degli alleati che stanno preparando lo sbarco. Roma ha l'aspetto di una città invasa da molte preoccupazioni che si alternano con il vento freddo, le nuvole e a tratti un sole primaverile. Le sue notti sono percorse da SS a caccia di spie e da partigiani e spie che cercano di non farsi catturare dalle SS.

Un giovane ebreo ricco di molti ideali arriva in città, dal nord, con un compito importante. Deve ritirare un microfilm con la lista dei prigionieri evasi dalle carceri naziste e fasciste e l'elenco dei luoghi dove sono nascosti. Il comando alleato potrà così preparare un piano di emergenza per salvarne il maggior numero possibile. Quel giovane ha un nome in codice, Rosencrantz, e deve incontrare il suo omologo Guildestern.»

La Reverenda Madre osservò la mia reazione che fu di meraviglia. Stavo entrando in un labirinto e solo lei poteva guidarmi.

Proseguì: «Rosencrantz si reca, come gli è stato ordinato dai suoi superiori, all'ospedale Fatebenefratelli sull'isola Tiberina. Lo accoglie il primario, un frate maltese, Bartolomeo, che lo rassicura, Guildestern sta arrivando. Lo accompagna in una camera dove ci sono due letti e una finestra che dà sul giardino. Fra' Bartolomeo gli dice che può riposarsi, se vuole. Rosencrantz si distende. Il sole gli accarezza il viso. Chiude gli occhi. Qualcuno gli sfiora la spalla destra. È un uomo di mezza età, in piedi accanto a lui. Dice di essere Guildestern, gli consegna una piccola busta che contiene il microfilm, Rosencrantz la mette al sicuro nel cassetto del comodino che separa i due letti. Guildestern si getta sul suo e russa immediatamente. Anche Rosencrantz si addormenta. Si risveglia con la luce accesa e fra' Bartolomeo che lo guarda. S'alza con lentezza rendendosi conto che è vestito e al posto della coperta si è messo addosso il cappotto. Gli sembra di cogliere sul viso del frate qualcosa che può somigliare alla preoccupazione. Vede che sta guardando il letto sfatto dove ha riposato Guildestern il quale è scomparso. La coperta e il cuscino sono sul pavimento come si fosse alzato in fretta. La finestra è socchiusa. Rosencrantz si accorge che dietro fra' Bartolomeo c'è un ufficiale tedesco che si presenta. È il tenente Schutz delle SS.

Schutz in un italiano quasi perfetto si scusa con Rosencrantz per averlo disturbato, gli domanda perché abbia usato il cappotto invece della coperta e dove si trovi la persona che ha dormito nell'altro letto. Una lama attraversa la testa di Rosencrantz. La busta con il microfilm. Poi ricorda che è al sicuro nel cassetto del comodino.

Fra' Bartolomeo interviene con calma spiegando che il maestro ha dormito con i suoi abiti e il cappotto perché il riscaldamento non funziona. Aggiunge che è un direttore d'orchestra molto giovane ma già in carriera.

Rosencrantz rammenta di avergli raccontato al suo arrivo qualcosa di sé e non è sicuro a questo punto di aver fatto bene.

Schutz chiede ancora una volta dove sia la persona che ha riposato vicino al maestro e fra' Bartolomeo dice che andrà subito a cercarla. Rosencrantz e Schutz rimangono da soli e in silenzio. Fra' Bartolomeo torna subito con una giovane donna che dice di essere la fidanzata del Maestro e di essere uscita dalla stanza per preparargli una medicina. Schutz non sembra convinto e osserva che quelli sono tempi difficili e può anche accadere che qualcuno si faccia ricoverare fingendo una malattia che non ha.

Fra' Bartolomeo spiega che per vigilare ci sono loro, i medici, i quali svolgono con assoluta serietà il proprio compito. Schutz replica che poiché loro rispettano con scrupolo il giuramento di Ippocrate, è convinto che se qualche nemico della Germania, malato, capitasse per caso in quell'ospedale, se ne occuperebbero. Lo capisce, ma anche lui ha un giuramento da rispettare. Non ha domandato se ci sia in quell'ospedale qualche ospite colpito non da un tumore o da una polmonite, ma da un'arma da fuoco. Creerebbe imbarazzo al suo ospite. E nemmeno vuole sapere quanti ebrei stia curando. Perché se al Fatebenefratelli ci fossero degli ebrei malati, fra' Bartolomeo certo presterebbe loro aiuto. Ma lui avrebbe l'obbligo di arrestarli anche se fossero in fin di vita perché gli ebrei costituiscono un pericolo mortale per la Germania.

Lui ha giurato fedeltà al suo Paese e a Hitler e sarebbe un traditore se non seguisse il suo dovere. Conclude che ritiene quell'ospedale il migliore della città e la decisione che ora sta per prendere salverà fra' Bartolomeo, gli altri medici e tutti gli ospiti del Fatebenefratelli.

Fra' Bartolomeo aggrotta la fronte e dice a Rosencrantz che il tenente Schutz, pur credendo alla sua buona fede, desidera che lui e la sua fidanzata lo seguano. È convinto che appena quel deprecabile equivoco si sarà chiarito il tenente Schutz si farà premura di riaccompagnarli in ospedale. Poi dice alla donna di non preparare nessuna valigia perché torneranno al più presto.

Fuori li aspetta un'automobile nera. Dietro ci sono due camionette con alcuni soldati. Schutz dà un ordine. Il piccolo corteo parte. Schutz è seduto vicino all'autista. Rosencrantz dietro, accanto alla donna.

L'automobile supera piazza dei Fatebenefratelli, il ponte, prende a sinistra per il lungotevere Cenci, passa davanti alla Sinagoga. Schutz esclama qualcosa in tedesco. La donna fa una smorfia. L'auto volta a destra per via Arenula. È a Torre Argentina, percorre via delle Botteghe Oscure, è davanti al Milite Ignoto, arriva ai Fori Imperiali, gira intorno al Colosseo, imbocca via di San Giovanni in Laterano, giunge sulla grande piazza e si infila a sinistra in una strada stretta e lunga. Si ferma davanti al numero 145 di via Tasso.

Schutz dà un ordine in tedesco. L'autista scende dall'auto, apre la porta anteriore, poi le due posteriori. Escono in ordine, Schutz, la donna e Rosencrantz. Entrano in quel palazzo dove tutti sanno che i nazisti torturano i prigionieri. Schutz prende la donna sottobraccio e scompare con lei in un corridoio. Rosencrantz, preceduto da un soldato e seguito da un altro, sale una rampa di scale pensando con stupore e angoscia che forse non rivedrà il sole e il cielo. Viene chiuso in una cella. C'è una branda, una sola finestra murata, un catino per l'acqua, un bidone per il resto. Una lampadina accesa penzola dal soffitto attaccata a una cordicella».

La Reverenda Madre socchiuse gli occhi come se il racconto l'avesse stancata. Le domandai se voleva continuare più tardi. Mi rivolse uno sguardo lucido, forte, determinato. Esclamò: «Ma la vera storia comincia adesso!».

CAPITOLO 23
Lucia

«Il tenente Schutz,» proseguì la Reverenda Madre con un mezzo sorriso e guardando oltre la mia testa «attraversò con la donna un corridoio umido pieno di macchie e di celle. Lei lo fissò e lui le spiegò che detestava le pareti sporche. I muri dovevano essere bianchi. Non solo per una questione di pulizia ma anche di ordine. La donna replicò che in quel luogo le pareva ci fosse soprattutto dolore, aveva infatti udito dei lamenti. Schutz scosse il capo e le domandò come si chiamava. Lucia, rispose lei. E il cognome? Non glielo disse.

Schutz si fermò davanti a una porta di mogano dagli intarsi di legno molto scuri. La indicò a Lucia con orgoglio. L'aveva requisita a un antiquario di via dei Coronari. La aprì, accese un interruttore alla sua destra, si illuminò un lampadario di cristallo. Entrarono in un'ampia stanza. Lucia considerò con attenzione l'arredamento: una vecchia scrivania con sopra un lume di metallo grigio e un telefono nero, una sedia dai braccioli di legno, sulla parete di fronte un grammofono. Accanto, un divano di pelle logorato in molti punti. Un tavolino di legno antico lo separava da una poltrona rivestita di stoffa verde.

Lucia osservò che dietro quella porta e sotto quel lampadario si aspettava mobili migliori. Schutz replicò con lieve ironia che trovava strano che un'esperta di arredamento come lei non avesse apprezzato la poltrona. Arrivava da Palazzo Odescalchi. Ci si erano seduti per secoli dei principi. Comunque era l'unico lusso che si concedeva. Non aveva mai considerato come proprio domicilio il luogo di lavoro. Se lo avesse sistemato troppo bene non gli sarebbe più venuta voglia di tornare a casa la sera.

Lucia si diresse verso la poltrona e con naturalezza vi si sedette. Schutz osservò che lei era davvero una persona interessante. Si comportava come fosse in un salotto e non in una prigione. Le offrì del caffè e dei cornetti caldi. C'era un forno lì vicino. Lei gli domandò se li mangiava tra un interrogatorio e l'altro e lui le rispose che poteva accadere. E non gli veniva il mal di stomaco? Mai. Lucia concluse che i suoi occhi erano quelli di una iena. Schutz la ringraziò e le spiegò che in Germania, se appartenevi alle SS, e ti dicevano che i tuoi occhi erano umani, significava che erano di vetro. E dunque lei, senza conoscere le regole tedesche, gli aveva rivolto un complimento.

Poi le sorrise, prese il telefono, diede un ordine. Si avvicinò al grammofono, soffiò con attenzione sulla puntina, posò delicatamente un disco sul piatto. "Il preludio numero 15 in si bemolle di Chopin", commentò Lucia ascoltandolo. Schutz la fissò a lungo in silenzio. Sapeva chi era l'interprete? "Immagino Alfred Cortot" rispose, e gli domandò se faceva ascoltare Chopin alle sue vittime prima di torturarle. Sul viso di Schutz apparve una smorfia di fastidio. Lucia gli disse con un tono secco che voleva sapere dove fosse il suo fidanzato.

Si trovava in una stanza al piano di sopra. Allora, aveva intenzione di bruciargli le carni, di strappargli le unghie? Per ora no.

Entrò un soldato con un vassoio di cornetti e due tazze di caffè caldo. Mentre bevevano e mangiavano Schutz ricapitolò: lei amava molto la musica, il suo futuro marito era un giovane direttore d'orchestra ed era malato. Da quanto tempo lo conosceva? Da un anno, e aveva smesso di cantare per lui. "E così lei era una cantante!" esclamò Schutz con stupore e ammirazione. Alzò il viso verso il soffitto come a fissare qualcosa. Aveva mai ascoltato la *Decima* di Mahler diretta da Furtwangler? Lei rispose di sì e lui replicò che allora poteva capirlo. La *Decima*, come la interpretava Furtwangler, faceva comprendere il dolore per la perdita della vita e il rifiuto del distacco. Per questo la amava tanto.

Schutz prese a camminare su e giù, con profonda inquietudine. Quando si fermò, disse che aveva ascoltato la *Decima* eseguita da Furtwangler con l'orchestra del Concert Gebouw il giorno prima di partire per il fronte. Poi le domandò se fosse molto innamorata di Bruno e aggiunse che lei era molto bella. Lo avevano colpito i suoi occhi, la sua bocca e il suo modo di camminare.

Una volta aveva visto a Berlino una soprano che interpretava la *Bohème* con un'estrosità inesauribile. Quell'opera apparteneva al suo repertorio? Lucia sospirò a lungo. Il suo debutto era avvenuto nel ruolo di Musetta. Le si inumidirono gli occhi. Perché? Volle sapere Schutz. Gli andava di ascoltare una storia? Sì, rispose. Lucia osservò che il loro incontro non si poteva dire che fosse avvenuto in modo gradevole e soprattutto spontaneo, ma renderlo partecipe di una fase importante della sua vita lo doveva considerare un atto di fiducia. Tossì. Si prese la testa tra le mani. Il suo viso espresse sofferenza. Si morse un labbro, quello inferiore, con delicatezza e sussurrò, ma in modo tale che lui potesse sentire, come due anni prima aveva subìto un incidente d'automobile che le aveva causato uno scompenso cardiaco. Da quel giorno i medici le avevano proibito di cantare. Schutz si avvicinò, si inchinò, le baciò una mano. Lucia gli sorrise e proseguì raccontando come si fosse rifugiata in un albergo di Merano, il luogo dove da piccola trascorreva le vacanze. Faceva colazione molto presto. Poi si recava a camminare sulla sponda sinistra del Passirio dove c'erano piante e fiori profumati. Si ripeteva che forse avrebbe potuto stabilirsi da quelle parti in una casa con il giardino e vi sarebbe rimasta per sempre.

Una mattina le venne voglia di qualcosa di dolce. C'era una piccola pasticceria vicino al fiume. Era entrata, si era seduta a un tavolino di marmo. Stava gustando un cioccolato caldo quando una voce gentile le chiese se si poteva sedere vicino a lei. Aveva alzato gli occhi. Era lui. Il giovane musicista. Si era presentato. Le aveva detto che si trovava a Merano per studiare e le aveva parlato della propria carriera. Lei gli aveva sorriso e poi si era resa conto che era la prima volta dal giorno dell'incidente. Lui le comunicava un calore forte, intenso. Spontaneamente gli aveva raccontato quello che le era accaduto. E da quel giorno non si erano più lasciati.

E la guerra? domandò Schutz. Loro due erano in pace. Ma la guerra c'era, replicò Schutz.

Lucia proseguì la sua storia. Erano andati in Svizzera, a Ginevra. Lei era felice, aveva trovato un equilibrio. Il giovane musicista le riempiva la vita. Un giorno, mentre stavano passeggiando sulla riva del lago, lui si sentì male. Le analisi scoprirono un tumore ai polmoni. Lui non conosceva Roma ed espresse il desiderio di vederla. Anche se c'era la guerra. Andarono in quell'ospedale, presto sarebbero ripartiti.

Schutz guardò Lucia a lungo, poi chiamò un soldato, gli dette un ordine. Dopo un paio di minuti disse a Lucia di seguirlo. Uscirono in strada. La solita automobile li aspettava. Dentro c'era il giovane musicista. Lei salì vicino a lui, Schutz davanti. L'auto partì, andò a destra, poi ancora a destra, prese via Matteo Boiardo e si fermò davanti a un palazzotto antico. Schutz esclamò che aveva voluto fare loro una sorpresa. Lucia lo fissò senza dire una parola. Si aprì un cancello, c'era un soldato di guardia. L'automobile entrò su un piazzale lastricato di pietre bianche. Davanti c'era un vasto giardino rettangolare con tre fontane, due vasche con i pesci rossi, una statua di Pan e una di Venere. E da Pan che suonava il flauto usciva il getto d'acqua della prima fontana.

Schutz con un tono soddisfatto, come se il luogo fosse tutto di sua proprietà, spiegò che si trovavano nel giardino di Villa Massimo.»

La Reverenda Madre s'interruppe e mi guardò perché mi stavo battendo con la mano destra la testa. Avevo finalmente compreso dov'era stata scattata la foto che mi aveva colpito.

«Villa Massimo, Reverendo Padre, prima della guerra era la sede dell'istituto di cultura germanico e poi era diventato l'alloggio delle SS che torturavano a via Tasso. Oggi è la sede della delegazione di Terra Santa dove immagino lei dorma quando si reca a Roma.»

Ero stupefatto. Nella mia testa correvano veloci delle immagini confuse. Un passato lontano che mi apparteneva soltanto in modo indiretto e ora mi coinvolgeva.

Quel mio luogo di pace che amavo tanto, quel giardino di Villa Massimo dove trascorrevo, quando stavo a Roma, molte ore a leggere, a passeggiare e a ricevere gli amici, era stata la casa nella quale avevano vissuto, mangiato, dormito dei torturatori nazisti. Le aiuole curate così bene da un confratello, che prima di scegliere il saio era stato un giardiniere, mi apparivano adesso meno gioiose e colorate di sangue antico. Mi rendevo conto in questo momento che avrei voluto trattenere le parole che la Reverenda Madre avrebbe pronunciato su Villa Massimo, e mettere loro le briglie e governarle come si fa con i cavalli quando si imbizzarriscono.

«Posso proseguire, Reverendo Padre?»

Ero talmente emozionato che non le risposi. Deglutii, presi un bicchiere d'acqua, bevvi, chiusi gli occhi. Lei attese con pazienza e quando capì che ero più tranquillo ricominciò a raccontare.

«Schutz spiegò al giovane musicista che a Villa Massimo c'era un archivio di storia antica di notevole interesse, una preziosa collezione di carte geografiche del Settecento e una quantità di libri preziosi. Anche degli spartiti musicali. Quello della *Serva Padrona* di Pergolesi e due quintetti per chitarra di Boccherini. Gli domandò se li amava e quale preferiva. Bruno sorrise. Schutz lo stava interrogando. Rispose che gli piaceva tutta l'opera di Boccherini e quindi non riusciva a stabilire una graduatoria. Schutz replicò che anche lui la pensava così. Poi lo pregò di guardare una statua possente e un po' rovinata dal tempo che giaceva come coricata su un fianco in mezzo a un'aiuola. Il giovane musicista disse che avrebbe potuto essere Apollo, e Schutz confermò che secondo lui si trattava davvero del dio greco.»

«Era proprio Apollo, Reverenda Madre!» la interruppi con emozione e aggiunsi che mi ero sempre domandato da quanto tempo quel colosso fosse lì. Io, quando avevo ottenuto dai superiori la stanza a Villa Massimo, erano ormai trascorsi vent'anni, lo avevo scoperto nella stessa aiuola e nella stessa posizione, coperto di erbacce e senza naso. Avevo ritrovato il naso, che era finito non so come nella fontana di Pan, e quattro anni fa avevo convinto la Sovrintendenza alle Belle Arti di Roma a restaurarlo. Finalmente i lavori erano terminati da un paio di mesi e Apollo, restituito alla sua primitiva e originale bellezza, troneggiava al centro del giardino.

«Schutz,» proseguì il suo racconto la Reverenda Madre «dopo aver accarezzato con affetto l'enorme faccia della statua, pregò Lucia è il giovane musicista di seguirlo. Voleva mostrare loro qualcos'altro d'interessante. Entrarono a Villa Massimo dalla porta che dava sul giardino. Al piano terra le sale erano affrescate. Erano preraffaelliti, spiegò Schutz indicando gli affreschi della prima sala. Si trattava di scene dalla *Divina Commedia*. Gli affreschi erano stati sistemati di recente. Lui amava l'arte e aveva salvato una vita in cambio di quel lavoro. I suoi stavano per interrogare un prigioniero, di professione restauratore. Quando lo seppe, per fortuna prima che intervenissero pesantemente sulle sue mani, gli fece una proposta. Lo avrebbe lasciato libero se si fosse occupato dei preraffaelliti. Quello accettò e con ottimi risultati. Il giovane musicista alzò la testa e si accorse che una parte del soffitto non era stata toccata. Schutz gli spiegò con un lieve tono di trionfo come per lui fosse fondamentale la sincerità. Quel magnifico restauratore gli aveva nascosto un particolare importante. Che era ebreo. E così non era riuscito a salvarlo dalla deportazione. L'avevano messo su un treno diretto in Germania. Si augurava comunque che dopo la guerra potesse tornare a Villa Massimo a terminare il lavoro. Li pregò poi di seguirli al primo piano.

Arrivarono in una vasta sala spoglia, intonacata di fresco, i pavimenti in cotto. C'erano tre porte. Schutz, dicendo che lì c'era il suo alloggio, aprì quella di mezzo, spinse un interruttore, si accese una luce, si illuminò un quadro. Era un Vermeer autentico. Rubato! esclamò Lucia. Chi ama l'arte non ruba, è un salvatore, replicò Schutz, e spiegò come Vermeer fosse il suo pittore preferito perché era vissuto serenamente fino al 1672 quando, in seguito alla guerra con la Francia, la sventura aveva colpito molte famiglie del suo Paese compresa la sua e allora aveva deciso di morire. Un uomo tranquillo, che segue le sue abitudini, quando gli scoppiano tra le mani non può che scegliere la morte. Schutz aveva un tono squillante, adesso. Era per tutti quelli come Vermeer che i tedeschi stavano combattendo per ricondurre l'Europa alla tranquillità.»

Interruppi ancora una volta la Reverenda Madre. Le dissi che mi ero convinto dalla sua descrizione che la stanza di Schutz fosse la mia di oggi e finalmente avevo scoperto il probabile proprietario di quel vecchio e arrugginito tagliacarte che avevo trovato in un angolo polveroso della camera e sulla cui lama era incisa una frase in tedesco: "*Il meglio ci spaventa*".

La Reverenda Madre riprese il suo racconto dopo avermi sorriso.

«Lucia provò una forte sensazione di pericolo. Più Schutz parlava e più lei sentiva intorno a sé qualcosa di minaccioso e imponderabile. Avrebbe voluto tornare subito in ospedale con il giovane musicista. Schutz invece li invitò a prendere posto su due sedie. Lui rimase in piedi e raccontò la storia del re Kaniska che aveva letto recentemente e lo aveva molto colpito. Un giorno il re Kaniska, nella sua capitale Kapisa, incontrò un uomo sdentato con i capelli bianchi. Il re Kaniska, al quale nessuno fino a quel momento aveva spiegato cosa fosse la vecchiaia, domandò all'uomo che cosa gli fosse accaduto di così terribile. L'uomo gli rispose che gli era capitata la vecchiaia e la vecchiaia era una cosa che accadeva a tutti e anche lui, Kaniska, giovane re felice, un giorno l'avrebbe subita. Il giorno dopo, nel corso della sua consueta passeggiata, Kaniska incontrò un uomo pieno di croste purulenti e con gli occhi gonfi. Gli domandò che cosa avesse e l'altro gli rispose che gli era capitata una malattia e la malattia un giorno ci sarebbe stata anche per lui, giovane re felice. Kaniska incominciò a pensare di non essere così felice. E quando il terzo giorno, durante la sua passeggiata, vide degli uomini che stavano trasportando uno di loro immobile, domandò di cosa si trattasse. Gli risposero che era un cadavere e anche lui, giovane re felice, un giorno si sarebbe ritrovato così. Kaniska inorridì e decise che la vita era il più grande dei mali e da quel momento in poi adoperò tutte le sue forze per liberarne gli altri e diventò l'uomo più feroce, crudele, spietato della terra.

Lucia fissava attenta Schutz. Il giovane musicista, quando capì dove lui volesse arrivare, ebbe paura. Lucia la sentì e lo abbracciò per rassicurarlo. Si rivolse a Schutz dicendogli che lui non doveva somigliare al re Kaniska. Schutz replicò che Kaniska era stato un grande re e aveva costruito palazzi meravigliosi e lasciato un tesoro archeologico inestimabile. Poi cambiò tono, sorrise con simpatia al giovane musicista e gli disse che aveva il sospetto che lui non fosse esattamente la persona che Lucia gli aveva fatto credere. Nel mondo dei vivi, proseguì, c'è chi si comporta come se fosse già morto. È colui che non segue le regole, come il restauratore dei preraffaelliti, il quale non era stato sincero.

Se gli avesse detto la verità lo avrebbe salvato? domandò Lucia. Schutz rispose che pensava di sì. Ma erano in guerra. La guerra era fatta di regole e di doveri. C'era chi doveva rispettare le regole e chi i doveri. La sua prima regola era la lealtà. Il suo primo dovere era rispettare il giuramento di soldato. Lui doveva difendere la patria e chi lo aveva cresciuto, sfamato e lo stava aiutando a camminare verso la morte nel miglior modo possibile. Chi danneggiava la sua nazione non seguendo le regole doveva essere in qualche modo neutralizzato. A questo scopo serviva la tortura, per capire la verità e indagare sulle intenzioni di chi aveva comportamenti ambigui.

Nel Medio Evo l'Inquisizione era stata un completo disastro, infatti, per ogni eretico che veniva arso sul rogo, altri mille prendevano il suo posto. Morivano perché non volevano saperne di abbandonare la loro fede. Il risultato ovvio era che la gloria apparteneva alla vittima e la vergogna cadeva sull'inquisitore.

Lui e quelli come lui non volevano ripetere errori di quel genere. Tutte le confessioni che avvenivano sotto interrogatorio erano sincere. Erano loro che le facevano diventare così trasformando i nemici di Hitler in polvere e mescolandola con il mare, il cielo e la terra. Nella civiltà nazista il sentimento forte non era la paura e nemmeno l'amore, bensì la giustizia. Per arrivare a lei bisognava utilizzare qualsiasi mezzo, anche la tortura che, procurando dolore, obbligava al rispetto delle regole.

Schutz chiese a Lucia che gli fornisse un solo motivo per evitare che lui ricorresse alla tortura con il giovane musicista. È malato e innocente, disse lei. Schutz replicò che il giovane musicista gli nascondeva qualcosa. Lucia esclamò che in realtà Schutz avrebbe voluto torturare lei. Non è vero, fu quasi un urlo quello di Schutz. Lui non era un sadico e nemmeno un maniaco. Voleva soltanto la verità per salvare lo Stato etico. Lucia rise. Gli disse che stava perdendo il senso delle proporzioni. Le verità del giovane musicista erano soltanto lo spartito e le note.

Tornarono in giardino. Schutz si fermò davanti ad Apollo. La cosa che più gli dispiaceva, se avesse dovuto lasciare Roma, era di non essere riuscito a restaurarlo. Se gli fosse capitato qualcosa se ne sarebbe occupata lei? Lui voleva bene ad Apollo. Era la sua fantasia, il ricordo di avventure gloriose e di sogni interminabili, Apollo era la storia. Schutz accarezzò la statua e disse che era la miglior persona che avesse incontrato in Italia. Fece una pausa. Naturalmente dopo Lucia.

Si rivolse al giovane musicista. Era fortunato ad avere vicino una donna come lei. C'era un'autentica sofferenza nel suo tono e non invidia. Ora guardava le aiuole, la fontana di Pan, i fiori. Quel giardino era il modello di come doveva essere uno Stato: abitabile, pulito, ordinato. Esclamò con dolore che sulla gente non si può mai fare assegnamento. È meglio dunque circondarsi di oggetti perché non ti abbandonano mai e possono addirittura diventare persone, come Apollo. Afferrò le mani di Lucia e le strinse con forza. Disse che li avrebbe accompagnati al Fatebenefratelli.

Salirono sull'automobile nera che aspettava davanti al cancello. L'auto girò a destra, poi a sinistra, poi di nuovo a destra immettendosi su via Merulana. Arrivarono a Santa Maria Maggiore. A pochi passi dall'entrata principale della chiesa un uomo camminava con passo stanco, indossava una giubba turchina, aveva un berretto sulla testa, sulla pancia una cassetta aperta attaccata a una cinghia come usano i venditori alle fiere. Schutz ordinò all'autista di fermarsi. L'uomo infilò una mano nella cassetta. Schutz scese dall'auto impugnando la sua pistola e gli si avvicinò minaccioso. L'uomo gli sorrideva e adesso Lucia lo vide bene in faccia. Era un ritardato e consegnò a Schutz un foglio. Schutz lesse, esclamò qualcosa in tedesco, lo accartocciò e lo gettò a terra. L'uomo immediatamente raccolse con cura il pezzo di carta gualcito, lo lisciò con rispetto, lo ripiegò per bene, lo ripose nella cassetta e accuratamente la spolverò. Fissò Schutz con aria di sfida e anche di disprezzo, poi entrò in chiesa.

Schutz risalì sull'auto, scuro in volto. Lucia gli domandò che cosa ci fosse scritto. "La fortuna è di chi se la merita", rispose Schutz.

L'auto superò la piazza, prese via del Viminale, voltò verso piazza Esedra e imboccò via Nazionale. Schutz esclamò che ogni rivoluzione aveva i suoi combattenti, i suoi pensatori, i suoi pescecani. In Germania i combattenti erano stati quasi tutti uccisi, i pensatori assassinati, tutto ciò che restava erano i pescecani. Poi urlò che l'autorità richiedeva prestigio e il prestigio voleva la distanza.

Sapeva che il giovane musicista era Rosencrantz, e che a Roma aveva incontrato Guildestern, ma non ne conosceva il motivo. Quella spia comunque era morta fuggendo dal Fatebenefratelli. Guildestern si era sparato in bocca per non farsi arrestare. Ora sarebbero tornati a via Tasso per vedere se Rosencrantz era altrettanto coraggioso. Dette un ordine all'autista che sterzò bruscamente a sinistra per la conversione, ma perse il controllo, l'automobile girò due volte su se stessa e si schiantò contro un muro. Si trovavano all'altezza del Palazzo delle Esposizioni.»

La Reverenda Madre cambiò tono. Ora parlava in prima persona.

«Quando ripresi i sensi era iniziato un bombardamento. Schutz era steso fuori dall'auto e pareva morto. L'autista aveva la testa piegata in modo innaturale sul volante. Il giovane musicista, sbalzato anche lui sull'asfalto ma dalla parte opposta a quella di Schutz, respirava debolmente. Lo trascinai, con la poca forza che avevo nelle braccia, dentro il Traforo che univa via Nazionale a via del Tritone. Molte persone si erano rifugiate lì sotto. Feci amicizia con una famiglia che ci invitò a mangiare da loro. Abitavano all'inizio di via dei Serpenti. Fu una cena ottima, allegra e con tanto cibo. Immaginarono che fossimo marito e moglie e ci misero vicini. Il padrone di casa aprì lo sportello di una madia e uscì fuori un grammofono. Le mensole all'interno del mobile erano piene di dischi. Ne prese uno, lesse con attenzione l'etichetta, posò il disco sul piatto, accese, la musica iniziò, era una canzone di Carlos Gardel. Il giovane musicista si inchinò davanti a me e mi invitò. Eravamo leggeri e felici. Il padrone di casa esclamò che secondo lui avevamo partecipato a delle gare di danza, e le sensazioni e le atmosfere che comunicavamo erano perfette per il tango.

Provai una scossa. Adesso ricordavo nitidamente.

Qualche attimo prima dell'incidente Schutz mi aveva detto che avrebbe voluto ballare con me un tango. Gli avevo domandato perché e lui mi aveva risposto che ballare il tango con una donna bella e desiderabile era come un pellegrinaggio d'amore. In quel momento l'autista aveva perso il controllo dell'auto, la testa di Schutz aveva compiuto un irragionevole salto all'indietro, avevo pensato che si fosse spezzato il collo e fosse morto.

Il tango finì, il giovane musicista continuò ad abbracciarmi con forza, il suo odore mi attraversò il cuore e la testa. Restammo stretti l'uno all'altra fino a che un applauso non ci costrinse a separarci. Il padrone di casa osservò come ormai fosse iniziato il coprifuoco e non potevamo muoverci da lì. Con semplicità e gentilezza ci offrì la sua camera da letto. Quando fummo soli ci guardammo in viso, ci sorridemmo. Il mio cuore era in subbuglio, l'anima persa, mi tremavano le mani e lo stomaco. Sulla pelle mi correva una sorta di calore piacevole. Provai a comunicargli le mie emozioni con gli occhi e lui rispose allargando le braccia. Ci baciammo assaporando ogni angolo della nostra bocca, e io, anche se non avevo esperienza, pensai che un bacio così profondo capita una volta nella vita. Era compatto, commosso, forte. Lui disse che mi desiderava perdutamente. Mormorò ogni parola che gli passava per la testa. Il nostro amore fu un atto di purezza e di poesia. Dopo, gli domandai se non volesse sapere come gli avessi salvato la vita. Alzò le spalle. Gli dissi che avevo inventato una bella favola. Replicò che gli importava solo che stessimo assieme. Aggiunse che saremmo tornati al Fatebenefratelli perché doveva ritirare una cosa e poi saremmo partiti. Sospirai a lungo e mi si riempirono gli occhi di lacrime. Lui mi strinse a sé convinto che quel momento di commozione fosse dovuto alla profondità dei miei sentimenti, infine chiuse gli occhi e si addormentò. C'era qualcosa sul suo viso che mi intenerì. Un lieve fremito, forse di preoccupazione o forse l'attesa per la nuova vita che si aspettava assieme a me.

Non avevo sonno. Mi vestii e uscii senza rumore dalla stanza. Andai in cucina, aprii la finestra, guardai il cielo, la notte era limpida, piena di stelle e con una grande luna quasi piena. Un bacio mi rallegrò il collo. Non mi ero accorta che mi avesse seguito. Non sobbalzai nemmeno. Mi era diventato familiare. Mi disse: "L'amore è così. Lo incontri nel momento più impensato. Sono felice". Si riempì i polmoni d'aria. "Ho deciso. Ci sposiamo a Londra tra pochi giorni." Io, senza aprire gli occhi, gli accarezzai il viso. Restammo abbracciati, in cucina. Sentivo che la sua testa era piena di colori, mi disse: "La felicità è nel movimento e io mi sento adesso come la starna artica che vola senza fermarsi dal Polo Nord al Polo Sud".

Venne l'alba. Il padrone di casa ci volle accompagnare in automobile al Fatebenefratelli e salutandoci con affetto ci pregò di tornare a trovarlo al più presto, ci considerava dei veri amici.

Fra' Bartolomeo ci accolse dicendo al giovane musicista che qualcuno lo stava aspettando. Lo accompagnò nella sua stanza. Io gli feci un cenno con la testa. Due partigiani erano venuti a prenderlo. Lui recuperò il microfilm dal cassetto e poi domandò a fra' Bartolomeo dove fossi, perché dovevo partire con lui. Fra' Bartolomeo gli disse soltanto che suor Lucia era con i suoi malati e lo salutava. Il giovane musicista, mi raccontò poi

Bartolomeo, divenne bianco in viso e ammutolì. Bartolomeo gli consegnò un biglietto dove avevo scritto: "Nessuno ha la felicità che si merita".»

Suor Lucia mi guardò con dolcezza.

«Reverendo Padre, Bartolomeo, quando mi confessò, mi fece solo una domanda prima di darmi l'assoluzione.»

«Posso immaginare quale fosse» dissi. «Era la stessa che le avrei fatto io. Se considerava, da quel momento in poi, la sua vita totalmente dedicata al Signore, senza più alcuna interferenza. Se era così il Signore l'avrebbe accolta con maggiore gioia di prima.»

Suor Lucia fece cenno di sì con la testa, sorridendo. Si avvicinò, s'inginocchiò, prese le mie mani e le posò sul suo capo per qualche minuto. Poi si alzò in piedi, tornò a sedersi, bevve dell'acqua e mi disse: «Il giovane musicista era Bruno Gruber. Immagino che l'abbia capito».

Capitolo 24
Le passioni di Schutz

Il Custode mio predecessore mi aveva spiegato una volta come le fattezze di un uomo, la struttura ossea e il tessuto che le riveste siano il prodotto di un processo biologico. Ma il viso è opera sua. Esprime l'atteggiamento emotivo che gli è necessario per realizzare i suoi desideri e proteggere le sue paure da occhi troppo indagatori. Lo indossa come una maschera magica per nascondere le fragilità e le debolezze del cervello.

Sono pochi gli uomini che riescono a leggere la mente del proprio interlocutore scrutandone il volto. Quando avessi conseguito quel risultato avrei completato il mio itinerario spirituale, concluse. Gli domandai se ci fosse riuscito. Mi rispose: «Padre Matteo, la breve durata della vita rende inevitabile e obbligatorio quel percorso».

Così, quando vidi un uomo anziano entrare nella stanza dove ero con suor Lucia, senza bussare, capii che avevo di fronte Schutz e provai a rintracciare sulla sua faccia la strada dei pensieri che la percorrevano.

La sua figura era snella e dritta, i capelli lisci e bianchi. Indossava un elegante abito scuro. Pareva il ritratto della distinzione e della rispettabilità. Mi dette l'impressione di essere più alto del metro e ottanta che a prima vista gli avevo attribuito. La carnagione portava quel pallore che subentra nella terza età al giovanile colore rosa. Gli zigomi alti, il naso affilato, il labbro superiore sporgente ricordavano più un russo che un tedesco. Gli occhi erano di un azzurro intenso e mi sembrò che li strizzasse un poco, quasi fosse miope. Ma non notai alcun aggrottamento della fronte o contrazione delle sopracciglia. Capii che era dovuto a un'illusione ottica causata dall'altezza degli zigomi e dalla posizione degli occhi e mi resi conto con meraviglia come il suo viso fosse privo di ogni espressione. Si rivolse alla Reverenda Madre dicendole: «Ti prego, fai tu le presentazioni».

La voce era ruvida, stridente, aspra.

«Il mio ospite,» disse Suor Lucia con un certo sussiego «è il Custode di Terra Santa. Tu volevi incontrarlo. Adesso è qui. Siediti con noi, ti prego. Reverendo Padre, lei ha di fronte l'ex tenente Schutz, oggi apprezzato mercante d'arte. E soprattutto grande benefattore del nostro ospedale.»

Suor Lucia, notai, mostrava verso l'ex tenente Schutz un atteggiamento affettuoso e quasi protettivo. Lui aspettò un momento, poi fece una piroetta che poteva sembrare un mezzo inchino.

«Già, padre Matteo, finalmente! Attendevo la sua visita. Ho alcune cose da raccontarle e credo che i suoi amici ebrei sarebbero lieti di condividerle con lei. Per esempio, potrei rivelarle chi vestì quella spia al soldo del giovane Gruber con un saio francescano. Sarebbe una forte sorpresa per lei!»

In un attimo l'atmosfera era cambiata, avvertivo nella sua voce tensione e odio.

Mi sentii a disagio. Si rivolse alla Reverenda Madre: «Il

Custode è certamente un uomo curioso, Lucia. Sono sicuro che desidera ascoltare la mia storia. Che ne pensi?».

E senza attendere la sua risposta proseguì: «Alla base della vicenda che le è capitato di vivere ci sono una serie di inganni. Vediamo se la mia ricostruzione è esatta. Il giovane Gruber le mostra all'obitorio il cadavere della sua spia dicendole che è quello di un criminale armeno. Poi lei scopre che non è vero».

Mi guardò sorridendo. Le sue labbra sottili si tesero quasi autonomamente e gli apparve sul viso un'espressione crudele.

«E poi le accade di incontrarsi con Visser. Quante ne ha passate, Reverendo Padre!»

«Come fa a conoscere tutto questo?»

«Lo capirà presto, i suoi amici sono dei chiacchieroni.»

Mi domandò poi come fosse stato ucciso Visser.

«Non lo sa?»

«No. Mi illumini, la prego.»

Il tono era beffardo.

«Con cinque colpi di pistola» risposi.

«Un eccessivo spreco di piombo!»

Fece una pausa.

«È stato il giovane Gruber?»

«Sì.»

«Certo quel Visser era troppo avido» commentò, e aggiunse: «io, al contrario di lei, sono piuttosto ateo e odio il futuro. Ogni esistenza è una sinfonia, le emozioni che la attraversano non hanno un principio e una fine. La tragedia della vecchiaia per me non è nell'essere vecchio ma nell'essere stato una volta giovane. Io ho bevuto di tutto, a lunghe sorsate, e oggi il mio viso, come può vedere, è ricco solo di rughe».

Lo interruppi.
«Per me invece la vita è ancora un lungo, immenso suono.»
Schutz guardò suor Lucia con un affetto che veniva da lontano e nel quale si univano tenerezza e consuetudine. Si alzò dalla sedia. Si avvicinò, si inginocchiò davanti a lei che gli accarezzò la testa benevolmente. Ebbi la sensazione che quel gesto lo riservasse di solito ai suoi malati e avesse più il valore di una testimonianza di amicizia e di fede che altro. Pensai che lui sapesse che era il massimo che poteva aspettarsi. Disse tornando a sedersi: «Ho sempre ascoltato la musica. Mi aiuta. Le note non bisogna batterle ma accarezzarle. Ognuna di loro ha un differente colore e lo devi sentire. Solo gli artisti ci riescono e io sono un aspirante artista. Il resto non conta. Qualcuno una volta spiegò come lo scopo della vita sia lo sviluppo di noi stessi. La maggioranza lo considera un osare, quando in realtà si tratta di permettere libero sfogo alla propria natura. Io tentai ma la mia mente rimase affamata e mi convinsi che, se un uomo vivesse del tutto la propria avventura, donando realtà ai propri sentimenti, ne verrebbe un tale fresco impulso di gioia da allontanare ogni dolore, persino quello della vecchiaia. Ma anche l'uomo più coraggioso ha paura di sé e si rovina con rinunce volontarie. E gli impulsi che uccidiamo circolano come veleno nel corpo e diventano violente ondate di rimpianti. Bisogna allora cedere alle tentazioni perché se resisti ti ammali del desiderio di ciò che ti sei vietato».
Sospirò a lungo e mi fissò per vedere l'effetto delle sue parole. Rimasi impassibile.
Proseguì: «Alla fine del '43, prima di essere trasferito a Roma, ero di stanza a Parigi. Il lavoro era intenso. In-

terrogatori, rastrellamenti, altro. Avevo fatto amicizia con un mio coetaneo, un violinista dell'Opéra, che simpatizzava per noi. Ci incontravamo spesso alla Coupole a bere un caffè. Una mattina stavamo discutendo dei quintetti di Boccherini e lui mi esponeva le sue perplessità sull'uso eccessivo della chitarra rispetto ai violini. Qualcuno seduto al tavolo vicino al nostro esclamò a voce alta. "Qui c'è puzza di gigli marci!". Era una voce maschile. Mi voltai di scatto. Un uomo si stava alzando. Mi dava le spalle. Era un capitano della Wehrmacht. Evidentemente aveva discusso con la donna che stava in sua compagnia. Lei ora piangeva. Ne ammirai il viso. Era intenso, gli zigomi alti, gli occhi neri e lucenti. L'ufficiale uscì dalla Coupole senza voltarsi. Il mio amico francese arricciò il naso, annusò l'aria, "Quel suo connazionale ha proprio ragione, qui c'è puzza di gigli marci". La donna lo sentì, sul viso le apparve una buffa espressione e cominciò a ridere e sempre ridendo si alzò, ci fece un grazioso cenno del capo come di ringraziamento e uscì a sua volta dal locale con l'aria soddisfatta di chi si è liberata di un peso. Io pensai che mi sarebbe piaciuto sapere come fosse l'odore dei gigli marci e cosa significasse.

Quelle parole nella mia fantasia restarono legate alla schiena di un tale del quale non avrei mai visto la faccia, e alle lacrime prima, e alla risata poi, di una bella donna. Fissai nella mente un particolare. La bella donna aveva scrollato la testa come per gettare via tutte le lacrime e gliene era rimasta una sola sotto l'occhio destro, e brillava. Quando era andata via dalla Coupole quell'unica lacrima mi era sembrata un diamante.

Reverendo Padre, quando vidi per la prima volta Lucia mi resi conto che i suoi occhi li avevo già vissuti in un sogno della mia adolescenza. Ero nella Valle del Reno e davanti a me c'era uno sterminato prato di gigli bianchi sul quale camminava una ragazza che amavo alla follia. Capii finalmente il significato di quella frase oscura. Con i gigli bianchi nasceva l'amore. Con i gigli marci l'amore moriva. Io non volevo che per me ci fosse mai puzza di gigli marci».

Schutz adesso aveva un'espressione sofferente. Il suo tono divenne metallico e minaccioso.

«Mi salvai da quell'incidente d'auto di cui immagino le avrà raccontato suor Lucia. I miei soldati mi trovarono più morto che vivo e trascorsi in ospedale molto tempo. La nostra guerra correva verso la sconfitta. Io, dopo, grazie agli studi di archeologia, sono riuscito a ricostruirmi un'esistenza possibile.

Simon Wiesenthal non mi ha dato la caccia. Ha catturato però tanti miei amici. Franz Stangl, che comandava i campi di Treblinka e Sobibor; Karl Silber Bauer, che arrestò Anna Frank ad Amsterdam; Hermine Raumsteiner, che uccise centinaia di bambini a Maidaneck e che lui rintracciò a Queensland. Io, per mia fortuna, non fui mai considerato importante da quell'ebreo.»

Mi stava invadendo una sorta di disgusto e di nausea. Non so se comprese ciò che mi passava per la testa, in ogni caso fece finta di ignorare i miei sentimenti e continuò: «Alcuni indiani del Sud America che viaggiano sui grandi fiumi del loro Paese, quando un compagno cade accidentalmente dalla canoa lo tengono sott'acqua e lo aiutano ad annegare con la pressione delle loro pagaie. L'indio sa che l'aumento di entropia che deriverebbe dalle estenuanti operazioni di salvataggio non farebbe che avvicinare un momento di più la morte generale dell'universo, mentre il facile sistema di tenere il moribondo sott'acqua invogliando i vicini alligatori, risparmia energia, pacifica il fiume e preserva il creato. È solo uno dei vantaggi del delitto. In fondo la vita e la morte sono uguali. Noi uccidiamo perché ci conviene o lo reputiamo necessario. L'omicidio è una soluzione ai problemi materiali con i quali dobbiamo fare i conti sulla terra. L'uomo vive soprattutto a livello biologico e i suoi valori, per non parlare del libero arbitrio, sono trascurabili chimere. Risponde alle pressioni degli avvenimenti fisici e ai loro condizionamenti molto più che all'esercizio della volontà. L'uomo ingegnoso è sempre ricco di capacità, ma quello che sa ammazzare ha più immaginazione.

Reverendo Padre, mi sento debitore nei confronti di coloro che scomparvero anzitempo. Quando arrivai a Roma nel '43 capii che eravamo perduti, ma ho sempre ricacciato da me tale consapevolezza perché sarebbe stata insostenibile per uno che riteneva di avere dei doveri nei confronti della propria nazione. Mi risponda con sincerità. A cosa le è servito tutto il suo lavoro di scavo?».

«A conoscere meglio Dio» gli risposi.

«Quando morirò, lei mi compiangerà come fa Amleto con il povero Yorik e verrà a seppellirmi?»

«Non lo so.»

Avevo ascoltato Schutz con pazienza. Il senso di repulsione per lui rischiava di condizionarmi. Ne analizzavo i movimenti, le espressioni del viso e con sgomento non riuscivo a cogliervi nemmeno un frammento di umanità. Lui inseguiva una sua violenta linea di pensiero nella quale non c'era spazio per il resto del mondo.

Mi disse: «L'ebreo vive dove è nato, ma sogna la Terra d'Israele. E si costruisce nella mente una struttura immaginaria, che poco c'entra con la realtà. Questo eccesso di fantasia favorisce la sua creatività, al prezzo però di permettere a un antisemita come me di vedere a mia volta l'ebreo come un essere privo di radici. Di lui però ho paura, perché rappresenta uno specchio delle mie emozioni più negative. Forse è questa la mia vera malattia, e mi procura sofferenza. Credo che gli ebrei non dovrebbero mai rinnegare la propria origine, ma diffidare della fede che ha procurato loro solo tormenti».

Lucia lo guardava con una sorta di perplessità mista a compassione. Capivo che non condivideva nessuna delle sue parole ma le aveva ascoltate con la pazienza di chi è abituato a incontrare quotidianamente il male. Schutz ora mi appariva vecchio e cominciavo a scoprire tutte le fessure del suo spirito. C'era qualcosa di menzognero nel suo modo di comportarsi.

Esclamò: «A lei che è un sacerdote voglio domandare se può esservi pietà per tutti, anche per Stalin e Hitler. E se è lecito contaminare quanto vi è di più meraviglioso al mondo, cioè la pietà, con la comprensione verso gli onnipotenti spodestati. Ma c'è anche da riflettere su un altro dato. Quando la storia si prende a cuore la giustizia non rischia di trasformare le creature bisognose di protezione nei mostri che voleva combattere? Si può provare rispetto per la storia? E gli ebrei l'hanno mai provata, secondo lei?».

Risposi seccamente: «È orribile odiare e perseguitare chi non può difendersi».

Schutz osservò che la mia gli sembrava una triste interpretazione del suo pensiero e delle sue parole. E non voleva che mi sbagliassi nel giudicarlo. Aggiunse che nell'esistenza di un uomo ci deve essere sempre molto da decifrare e indovinare, e le risposte più semplici e ovvie spesso si rivelano errate.

«Reverendo Padre, una biografia è misteriosa come la vita di cui parla. Una vita troppo esplicita e trasparente non è una vita. Non pretendo che lei accerti ogni mia parola, ma le sarei debitore se mi ascoltasse senza giudicarmi. Il mondo è diventato così malvagio che gli scriccioli riescono a predare persino là dove le aquile non oserebbero appollaiarsi.»

Volevo replicare che quelli come me e la Reverenda Madre lavoravano perché ciò non fosse vero, ma avrei provocato una polemica inutile. Mi era difficile immaginare di avere un dialogo con lui. Schutz sospirò a lungo e le sue labbra si torsero facendogli assumere un'espressione crudele.

«La storia che le racconterò le farà comprendere che tutto ciò che è accaduto deriva da una considerazione: "chi non teme la scoperta non ne è degno"; e da due passioni, una per l'arte di Gandhara e dell'altra,» sospirò «le parlerò dopo. Immagino di riferirle vicende che lei, nella sua qualità di grande archeologo, già conosce, ma quello che mi appassiona nell'avventura dell'arte gandharica è che a differenza del nostro Rinascimento, del quale è contemporanea, e che usufruì delle formidabili esperienze del romanico e del gotico, essa non ha alcun precedente.

Gli artisti di Gandhara non si limitarono a seguire i canoni estetici e religiosi del buddismo ma raccontarono la società nella quale vissero. Lei mi può capire. Per un collezionista l'arte di Gandhara equivale a qualcosa che corre al di là di ogni regola. Rappresenta una sintesi sublime tra ellenismo e buddismo e per questo rimane unica. La stessa fantastica e provocatoria unicità del nazismo.»

Il suo viso esprimeva ora una fortissima passione. Mi

domandò se avessi mai sentito parlare della città di Kapisa. Gli risposi che ne avevo una lontana e vaga conoscenza. Mi raccontò come «prima dell'anno mille il figlio dell'imperatore della Cina Hiuang-Tsang arrivasse in visita a Kapisa, che era la capitale estiva del regno di Gandhara. Fu accolto con gli onori che spettavano al suo rango, e, dopo la cerimonia di saluto, i religiosi buddisti si contesero il privilegio di ospitarlo nei rispettivi monasteri. La scelta del principe cadde su quello di Cha-Lo-Kia che era stato costruito dal più illustre dei re di Gandhara, Kaniska, per ospitarvi gli ostaggi cinesi fatti prigionieri durante le spedizioni vittoriose nel Turkestan. Da allora l'edificio aveva fama di custodire immense ricchezze sotto il piede destro del Buddha la cui grande statua si trovava proprio al centro della sala di preghiera. Quel tesoro nascosto aveva spesso attirato la cupidigia dei successori di Kaniska ma, ogni volta che qualcuno aveva tentato di impadronirsene, la terra aveva tremato costringendoli alla fuga. Hiuang-Tsang pregò a lungo Buddha, bruciò gli incensi davanti alla statua e infine ordinò ai suoi operai di scavare. Non ci fu alcun incidente. Vennero scoperte delle casse di quercia piene di libbre d'oro e avori di Begram, alcuni dei quali oggi sono in mio possesso. E infine fu trovato il Vaso di Alessandria, un capolavoro dal valore inestimabile.»

Fece una pausa e mi fissò intensamente.

«Ne avrà sentito certamente parlare.»

Gli risposi di sì. Ma aggiunsi che a quanto ne sapevo si trattava più di una leggenda che di qualcosa di reale. Proseguì con un tono sempre più ispirato.

«Il Vaso era fatto di un vetro soffiato ad Alessandria nel I secolo. Vi era inciso il disegno del celebre Faro. Era prezioso perché si trattava dell'unica rappresentazione al mondo di quella costruzione straordinaria dove sapienza architettonica e bellezza si erano fuse mirabilmente. Questo capolavoro nel corso dei secoli ha avuto una molteplicità di avventure. Io l'ho inseguito perché mi ricorda la parte migliore di me. Salomone diceva che tutto è vanità, persino il fatto che esistiamo. Allora bisognerebbe sbarazzarsi anche della vita. Ma quando uno l'ha provata, come si fa? Il Vaso per me è come la mia vita, è la più sublime delle vanità, la più insostituibile.»

Scuoteva la testa sorridendo e, cercando la mia complicità, disse: «Reverendo Padre, nessuno diventa profeta se prima non è stato pastore ma quasi tutti rimangono pastori. Lei ha qualche possibilità di crescita perché secondo me è un inguaribile ottimista. Venga, le mostro qualcosa».

Mi prese affettuosamente sottobraccio, uscimmo da quella stanza, mentre suor Lucia ci guardava con tenerezza. C'era un piccolo corridoio davanti a noi e tre porte, una a destra, una a sinistra e una di fronte. Aprì, con una chiave, quella di destra e accese la luce. Mi trovai in un ambiente minuscolo. Al centro, un podio e sul podio una bacchetta.

«Ecco il mio segreto. Glielo regalo. Avrei voluto essere un direttore d'orchestra ma non possedevo le qualità di Bruno Gruber. Reverendo Padre, ognuno ha un segreto da confidare a un amico. Mi regali il suo adesso.»

Avrei voluto dirgli che lui era rimasto un nazista e io amavo la pace, la fratellanza tra gli uomini, e pregavo per questo. Esclamai invece: «Voglio la verità. Anzi, a questo punto la pretendo».

Mi guardò con dolore. Chiuse gli occhi. Li riaprì, sussurrò: «I nostri atti ci inseguono».

Capitolo 25
La verità?

Tornammo nella stanza di prima. La Reverenda Madre non si era mossa. Sul suo viso lessi un'espressione di lontananza. Sembrava assorta, come se i pochi attimi da sola le avessero permesso una particolare, silenziosa e sofferta meditazione su tutte le frasi di Schutz.

Lui riprese a parlare spiegandomi come prima di Don Chisciotte ogni avventura fosse destinata al successo. Gli argonauti conquistano il vello d'oro, Ulisse torna a casa e vince. È Don Chisciotte il primo a perdere. E il capitano Achab? La balena bianca lo annienta. Così era avvenuto per il suo Paese. Quella di Hitler era stata una grande avventura. Il Führer si poteva identificare con il capitano Achab. E la balena bianca erano i popoli che lui aveva combattuto, perché ai suoi occhi mancavano di quei forti ideali che costituivano la base di una nazione viva e che intendeva possedere il futuro. Achab-Hitler aveva lottato contro i molli cetacei che non amavano le sfide della ragione e aveva perso.

Per una nazione l'avventura era l'unica ricetta contro la melanconia. Hitler lo aveva capito, unico nel vecchio mondo. Ogni rivoluzione aveva i suoi combattenti, i suoi pensatori, i suoi pescecani. I combattenti del suo

Paese coraggioso erano stati uccisi, i pensatori del suo Paese testardo erano stati assassinati, tutto quello che restava erano i pescecani. Poi urlò che l'autorità richiedeva prestigio e il prestigio voleva la distanza.

Mi raccontò come dopo l'incidente d'auto a via Nazionale la convalescenza l'avesse fatta in Germania, e guarito fosse stato trasferito sul fronte russo. Aveva continuato a pensare a Lucia e nel tempo era cresciuto l'odio per Bruno Gruber. Era finito in un campo di prigionia in Siberia, riuscendo miracolosamente a sopravvivere. Quando era tornato in Germania aveva terminato in poco tempo gli studi di archeologia iniziati prima della guerra, laureandosi con una tesi sull'arte gandharica.

Appena possibile era partito per Roma. Era la primavera del 1950. Si era recato subito all'ospedale Fatebenefratelli ma Bartolomeo era morto e il frate che aveva preso il suo posto sapeva poco degli avvenimenti passati. Nella confusione della guerra erano accadute tante vicende e lui non poteva conoscerle tutte. Si ricordava comunque di una suora che era andata via poco dopo la morte di fra' Bartolomeo e qualcuno gli aveva raccontato come in precedenza, nella primavera del '44, fosse stata arrestata dai nazisti e portata a via Tasso. Ma non sapeva altro di lei.

Schutz fece una pausa e mi disse che il suo stupore era stato immenso. Lucia, una suora! Negli anni seguenti l'aveva cercata a più riprese senza trovarla e contemporaneamente aveva seguito sui giornali la carriera di Bruno Gruber. Divenne uno dei maggiori esperti al mondo di arte gandharica. Consulente del British Museum e della fondazione Gulbenkian di Lisbona, autore di almeno due libri considerati fondamentali dagli studiosi di quella materia, uno sul Vaso di Alessandria, l'altro sugli Stupa di Hadda, viveva tra consulenze per collezionisti, congressi, conferenze e aste. Poi accadde qualcosa che mutò radicalmente la sua esistenza.

Lui prendeva i pasti abitualmente in un pub sempre affollato di studenti di archeologia e professori, davanti all'entrata principale del British Museum. Un giorno, sopra il suo solito tavolo, trovò un rotocalco. L'aveva lasciato qualcuno che aveva mangiato lì prima di lui. Mentre il cameriere sparecchiava, lo prese in mano e cominciò a sfogliarlo distrattamente. Non sapeva che cosa lo avesse spinto, in seguito si disse che era stata un'intuizione d'amore. Perché, come in un sogno che si realizzava, quasi un atto di magia, gli apparve stampata su tutta una pagina l'immagine di Lucia. Dapprima pensò che si trattasse di un'allucinazione, di una sua proiezione emotiva. Ordinò un whisky. Non beveva mai a quell'ora. Lo buttò giù con un sorso e guardò di nuovo la foto. Era proprio Lucia. Osservò i suoi occhi, la bocca, la fronte. Era lei, un po' invecchiata, ma sempre bella e lucente. Poi lesse l'articolo. Era un suo ritratto. Raccontava la missione di quella suora straordinaria nell'ospedale italiano di Kerak in Giordania. Lei lo dirigeva e stava cercando i fondi che le permettessero di acquistare dei macchinari moderni e necessari a una struttura che stava diventando la migliore di quel Paese.

Il giorno seguente partì per Kerak. Lucia lo accolse con semplicità e con quella che lei definì carità cristiana. Lui le confessò di averla amata sempre ma ora rispettava la sua vocazione. Le chiedeva soltanto di poterla aiutare e vedere.

Tutto ciò avvenne nel 1962 e da allora cominciò a trascorrere il mese di agosto, e il Natale, a Kerak. Mentre lui e Lucia invecchiavano assieme con serenità, parallelamente l'ospedale si trasformava sempre più in un modello di efficienza, grazie anche alle sue continue donazioni. Per circa quarant'anni la loro vita trascorse così. C'era un solo argomento che non affrontavano mai. Bruno Gruber.

Per starle più vicino, nel '96, fece in modo di spostare la sua attività a Gerusalemme e ad Amman, pur restando consulente del British Museum e della fondazione Gulbenkian. Affittò una stanza al Continental di Amman e un'altra all'American Colony di Gerusalemme. E quando gli era possibile andava a Kerak e vi si tratteneva a lungo.

Poco più di due anni fa venne avvicinato a Gerusalemme, in occasione di un convegno sull'arte gandharica, da un bizzarro personaggio che si faceva chiamare lo Sceicco. Fecero amicizia e quello lo invitò nella sua villa vicino al monte Nebo. E, dopo un'eccellente cena gli propose di collocare oggetti d'arte gandharica, tra cui i famosi avori di Begram, presso ricchi e riservati collezionisti che non avrebbero certo dato pubblicità alla cosa. In sostanza gli veniva offerto di partecipare a un traffico illecito e lui accettò con l'idea di salvare dei capolavori e consegnarli, a pagamento, a chi ne avrebbe potuto godere con gioia e sapienza.

Mi spiegò poi come in Afghanistan, negli anni precedenti la guerra con i russi, il massiccio afflusso turistico avesse anche portato al furto di moltissimi reperti, alcuni dei quali erano veri e propri capolavori. Numerosi Stupa dai rilievi scolpiti vennero saccheggiati, e i loro stucchi finirono in vendita nei bazar di Kabul. Mi raccontò con emozione come sugli Stupa di Hadda non fossero raffigurati solo santi dai tratti apollinei, ma anche le genti delle tribù dello Yhagistan. I cui modelli viventi erano quei Caspi dei quali parlava Erodoto, gli antenati degli attuali Pashtun.

Lui era convinto che possedere le opere del Gandhara non significasse semplicemente appropriarsi di un'epoca della storia dell'arte, ma impadronirsi dell'anima segreta di un popolo di montanari, pastori e guerrieri le cui facce rubiconde offrivano a statue e stucchi una profonda e autentica vitalità e verità.

Proseguì dicendomi che intorno alla fine degli anni Settanta erano apparsi al mercato di Peshawar i primi pezzi importanti provenienti da Hadda. I militari afghani, più o meno coscienti del valore degli oggetti che avevano trafugato, li cedevano per pochi dollari ai rigattieri di Jalalabad i quali non avevano difficoltà a trasferirli oltre il passo Khyber per rivenderli ai colleghi pachistani ormai abituati a quell'arte ampiamente diffusa nella valle di Peshawar. Era nato così un traffico che durante gli anni della guerra con i russi era cresciuto a dismisura. Gli acquirenti erano soprattutto collezionisti che appartenevano all'aristocrazia Pashtun e le cui terre si trovavano in Pakistan, e ricchi borghesi del Punjab che da tempo vivevano a Peshawar.

Enumerò dettagliatamente gli oggetti di cui lo Sceicco era venuto in possesso. Vetri dipinti di origine mediterranea che rappresentavano scene come il combattimento di un gladiatore trace contro un sannita; fiaschette a forma di pesce e maschere bronzee con l'effigie di Medusa; vasi di alabastro e placche d'avorio cesellato provenienti dall'India; bronzi greco-romani, lampade d'oro a forma di elefante, lacche cinesi, lastre d'avorio intagliate con estrema raffinatezza che raccontavano le scene più intime della vita di corte del palazzo dei principi di Begram. Da Alessandria venivano invece i vetri millefiori composti da sezioni di steli di colori diversi assemblati per fusione, un'arte che nel I secolo d.C. aveva raggiunto la perfezione. Come il bicchiere del faraone sul quale erano disegnati una nave da guerra, un mercantile e un peschereccio, che sintetizzavano le diverse imbarcazioni a quell'epoca ormeggiate nel grande porto. E poi il Vaso di Alessandria. Non ne esistevano altri esemplari e il suo valore era inestimabile.

Chi si occupava materialmente di rifornire lo Sceicco era un tale Visser, un personaggio ambiguo che non gli piaceva affatto e del quale non aveva particolari informazioni.

Poi accadde che una sera Lucia, prendendo spunto dalla notizia di un concerto che Bruno Gruber avrebbe tenuto nel teatro romano di Gerasa e al quale era stata invitata, pensando che fosse trascorso molto tempo e ogni problema del tutto superato, gli disse la verità sul suo rapporto con Gruber. Lui venne invaso da una sorta di terribile gelosia che gli corrose l'anima pur sapendo che si trattava di qualcosa di assolutamente irrazionale.

Dopo la guerra, aveva cercato di dimenticare la sua giovinezza nelle SS. Il mostro che fino ai vent'anni gli era cresciuto dentro e gli aveva fatto compagnia, era riuscito con fatica ad allontanarlo da sé. Era come una malattia, un morbo al quale era sopravvissuto con la forza della volontà e la consapevolezza che il suo Paese aveva perso tutto. Così aveva cercato di comportarsi con decoro in un mondo che non aveva contribuito a creare ma del quale ormai faceva parte. Aveva accettato di vivere secondo la logica, la cultura, la legge dei vincitori. Ricordava il suo passato di nazista in modo consapevole e lo considerava una macchia che stava diventando sempre più opaca.

Era per tutto ciò e per la devozione nei confronti di Lucia, che si era dedicato all'attività di benefattore dell'ospedale di Kerak.

La scoperta improvvisa e lancinante che Bruno Gruber aveva potuto amare Lucia seppure una sola volta, e provare con lei una sublime e irripetibile felicità, risvegliò il mostro dei vent'anni. In Bruno Gruber identificò tutti gli ebrei contro i quali aveva combattuto e decise che ucciderlo avrebbe significato concludere simbolicamente un'opera che il nazismo aveva lasciato incompiuta.

L'unica verità della sua esistenza era suor Lucia. La vedeva come una santa che curava e salvava i malati e non come la donna che, ingannandolo, quella notte del '44 aveva salvato Gruber. Non riusciva ad attribuirle alcuna colpa. Era Gruber invece che gli aveva rovinato la vita, un ebreo, e questo lo rendeva doppiamente odioso ai suoi occhi.

Hitler era morto per colpa degli ebrei e lui aveva avuto la sua vita privata uccisa da un ebreo. Così, sospinto da un odio totale, assoluto, decise di compiere quello che lui riteneva un atto di giustizia.

Si trovava a Gerusalemme per un incontro con Visser e lo Sceicco. Dovevano prendere una decisione riguardo al pezzo più prezioso di cui erano in possesso, il Vaso di Alessandria. Un collezionista americano che voleva rimanere anonimo intendeva acquistarlo per dieci milioni di dollari. Schutz temeva che l'offerta nascondesse una trappola. La persona che rappresentava il misterioso compratore era quel tale Omar Rabbo, l'informatore di Tsomet che poi Visser avrebbe ucciso.

Lesse sul giornale che Bruno Gruber dirigeva la *Fantastique* di Berlioz alla Filarmonica. Andò al concerto. Applaudì con entusiasmo perché l'esecuzione era stata splendida, e le sonorità straordinarie. Attese con pazienza che Bruno Gruber si recasse a cena. Lo vide infine, dopo un'ora, era da poco passata la mezzanotte, uscire dal ristorante assieme a un'altra persona, erano dalle parti del Museo dell'Olocausto e la strada era vuota. Non c'era anima viva in giro.

Pensò che fosse proprio il luogo ideale per mettere a morte l'ebreo sopravvissuto e vincitore. Salì sulla sua auto parcheggiata davanti al Museo, con il piede destro spinse al massimo l'acceleratore e lo investì. Scese a controllare che non respirasse più e poi andò via con calma. Scrisse poi su un foglietto la frase "Rosencrantz e Guildestern sono morti", perché, in fondo, si era conclusa, con l'eliminazione della seconda spia sionista, la missione iniziata nel '44. Una successiva meticolosità lo spinse ad annotare sul retro di quel biglietto la targa dell'automobile, che non era la sua ma quella di Visser, quasi volesse avere una prova scritta, per l'archivio delle SS, dell'avvenuta esecuzione.

Lo interruppi usando il suo linguaggio. Gli ebrei giustiziati erano tre, non due. Mi guardò perplesso. Il violinista che stava con Gruber quella sera, suggerii, e aggiunsi che non capivo perché lo avesse assassinato davanti al Muro del Pianto. Un omicidio rituale? Disse seccamente che aveva saputo che quel tale era deceduto per un attacco di cuore.

«Cause naturali, Reverendo Padre» ridacchiò.

Con l'esecuzione di Gruber aveva definitivamente ucciso il mostro che si era risvegliato dentro di lui. Da allora aveva riacquistato la serenità. Anche perché erano stati i molti Gruber, con la loro doppiezza nei confronti della vita e con la loro furbizia poco etica, a condizionare l'opinione della maggioranza e ad armare gli eserciti che avevano assediato la Germania in modo ingiusto e contrario a ogni legge di guerra.

Io ascoltavo senza commentare, ma dentro di me correva lo spavento per ciò che sarebbe diventato il mondo se quelli come lui avessero vinto.

Cercai di capire il dramma profondo, il dolore che attraversava la mente di suor Lucia di fronte a tutto ciò. Forse esistevano due modi diversi di affrontare la religione. Ma esistevano atteggiamenti differenti al riguardo di Dio? Non l'avevo mai creduto fino a quel momento. La violenza interiore di Schutz e la fede assoluta di suor Lucia, che con il suo silenzio mi faceva comprendere che lei in qualche modo riusciva a carezzare l'orrore, mi turbavano in profondità.

Suor Lucia era capace di aprire le braccia più di me. Non credo che Schutz afferrasse i miei pensieri, ma sentii nei suoi occhi una sorta di curiosità. Abbassai il viso, non desideravo guardarlo. Proseguì il racconto.

Visser aveva bisogno di molto denaro per le attività terroristiche di Hamas e dunque era disposto a vendere a chiunque i capolavori di Gandhara. Lui invece preferiva trovare i collezionisti che sapessero apprezzare quelle meraviglie artistiche.

Non si trattava di un conflitto di poco conto, mi spiegò Schutz e io ero sempre più turbato dalla sua fantasia che seguiva percorsi a me sconosciuti e per i quali in ogni caso non provavo alcuna curiosità.

Mi raccontò di aver spedito a Nadav Gruber, nei confronti del quale non aveva alcun risentimento, anche se era figlio dell'uomo che gli aveva rovinato la vita, quel biglietto che immaginava io avessi letto e al quale aveva aggiunto dopo la prima frase "Rosencrantz e Guildestern sono morti", "Amleto è al n. 16 di Agron Street".

Nadav Gruber non poteva sapere che Rosencrantz fosse suo padre e Guildestern il compagno di tanti anni prima che si era suicidato per non essere catturato dai nazisti. L'importante era che trovasse Visser e lo eliminasse. E con la targa dell'auto annotata dietro al foglietto avesse la sicurezza che si trattasse proprio dell'assassino. E così era accaduto. Aggiunse che Omar Rabbo era stato ucciso da Visser a casa dello Sceicco. Era stato proprio quest'ultimo ad avere l'idea di vestirlo da frate e organizzare la messa in scena di Qumran perché a Gruber venisse in mente che il suo informatore era stato vittima di un complotto legato al mondo francescano e non capisse la verità più semplice, che era stato ucciso per il traffico d'arte. E infine, per quel che riguardava le foto di Omar Rabbo, era stato lo Sceicco a inviarle per creare confusione. Gli israeliani, che erano molto complicati, avevano sempre bisogno di una doppia pista e lo Sceicco gliel'aveva fornita. Insomma, era stata tutta una colossale diversione.

Un lampo mi attraversò la testa e mi confermò che questa volta, era già accaduto in altri momenti della mia vita, il Caso non si era identificato con la Provvidenza.

Tutto mi era chiaro. Perché non ci avevo pensato prima? Il saio che indossava il gabbiano nero era appartenuto a un confratello, padre Virginio Corbo, morto da alcuni anni. Prima della mia elezione a Custode, lo Sceicco era venuto a trovarmi al Nebo e aveva visto la tonaca di padre Corbo attaccata a una stampella nel mio studio. Gli avevo parlato con tenerezza di quel grande archeologo che aveva scoperto la Casa di Pietro a Cafarnao e lo Sceicco, che lo aveva conosciuto, mi aveva chiesto il saio come ricordo dicendomi che certamente avevo altri oggetti di padre Virginio e quindi potevo regalarglielo.

Non riferii a Schutz tutto ciò ma osservai freddamente che la storia che mi aveva raccontato non mi convinceva. Lui replicò che era la verità e molto spesso la verità è banale.

Aggiunse aggrottando la fronte che si rendeva conto di come ci fosse stato da parte sua un eccesso di fantasia, ma è proprio la fantasia alla base delle azioni più intelligenti. E lui aveva costruito quella complessa vicenda e organizzato le cose perché io, alla fine, arrivassi a Kerak. Come fosse un gioco a premi.

Qual era il premio, incontrare lui? chiesi provocatoriamente. Esclamò che il premio era salvare l'arte di Gandhara. Il resto erano minuzie.

«Minuzie?»

Ero indignato. Mi stava prendendo in giro. Gli domandai perché avesse usato Fragranza contro di me. Il suo stupore fu assolutamente autentico. Non conosceva l'esistenza di quella persona.

Guardai suor Lucia. Lei non aveva mai parlato ma avevo sentito le sue emozioni. Non potevo immaginare quello che sarebbe accaduto adesso. Sorrise a Schutz in modo dolcissimo. In quel sorriso non c'era il perdono ma una pazienza e una comprensione infinite. Dettate, mi dissi, da una fede in Dio di assoluta profondità.

Schutz mi si avvicinò. Il suo viso era quasi a contatto con il mio. Aprì la bocca. Pensai che volesse addentarmi. Mi resi conto che le sue rughe, i suoi occhi, le sue labbra, le sue guance, avevano qualcosa di antico e superato. Ebbi la netta sensazione che stesse morendo. La sua pelle era quella di una persona che si sta allontanando dalla vita. Fissai suor Lucia. Aveva gli occhi lucidi adesso. Fu quasi un sussurro quello che mi rivolse.

«Padre Matteo, vorrei rinascere per ricominciare a perdonare.»

Le lacrime scesero lente, una dopo l'altra, su quel viso ancora bello, e i suoi colori naturali vennero sostituiti a poco a poco da un dolore lungo e profondo cinquant'anni. Era la prima volta nella mia vita che assistevo a una trasformazione del genere. Suor Lucia mi comunicò l'immagine di una totale sofferenza e mi sentii soffocare. Feci un lungo sospiro, e un altro, e un altro ancora. Schutz disse: «Reverendo Padre, ho il cancro. Mi resta poco da vivere. La prego, mi confessi».

Dal cuore, dalla testa, dalla ragione, dalla fantasia mi arrivò un urlo. Ma la gola e il palato e la lingua erano talmente secchi per l'emozione che riuscii solo a gorgogliare: «No, no, no».

E scuotendo la testa e ripetendo a me stesso che quel no forse non era giusto, e soprattutto non era francescano, mi morsi le labbra a sangue e senza più guardare né Schutz né Lucia andai via un po' curvo, un po' sofferente, un po' disperato.

CAPITOLO 26
Tutto il resto è silenzio

La discesa da Kerak, su quella strada dalle molte curve, e il grande castello alle mie spalle con la sua esistenza antica e le immense sale quadrate, un tempo luogo di incontro di generali e soldati pronti alla guerra e oggi vuote, mi regalarono un utile raccoglimento.

Avevo guardato il Mar Morto dalla torre più alta del castello e immaginato la vita, i pericoli, la passione dei crociati. Ora uscivo da un dolore che mi aveva toccato l'anima in profondità e mi sentivo più sereno. Perché possedevo la certezza di non avere affrontato quel viaggio inutilmente.

Decisi di concedermi una piccola vacanza. Un'ora, non di più, ne avevo bisogno. E andai a cercare la proprietà di Omar Fayez. Una volta lui mi aveva detto che era esattamente a cinquecento metri dal castello crociato, verso la valle. Così, imboccai l'unica stradina che c'era in quel punto e mi ritrovai davanti a un pezzo di terra ricco di alberi di mele. Scesi dall'auto e camminai. Presi una mela, la addentai per essere sicuro che fosse una delle mie, il sapore inconfondibile mi rassicurò. Mi venne incontro un contadino che volle sapere se quel frutto mi piacesse. Gli dissi di sì. Si offrì di vendermene qualche chilo. Io, con un gran sorriso, gli spiegai che il padrone di quelle mele me ne regalava tre cesti ogni anno. Sul suo viso apparve una smorfia di imbarazzo. E poi mi disse che gli alberi erano suoi. Ero sbalordito. Aggiunse che un suo conoscente, di nome Omar Fayez, ogni stagione comprava molti chili di mele per sé e la famiglia. Lui gli faceva un ottimo prezzo. Se mi interessava lo stesso quantitativo, mi avrebbe proposto la medesima cifra. La golosità prese il sopravvento sul buon senso e conclusi l'acquisto. Ma avrei portato tutte quelle mele a Gerusalemme per evitare che Omar Fayez, il quale abitualmente frequentava il conventino del Nebo, scoprisse che conoscevo il suo segreto.

Durante il ritorno nella Città Santa pensai che memoria e storia erano concetti opposti. La memoria apparteneva alla vita e alla sua evoluzione. Subiva amnesie e silenzi, era esposta a ogni bufera. La storia era più placida nel suo continuo correre. C'erano momenti, come questi che stavo vivendo, nei quali la sentivo lontana e non amica, e rimpiangevo i ricordi che avevo smarrito.

Dimenticare Fragranza era stato imperdonabile, lei era il mio tesoro perduto, non le monete d'oro. Mi aveva ormai invaso una sorta di infinita tenerezza e rispetto nei suoi confronti e un'assoluta fragilità verso un passato affettuoso che non ero stato capace di rispettare e accudire.

Mi tornò in mente quel versetto dei Salmi "andiamo alla casa del Signore" ed entrò nel mio spirito un soffio d'aria fresca che mi regalò un momento di serenità.

Non riuscivo a superare i settanta chilometri. E già mi pareva una velocità eccessiva. I riflessi erano lenti.

Mi domandavo se fosse stato un incubo quello che avevo vissuto a Kerak o una prova di fede. Il no che avevo urlato dal più profondo dell'anima viaggiava nella mia testa, e cercavo di capire se avessi fatto bene a gridarlo. Mi consolavo ripetendomi che un prete ha emozioni, carne, sangue e non può spalancare sempre le braccia.

Suor Lucia interpretava la fede in un modo diverso dal mio. Ma ambedue i nostri atteggiamenti verso il Signore possedevano una loro verità e profondità spirituale. D'altra parte la nostra vita era indirizzata verso la ricerca e l'attesa del dopo, e qualsiasi avvenimento ci accadesse, anche quello in apparenza più semplice, ne rappresentava solo una tappa.

L'archeologia occupava una parte profonda del mio esistere, e nei miei anni a Gerusalemme era andata d'accordo con la preghiera, l'amore per il prossimo, l'opera di carità quotidiana. Fino a oggi tale mirabile armonia mi aveva assicurato equilibrio. L'orrore che mi arrivava da Schutz e la meraviglia per l'assoluta comprensione che suor Lucia aveva manifestato nei suoi confronti mi creavano instabilità. Sapevo che non potevo affidarmi a delle regole. Avevo agito nella convinzione che noi siamo la somma di tutti i giorni che abbiamo vissuto e un prete deve continuamente tenerne conto.

Al ponte Allenby le guardie di frontiera furono di nuovo gentili, la salita verso Gerusalemme venne accompagnata da un solo pensiero forte. Tornare alla normalità dimenticando Kerak.

Appena arrivato a San Salvatore dissi a padre Giancarlo di convocare i Discreti. Nello studio mi aspettava Dimmitu che mi accolse ronfando e agitando la coda in alto, in basso, a destra e a sinistra. Pensai che era il segno della croce ortodosso, e mi arrivò un'ondata di buonumore che aumentò quando riferii il fatto a padre Giancarlo il quale era venuto ad avvertirmi di aver rintracciato tutti i Discreti e stavano arrivando. Divenne rosso, si morse le labbra e fece qualcosa che davvero non mi aspettavo, rise a lungo. Infine esclamò: «Reverendo Padre, se mi posso permettere una confidenza, lei è proprio spiritoso!».

Aprì la porta ed entrò il piccolo corteo dei Discreti. Padre Giancarlo stava per andarsene ma con un cenno del capo gli feci capire che poteva restare. Mi lanciò uno sguardo di gratitudine, come se finalmente avesse la certezza che godeva della mia fiducia. I Discreti non protestarono.

Non parlai subito. Volli meravigliarli. Li abbracciai uno a uno. Quando arrivò il turno di padre Benjamin lui sorrise a lungo, mi sembrò con simpatia. Era la prima volta che accadeva.

Offrii loro, invece della solita limonata, altre bevande. Tè freddo, Coca-Cola, tè caldo, acqua brillante. E dissi comprensivo che se qualcuno desiderava vino o anche cognac e whisky non c'era alcun problema. Padre Giancarlo avrebbe provveduto a esaudire ogni desiderio. Padre Benjamin chiese un Ballantine. Gli altri, dimostrando autentica parsimonia francescana, dell'acqua di rubinetto. Padre Giancarlo, con un entusiasmo insolito, uscì dallo studio e tornò subito dopo con due bottiglie, una di Chianti e una di Ballantine. Si avvicinò e, con una confidenza che mi fece piacere, mi sussurrò che nascondeva nella sua stanza degli alcolici per i momenti particolari, ma lui comunque era astemio. Mi sembrò una precisazione superflua.

I Discreti adesso li vedevo a proprio agio. Forse anche loro sentivano un atteggiamento diverso da parte mia e questo era importante. Padre Ramon e padre Raffaele si avvicinarono al vino, prima guardinghi, poi incoraggiati da un mio sguardo, e se ne versarono due bicchieri.

Il discorso che pronunciai fu chiaro e credo che il mio tono e le mie parole comunicassero una conquistata serenità.

Esordii dicendo che si era risolto il caso del gabbiano nero che avrebbe potuto gettare oscurità sulla Custodia. Ricordai come il nome del morto fosse Omar Rabbo e il suo assassino, per motivi di interesse, un certo Visser, a sua volta ucciso da Nadav Gruber per legittima difesa. Visser aveva travestito Rabbo da francescano per sviare le indagini dei Cugini del Muro. Padre Benjamin non fece domande, e lo attribuii al desiderio di non mettermi in difficoltà.

A quel punto, approfittando del buon clima, ritenni giunto il momento di annunciare alcune proposte. In primo luogo, se erano d'accordo, mi sarei fatto promotore, nei confronti del governo dei Cugini del Muro, di un'idea a proposito della trasformazione dei posti di blocco militare, luoghi dell'umiliazione, dell'odio e della morte, in centri di preghiera. Per rendere più forte la proposta, dovevamo essere noi stessi e i nostri fedeli, quasi fosse una moderna Via Crucis, recarci in pellegrinaggio dall'uno all'altro posto di blocco dove ci saremmo inginocchiati recitando l'*Ave Maria* e il *Pater noster*. Probabilmente la forza della nostra fede avrebbe costretto i Cugini del Muro ad accettare quella che poteva apparire soltanto una buona utopia. Vidi il consenso sulle loro facce e azzardai un disegno più complesso. Ma era un'ipotesi di lavoro, precisai subito, tutta da discutere.

In una prossima omelia avrei suggerito, avvertendo preventivamente la Segreteria di Stato Vaticana, di trasferire la sede dell'ONU a Gerusalemme. Oltre a un profondo significato simbolico ne avrebbe avuto uno economico, con migliaia di persone assunte nella Città Santa senza distinzioni di razza e religione. Cugini del Muro e Amici della Roccia si sarebbero incontrati quotidianamente privi di manganelli e cinture esplosive, e avrebbero lavorato negli stessi uffici con indiani, italiani, iracheni, afghani, europei, russi, cinesi, giapponesi, africani.

Notai questa volta dei sorrisi tiepidi. E, per non disperdere il consenso ottenuto fino a quel momento, cambiai discorso riferendo come fosse tutto pronto per il concerto della pace al monte Nebo. Vi avrebbero partecipato i confratelli delle altre religioni. Conclusi che far sedere uno vicino all'altro il patriarca ortodosso Alekos, il rabbino capo Moshe Halevy e il Gran Muftì Suleiman Rantisi, oltre a un alto valore simbolico, significava una presa di posizione forte e collettiva contro guerra e terrorismo. Ovviamente avrei chiamato le televisioni di tutto il mondo a riprendere e documentare l'evento.

Dissi che la libertà è anche il diritto di spiegare alla gente ciò che non vuole sentire.

Dissi che a Gerusalemme la prudenza della ragione doveva mescolarsi con la certezza della fede.

Dissi che molti sostenevano che la cultura costa, ma dimenticavano come l'ignoranza abbia un prezzo superiore.

Dissi che, se la pace in Medio Oriente dipendeva anche dal dialogo fra culture e dal rispetto delle reciproche identità e memorie, il piccolo miracolo avvenuto di recente nelle sale dell'Unesco, a Parigi, dimostrava come, al di là dei muri fisici e delle barriere dell'odio, la speranza non fosse morta.

Infatti, dopo trent' anni di veti incrociati, Cugini del Muro e Amici della Roccia avevano sottoscritto un accordo di collaborazione per la salvaguardia dei monumenti e dei luoghi sacri della Città Santa, fino a oggi *patrimonio dell'umanità* soltanto nelle definizioni ufficiali. Sarebbe stata restaurata anche la madrasa Al Ashrafiya, la più importante scuola coranica di Gerusalemme che si trovava nel complesso della Spianata delle Moschee. E lo consideravo di buon auspicio.

I rapresentanti dell'una e dell'altra parte erano riusciti a parlarsi in modo così diretto, perché avevano evitato di trasferire, nell'ambito della cultura e dell'arte, la logica paralizzante delle questioni politiche e militari. E mai la parola accordo era stata pronunciata in modo così chiaro.

Certo non era abbastanza per cancellare l'odio, ma dimostrava come la possibilità fosse concreta. I sorrisi dei Discreti furono caldi e ritenni di averli finalmente conquistati. Conclusi, con un'aria molto seria, che d'ora in poi avrei consumato i miei pasti sempre con loro in refettorio.

Ci salutammo, uscirono tutti, entrò Vidigal e mi annunciò che se non avevo nulla in contrario avrebbe preso un anno sabbatico. Osservai che avrei sofferto la sua lontananza. Replicò che si era convinto, dopo le ultime vicende, che non mi erano più necessari i suoi consigli. Perché ero finalmente il Custode, esclamò con una certa enfasi. Mi commossi. Ci abbracciammo a lungo. Poi, ridendo, Vidigal mi domandò: «Vuoi sapere dove andrò?».

«Certo,» risposi «perché così potrò cercarti ogni volta che avrò bisogno di te.»

«E io arriverò, mio caro e ormai bravo Custode.» Fece una pausa. «I confratelli ortodossi mi ospiteranno in quel meraviglioso monastero dove sei stato recentemente con Alekos. E non mi chiedere come lo so, ti prego.»

«D'accordo» replicai. Ci stringemmo con forte affetto ambedue le mani.

Dopo di lui padre Giancarlo mi annunciò Naturian e Kaciaturian dicendomi con una certa soddisfazione: «Se mi posso permettere, Reverendo Padre, è bello avere tutti questi amici».

Il liutaio Kaciaturian disse che voleva farmi un dono per il concerto della pace. Aveva costruito un contrabbasso alto due metri e tale misura avrebbe migliorato il suono. Voleva cominciare una produzione di violini, viole, violoncelli e contrabbassi tutti più grandi del normale. Li avrebbe chiamati "*gli strumenti di Gerusalemme*" e con la purezza delle loro sonorità avrebbero testimoniato la supremazia della Città Santa. Gli rivolsi un sorriso che voleva essere di incoraggiamento. Naturian mi informò che aveva acquistato quella bottega vicino al Santo Sepolcro di cui mi aveva parlato e presto, finiti i lavori di ristrutturazione, avrebbe aperto il negozio di giocattoli per bambini ebrei, cristiani e palestinesi. Rappresentava un atto di speranza e desiderava che fossi io a inaugurarlo e a benedirlo. Gli promisi la mia presenza.

Naturian e Kaciaturian uscirono soddisfatti dallo studio. Padre Giancarlo entrò sempre più sorridente e disteso. E annunciò che aveva una sorpresa che mi avrebbe procurato gioia. Mi pregò di chiudere gli occhi e aggiunse che si era permesso questa confidenza sicuro che non mi inquietassi con lui. Feci come mi aveva chiesto. Sentii un lieve rumore, e quando, dopo pochi attimi, mi pregò di riaprire gli occhi, davanti a me sulla scrivania c'era la cassetta di monete d'oro. Senza dire una parola, e vergognandomi di quell'attacco di curiosità molto poco francescano, la aprii per verificare se le monete ci fossero tutte.

«E Fragranza dov'è?» domandai a padre Giancarlo.

Mi indicò con un movimento degli occhi la porta socchiusa. Mi resi conto che c'era una persona fuori, ma non era Fragranza bensì lo Sceicco. Gli feci cenno di avvicinarsi. Si sedette in silenzio davanti a me. Era molto serio. Padre Giancarlo capì che doveva uscire. Fu lo Sceicco a parlare per primo.

«Immagino che ti aspetti delle spiegazioni.»

«Immagino di sì» risposi.

«Entro subito in argomento e ti assicuro che Omar Rabbo è morto contro ogni mia volontà. Vorrei anche capire quello che sai per completare il tuo quadro.»

Gli raccontai dettagliatamente di Schutz, di Gruber, di Visser e mentre parlavo mi rendevo conto che i lati oscuri di quella vicenda erano ancora molti. Lo Sceicco mi fissava e annuiva. Quando ebbi concluso mi disse che aveva forti debiti nei miei confronti ma dovevo credergli, lui mi voleva bene.

Gli domandai perché avesse usato il saio di padre Corbo, che gli avevo regalato, in quel modo irriverente e così pericoloso per la Custodia. La risposta fu semplice e disarmante. Non si era reso conto del forte danno che mi avrebbe procurato. Gli dissi che non mi convinceva. Replicò che il mio risentimento era comprensibile, osservai che non era la parola giusta. Esclamò con un tono lievemente stridulo e dispiaciuto che dovevo rendermi conto come lui, prima di tutto, fosse un uomo d'affari e a volte in certe occasioni particolari, per esempio una trattativa difficile, possa accadere qualche incidente. Gli chiesi chi avesse ucciso Omar Rabbo. Mi confermò quello che mi aveva detto Schutz, il delitto era avvenuto a casa sua al Nebo.

Lui e Visser stavano discutendo con Rabbo, e Visser all'improvviso aveva urlato in faccia a quest'ultimo che era un traditore e gli aveva sparato. Un colpo solo, al cuore. Una mira eccezionale, commentò con ammirazione. Poi volle rassicurarmi come lui avesse sempre pensato di non coinvolgermi. Ma era capitato altrimenti. Mi spiegò che sapeva che Omar Rabbo era un agente di Tsomet, ma Rabbo, e ovviamente Gruber, ignoravano che lui avesse rapporti con il Mossad. Questo eccesso di segretezza, imposto addirittura dal ministro della Difesa, doveva offrire copertura all'operazione di recupero degli oggetti d'arte gandharica. E invece non era accaduto così perché ognuno di loro aveva obiettivi diversi.

Lui desiderava per sé quel tesoro, Rabbo lo voleva per il governo israeliano che poi lo avrebbe restituito a quello afghano. Schutz aveva l'interesse di guadagnare per rendere sempre più efficiente l'ospedale di Kerak. Visser infine, che era il vero obiettivo del Mossad, intendeva vendere gli oggetti al miglior offerente per finanziare Hamas.

Ma, come accade spesso nei piani costruiti a tavolino, era accaduto l'imprevedibile. Visser, che abitava vicino alla sede di Tsomet, aveva notato per caso Omar Rabbo entrare in quegli uffici e aveva capito che era una spia. L'aveva convocato nella villa al Nebo e gli aveva sparato, senza avvertire lui, lo Sceicco, delle sue intenzioni. Poi per fortuna si era fatto ammazzare da Gruber che comunque non aveva capito nulla.

«Matteo, analizzando tutta la vicenda con un occhio più sereno e lontano, ti voglio confessare che quel Nadav Gruber non mi è certo sembrato all'altezza del compianto Saul Bialik. Tu invece puoi diventare bravo come il precedente Custode, ma se posso darti un consiglio devi acquistare un po' di freddezza e moderare la tua emotività.»

Gli dissi con calma che circoscrivere i sentimenti e le emozioni equivaleva a mutilarli. L'orrore di Schutz, la religiosità inquietante e assoluta di suor Lucia, l'abbandono di Fragranza, tutto ciò aveva offerto al mio animo una maggiore consapevolezza della difficoltà di vivere secondo percorsi lineari e logici. Forse non esistevano e ne avevo avuto una profonda testimonianza.

Poi mi alzai dalla scrivania e lo abbracciai a lungo. Esclamò: «Voi francescani siete degli inguaribili sacerdoti dell'illogica fiducia del verificarsi dell'improbabile. Sai, la religione per risplendere ha bisogno delle tenebre. Io credo di aver contribuito a offrirtele, perché è il risultato che conta, Matteo. Non ti pare?».

Aggiunse che non voleva sapere se Schutz fosse già morto. In ogni caso, presto, avrebbe riabbracciato il suo Hitler.

«E quelle?» Gli indicai le monete.

«Un errore, Matteo, perdonami. Fragranza la utilizzavo per certi piccoli traffici, sai, qualche statuetta da vendere. Lei così si manteneva agli studi. I soldi che tu avevi versato a suo padre erano finiti e pare, così mi aveva raccontato, che tu ti fossi dimenticato della sua esistenza. Tra l'altro, quando arrivasti alla villa senza avvisarmi, lei era lì. La feci andar via di corsa, prestandole una delle mie Land Rover. Non era proprio il caso che vi incontraste, non trovi?»

Scossi la testa. Continuò: «Lei mi era venuta a trovare una volta a Gerico, al casinò, chiedendomi lavoro. Insomma, Fragranza, e non capisco perché le hai dato quel buffo nome, lavorava per me e ti considerava talmente al di sopra di tutto e tutti, che aveva deciso di incontrarti di nuovo solo il giorno della sua laurea per dimostrarti quanto era stata brava. Poi non fu capace di aspettare quel momento e ti invitò a Gaza convinta che l'avresti riconosciuta e restò delusa del tuo atteggiamento. Si sfogò con me addolorata per la tua assenza d'affetto. Anche perché eri stato a vederla a teatro e una volta ancora non avevi capito che era la ragazza che avevi cresciuto. La sentii così disperata che mi fece davvero pena. In più mi rivelò che aveva un disturbo agli occhi e un oculista le aveva diagnosticato una malattia rara. Insomma, non ricordo il termine scientifico, ma si trattava di qualcosa che avrebbe potuto condurla alla cecità. Non aveva il denaro necessario per l'operazione, le occorreva una grossa somma. E allora, Matteo, mi è venuta l'idea».

«Sei stato tu!» esclamai.

Il mio sguardo fu più che severo, e l'espressione del suo viso quella di un bambino preso con le mani nella cioccolata.

«Ti ho mandato Visser travestito da frate per verificare dove tenevi le monete. Mi ha passato l'informazione e... insomma il manganello in testa te l'ha dato Fragranza, Matteo. Io mi ero raccomandato che non ti colpisse con troppa forza. Ma era così arrabbiata con te! E poi tutto il resto, sì, è una mia invenzione, definiamola così.»

«Non potevi prestarle tu i soldi per l'operazione agli occhi?»

Fece una smorfia.

«Matteo, io sono un uomo d'affari. Non me li avrebbe potuti restituire. Invece così era tutto chiaro. Lei faceva un lavoro per me e io avrei pagato chirurgo, clinica e le altre spese. Ma quando sono entrato in possesso delle monete e ho svolto qualche rapida verifica nell'ambiente, ho capito come fosse davvero impossibile venderle. Erano pezzi troppo conosciuti. E poi Fraganza era così disperata e pentita per quella sua cattiva azione, come la definiva. Allora sono venuto a restituirtele. E ho anche un regalo per te.»

Uscì dallo studio per rientrare con una scatola tra le mani. Me la consegnò. La aprii e mi apparve il Vaso di Alessandria. Ne ammirai, con la passione del collezionista, la fattura unica e mirabile, la leggerezza del vetro e contemporaneamente la compattezza.

«Mi perdoni, Matteo?»

Non gli risposi e gli domandai dove fossero tutti gli altri preziosi oggetti d'arte gandharica. Mi rispose: «Al sicuro».

«Nella solita cantina, a casa tua sotto il Nebo?»

«Forse. Devo solo recuperare quei pochi in possesso del nazista. Glieli aveva affidati Visser.»

Gli chiesi se fosse stato lui a informare Schutz delle varie vicende che mi erano accadute.

«Certo» rispose e poi si raccomandò che non facessi vedere a troppa gente il Vaso. Replicai che lo consideravo il dono di un misterioso benefattore e l'avrei custodito nella mia camera alla Flagellazione, accanto alle monete d'oro, a meno che il governo afghano non ne richiedesse ufficialmente la restituzione. Commentò che la riteneva una remota possibilità. E aggiunse: «Non diventeremo mai complici, tu e io, vero Matteo?».

«No» gli dissi.

Salutandomi, mi confidò che aveva capito che la mappa delle fonti d'acqua non dava indicazioni certe. Insomma i pozzi non esistevano. L'aveva sempre saputo ma aveva sperato in un miracolo anche se non praticava la mia religione. Confidava che prima o poi mi sarebbe arrivata qualche altra idea. Lo pregai di salvaguardare la mia testa la prossima volta che gli fosse venuto qualche nuovo desiderio sui pezzi del mio museo.

Uscii da San Salvatore. Avevo un appuntamento. Davanti alla Porta Nuova mi aspettava Nadav Gruber. Andammo al cimitero sul monte degli Ulivi dove erano sepolti i suoi genitori. Gliel'avevo promesso.

Mi indicò su una pietra la data di nascita di suo padre, quella di morte e una frase: "Gerusalemme, i tuoi nemici e i tuoi distruttori usciranno dal tuo ventre".

Avevo deciso di non raccontargli la verità sulla morte del Maestro, perché a volte è meglio che una persona viva convinta di sapere ciò che le hanno fatto credere, così è più felice.

Pregai sulla tomba. Mi ringraziò e disse che finalmente si concludevano per lui un'ansia e un dolore durati tanto tempo. Un incubo iniziato con la scomparsa di sua madre e che lo aveva accompagnato nel periodo della crescita non offrendogli mai una spiegazione accettabile.

Da quel lontano giorno nel quale suo padre commosso e con la voce tremante gli aveva spiegato come la mamma non li avesse lasciati ma si fosse allontanata per un po' di tempo, e avrebbe sempre vegliato su tutti e due, aveva considerato la morte rapida, crudele, inutile e odiosa. La scomparsa violenta di suo padre l'aveva considerata alla pari del tumore che si era mangiato sua madre. Una malattia incurabile. E il terrore dell'essere colpito anche lui dallo stesso morbo, fosse un'automobile che gli straziava il corpo o un serpente che lo succhiava dall'interno, gli aveva fatto seguire un destino sempre incerto, nel quale una parte della sua ragione era concentrata su una fine imminente e possibile.

Quel disegno di sfortuna, quell'arco della sua vita, a questo punto si chiudeva. Recuperando la salute mentale sconfiggeva il dolore per le due perdite. In seguito avrebbe riflettuto sulle varie oscurità della morte di suo padre. E mi avrebbe comunicato le conclusioni. Per ora la scoperta che l'assassino fosse Visser lo soddisfaceva. Mi disse poi: «Una volta, con mio padre visitammo la tomba di Bruckner nell'abbazia di Saint Florian, nei pressi di Ansfelden. E fu per me un momento di profonda, struggente commozione quando mio padre esclamò: "Morte, dov'è il tuo pungiglione?"».

Gruber aveva le lacrime agli occhi. Pregai sulla tomba di sua madre che era accanto a quella del Maestro. Mi riaccompagnò in silenzio a San Salvatore e ci salutammo con la convinzione che non ci saremmo visti per molto tempo. O almeno, entrambi ce lo auguravamo. Salii nel mio studio. Nessuno, per fortuna, mi aspettava. Scesi allora in cappella per pregare. Avevo bisogno di stare solo.

Chiusi gli occhi e confidai al Signore che lo ringraziavo per le mie sofferenze. Le consideravo una prova di fede e sapevo bene come la carità consistesse tanto nel dare quanto nel ricevere: nulla di fronte agli uomini sfigura il corpo più della sofferenza, ma nulla di fronte a Dio abbellisce l'anima più dell'aver sofferto con letizia.

Mi resi conto che c'era qualcuno alle mie spalle. Mi voltai e vidi Fragranza. Mi sussurrò: «Quando sei pronto il Maestro arriva».

Le risposi: «È l'anima che conta».

Lei si gettò ai miei piedi, mi abbracciò le gambe, cercò di baciarmi le mani, io l'alzai da terra e la strinsi a me. Credo che restammo a lungo così. Quando lei mi parlò mi disse che sarebbe partita presto per Lugano dove c'era una clinica specializzata in operazioni oculistiche. E l'accompagnava Chayie che le pagava anche il viaggio. Era il suo modo per ringraziarmi perché avevo risolto i suoi problemi con il marito. Dopo l'annullamento del debito con il casinò di Gerico, Chaim aveva accettato che iniziassero le pratiche per il divorzio.

Le misi una mano sulla bocca quasi per zittirla e la invitai a inginocchiarsi con me e a pregare. Fu un lungo tempo dolce quello nel quale apprezzammo, parlandoci attraverso Dio, la gioia dell'esserci finalmente ritrovati. Salimmo assieme nel mio studio. C'era padre Benjamin. Sorrideva e mi sembrò più alto. Disse: «Reverendo Padre, ho una sorpresa per lei. Ho fatto arrivare dall'Italia una nuova macchinetta per il caffè. È la più moderna che ci sia».

Indice